雲が描いた月明り

1

尹梨修 ユン・イス
翻訳◉李明華

新書館

雲が描いた月明り

①

もくじ

第一巻　初三の月

第二巻へつづく

Moonlight Drawn By Clouds #1
By YOON ISU

Original Korean edition published by YOLIMWON Publishing Co.
Japanese translation rights arranged with KBS Media Ltd. through Shinwon Agency Co.

雲が描いた月明り

①

初三の月

一　雲従街《ウンジョンガ》のサムノム

春は足元からやってくる。土の上に広がる新緑の芽吹き。襟足《えりあし》を撫でていく風も穏やかだ。

綿抜き（四月一日）を迎えた漢陽《ハニャン》の雲従街《ウンジョンガ》。人が雲の群れのように押し寄せることからそう名づけられたという街の一角にある煙草屋には、今日も朝から多くの客が訪れていた。

「まったくわからねえ」

煙草屋の店の奥には庭があり、その庭の縁台に座って、男は釜のふたのような大きな手で頭を掻《か》きながら言った。

「サムノムよ、教えてくれ」

男は普通の男の倍以上も横幅があり、背丈も頭一つ飛び抜けている。その容姿もさることながら、のそのそと動く身のこなしまで熊のようで、ここ雲従街《ウンジョンガ》では『熊の旦那』と呼ばれている。男の名はチョン。成均館《ソンギュンガン》にほど近い泮村《パンチョン》に住む鍛冶《かじ》職人である。

いつもは歩くのも話すのも遅いチョンが、今日は珍しく身振りが忙《せわ》しない。そのうえ、ひどく焦ってもいるようで、目の前に座る少年にすがるような眼差しを向けている。

冬の澄んだ夜空を映したような大きく黒い瞳。紅花のように紅く艶めく唇。顔は雪原のように白く、春の野の花のように芳《かぐわ》しい微笑みを湛《たた》えるこの少年は、一見すると女と見紛うほど見目麗しい容姿をしている。

「一体、どうしたのです?」

「俺の頭じゃどれほど考えても理解できねえんだ。サムノム、お前しかいねえんだよ」

サムノムと呼ばれたその少年はうなずいて、チョンに言った。

「まずは落ち着いて、何があったのか、順を追って聞かせてください」

「それがよぉ……」

チョンはそう言ったきり、黙り込んでしまった。どこからどう話せばいいか、自分でもわからないようだった。

するとこ、二人を囲む男たちの方がしびれを切らしてチョンを急《せ》かした。

「じれったいな、もう! 早く言えよ!」

「だから『熊の旦那』なんじゃねえか。何でも早くできたら、熊の旦那じゃねえや」

毎日のように男連中が集まるここは、ク爺さんの煙草屋だ。煙草屋と言っても、ここは二つばかり周りの店とは違うところがあった。一つは漢陽《ハニャン》の都で一番上等な煙草を扱っているということと、そしてもう一つは、雲従街《ウンジョンガ》の悩める男たちの、いわば駆け込み寺になっているということだ。この店に来れば解決できない悩みはないという、うわさがうわさを呼び、相談に来る者はあとを絶たない。とりわけ色恋沙汰の悩みには定評があり、街では『女心はサムノムに聞け』と言われるほど評判だ。おかげでク爺さんの店には、女絡みで胸を痛める男たちが連日のように門前市を成していた。

　さて、一向に話し出す気配のないチョンに、サムノムは自分から事情を聞いてみることにした。

「今度は奥さんに何をしたんですか？」

「人聞き悪いことを言うな。俺は何もしちゃいねえよ」

　否定してみたものの、図星だった。

「チョンさん？」

　サムノムはすべてを見透かしたような目でチョンを見据えた。

「まいったな」

　チョンは都合悪そうにうつむいた。

　サムノムの目はごまかせねえや。まったく、この目に見つめられたら言い逃れはできねえと胸の中で独りごち、チョンは長い溜息を吐いた。

　サムノムと呼ばれるこの少年が初めて雲従街《ウンジョンガ》に現れたのは、今からちょうど三年前の夏のことだった。それまで少年が何をしていたのか、どこからやって来たのかを知る者はいない。ただ、女人顔負けの美しい容姿をした少年は、たちまちのうちに街中の女たちを魅了していった。

　少年は見た目に加えて弁も筆も立った。器量好《よ》し、弁好し、筆好し。街の人々はそんな少年を、何をやっても成功するやつだと口々に言った。おまけに金になることなら何でもするので、街ではこの少年を三物を兼ね備えたやつという意味で、『サムノム《三拍子そろったやつ》』と呼ぶようになった。少年の祖父が、思い煩うことなく楽しく生きるようにという願いを込めて付けた『ラオン』という本当の名を知る者は一人もいない。

サムノムことラオンに促され、チョンは観念したように事情を話し始めた。

「本当にわからねえ女だよ。気難しいんだか、ただ機嫌が悪いんだか」

「何があったのです？　まさか、また奥さんの容姿を馬鹿にしたのではないでしょうね？」

「馬鹿野郎！　この間、女房に醜女《ブス》だなんて言っちゃいけねえとお前に言われてからは、一度も口にしてねえよ」

「それなら、奥さんはどうして機嫌を悪くしたんです？」

「それはこっちが聞きてえよ。三日前からかんかんで、怖くて近寄れもしねえんだから」

「三日前から？　一体、何があったのです？」

チョンはばつが悪そうに茫々に伸びた髭をいじり、大きな目をぎょろりと回しながら言った。

「べ、別に、何があったってわけじゃねえけどよ……あの日、女房が服を新調したんだ」

「奥さんは当然、その服が自分に似合っているかどうか、チョンさんに聞いてきたでしょうね」

「ああ。だから俺は、前にお前に教えられた通り、似合ってると答えた。ところが……」

「奥さんは、また聞いてきた。『本当に？』って」

「そうなんだよ。自分の女房だが本当にわからねえ女だ。似合ってるって答えてるのに『本当に？』なんてまた聞いてきやがった。だから、ああ本当だ、よく似合ってると、俺はまた答えた。そしたら今度は妙に鼻のつまったような声で、本当のことを言って、ねえ、正直に言ってよって、こうきやがった。そのうえ、自分でもわかってる、この服、私には似合わないでしょ、なんて言うものだから……」

「まさか、正直に答えたわけではありませんよね？」

「当たり前じゃねえか。俺を誰だと思ってる！　漢陽《ハニャン》一、腕の立つ鍛冶《かじ》職人のチョン様だ。この手で何千もの剣を作ってきた。そんな俺が、てめえの思ってることも言えねえようじゃ名が廃《すた》るってもんだ。あいつの言う通り正直に言ってやったさ」

「何て？」

「その服はお前には似合わねえ、豚に真珠だってさ。大体、真っ黒い顔に桃色の服が似合うかよ。二両もしたって言うからそれまで黙っていたが、そんな服、畦《あぜ》の案山子《かかし》が着ているのと同じじゃねえかって言ってやったんだ」

まるで武勇伝を語るようにチョンが言うと、周りの男たちはそうだそうだと相槌《あいづち》を打った。

「よく言った！」

「その通りだ」

「さすが熊の旦那だ。べらべら口の上手《うま》いすけこましより、よっぽどましだよ。見た目通り、熊の旦那は男らしいや」

男たちに口々に誉めそやされ、チョンはすっかり気をよくしてる。ラオンはそんな男たちを見て、やれやれと首を振った。男というものは、女心をまるでわかっていない。

「サムノム、教えてくれよ。女房はどうしてお冠《かんむり》なんだ？」

「本当にわかりませんか?」

「わからねえな。だから朝の鐘が鳴るなり、ここへすっ飛んできたんじゃねえか。なあ、言ってくれよ。女房の機嫌が直らなくて、ほとほとまいっちまってるんだ」

チョンは困り果てた顔をして胸を押さえ、このもどかしい胸の内を、どうかわかってくれと訴えるような眼差しでラオンに泣きついた。

ところが、ラオンは同情するどころか一言、

「怒られて当然です」

と、チョンの女房の肩を持った。チョンは怒って声を荒げた。

「何だと? 俺は怒られるようなことは、これっぽっちもしてねえぞ!」

「いくらなんでも、奥さんに向かって豚に真珠はないでしょう」

「仕方ねえだろう。女房の方から正直に言えと言ってきたんだから」

「奥さんは本当に、チョンさんが言う正直な気持ちを聞きたかったのでしょうか?」

「だったら、何を聞きたかったと言うんだ?」

「奥さんはきっと、新調した服がどれほどよく自分に似合っているか、それを着ている自分がどんなに魅力的か、夫であるチョンさんの口から聞きたかったのではないでしょうか」

「何だって? そんなことを聞きたかったのか?」

驚いて身を乗り出して尋ねるチョンに、ラオンは無言でうなずいた。

「女房のやつ、だったら最初からそう言えばいいじゃねえか。本当のことを言えと言われたら、俺

だって正直に言うしかねえだろう」

チョンはうなだれて、頭を掻いた。

「サムノムよう、俺はこれから、どうすればいい？」

先ほどの威勢はどこへやら。しょんぼりしたチョンの姿は、まるで母犬とはぐれた子犬のようで、ラオンは呆れるしかなかった。何度繰り返しても、懲りない御仁だ。

「奥さんと、仲直りしたいのですよね？」

「おっかなくてたまらねえんだもんよ。昨日なんてとうとう顔も見たくないと言い出して、飯も作ってくれなくなっちまった」

チョンは今にも泣き出しそうな顔をして、ぺちゃんこになった腹を撫でて見せた。

すると、ラオンは不意に人差し指を突き立てて、

「私の祖父は、よく言っていました」

と言った。煙草屋の男たちは一斉にラオンに注目した。悩みを解決に導く時の、ラオンの十八番だ。今日はどんな妙策が出てくるのか、固唾《かたず》を呑んで見守っている。

「女心は弥生の風の如し」

「どういう意味だ？」

「春風のように、どちらに向かって吹くのか、わからないのが女心というもの。だから、そんな気まぐれな風に振り回されないようにしなさいという意味です」

「春風？　振り回す？」

「チョンさん、こうしてみてください」

ラオンはチョンの耳元に顔を近づけて何やらささやいた。


ク爺さんの店を出ると、チョンは重い足取りで鍛冶場《かじば》に戻った。女房のアン氏は相変わらずのふくれっ面で、火鉢の前に屈み火の加減を見ていた。

「おい、帰ったぞ」

「ふん！」

アン氏は帰ってきた夫に振り向きもせず、むきになって火鉢に見入った。

「お前、まだ怒ってるのか？」

「いいえ、怒ってなんていませんよ。怒らなきゃならないことなんて何もありませんから」

口ではそう言ったが、アン氏は全身で『私は怒っています』という雰囲気を放っている。

「なあ、その……何だ、俺が悪かったよ」

チョンが詫びると、アン氏はちらと目をくれたが、すぐにまたふんっ、とそっぽを向いてしまった。

「俺が悪かったって」

「あら、お前さん、何か悪いことをしたの？」

チョンはごくりと息を呑んだ。待っていたあの一言。今だ。さっき教えられた通りのことを言う時だ。

ところが、いざ言おうとするも自信がなかった。こんな台詞《せりふ》が本当に通じるのか、こんな見え透いたうそが通じるのかと、どきどきしてくる。

だが、ほかに思い浮かぶ案もなく、チョンは半信半疑で言ってみることにした。

「あ、あのよう、実はその……嫌だったんだよ」

「何が？」

「お前が綺麗な絹の服を着るのがさ」

アン氏はキッと振り向いてチョンに向かってまくし立てた。

「どうせそんなことだろうと思ったわ！　やけにしおらしく謝ってくるから何かと思ったら、やっぱりね。それが本音？　私には贅沢だと言いたいの？」

「違う、そうじゃない」

「じゃあどういう意味よ？　私が絹の服を着て何が嫌なのよ！」

「俺は、お前にめかしこんで欲しくないいんだ」

「藪から棒に何を言うのよ」

チョンが意外なことを言うので、アン氏は戸惑った。その反応を見て、チョンはもう少し台詞を続けてみることにした。

「あの時、お前があの絹の服を着て、俺に似合うかって聞いてきた時さ。俺は一瞬、息が止まるかと思ったんだ。信じてもらえないかもしれねえが、あの時のお前は、あれは何だ、そう、空から天女が降りてきたみたいだった。ああ、俺はこんなに綺麗な女を女房にもらったんだな、こんなにいい女が俺の女房なんだと思ったら、年甲斐もなく心臓がぴょんぴょん飛び跳ねてよう」

言いながら、チョンは自分でも鳥肌が立った。

「ほ、本当に？」

ところが、アン氏は途端に少女のような潤んだ瞳をしてチョンを見つめてきた。両頬には、ほんのり赤みまで差している。

「私、そんなに綺麗だった？」

アン氏が急に鼻水がつまったような声で言ってきたので、今度はチョンが戸惑った。

まさか、こんな子ども騙しが通じたのか？

「何度も言わせるねえ。俺は、お前が綺麗になっちまうのが嫌で嫌でたまらねえんだ。十年も一つ屋根の下で暮らす俺でさえ、こんなにどぎまぎするんだから、ほかの男どもはどうなっちまうかわかりゃしねえよ。そんなお前が、あんな服を着て外を歩いてみろ。周りの男どもがどんな目で見てくるか、わかったもんじゃねえ！」

「んもう、誰も見ないわよ」

「初心《うぶ》なお前にはわからねえだろうが、男はみんな狼だ。わかるか？　お前みてえにいい女がいたら、自然と目がいっちまう。どこからどうちょっかいを出してくるか、わからねえんだ。ぞろぞろとお前のケツを追いかけてくるやつらを、この俺が大人しく見ていられると思うか？」

「また、その悪い癖！　すぐにカッとなっちゃだめだって、いつも言ってるじゃないの」

「てめえの女房にちょっかいを出されて、黙っていられる男がどこにいる。そんなやつは男じゃねえ、ただの腰抜け野郎だ！」

チョンは鍛冶場《かじば》が吹き飛ぶほどの大声で言い放った。すると、アン氏は感激に口元を緩ませ、腰をくねりながらチョンの胸を叩いた。

「本当に、困った人なんだから」

「なあに、俺は正直なことを言っただけさ」

「お前さんったら。もう、知らない」

アン氏は照れくさそうに身をよじり、上目遣いでチョンを見つめた。そんなアン氏の肩を、チョンは優しく抱き寄せた。

「なあ、俺が悪かったよ」

「私も、ちょっと了見が狭かったわ。お前さんの気持ちも知らないで」

こうして、二人の夫婦喧嘩はうそのように解決してしまった。

「さすがはサムノムだぜ」

「女のことはサムノムに聞くのが一番だな」

鍛冶場《かじば》の外から二人の様子をのぞいていた男たちは感心しきりだ。

チョンとその女房のことが気になって、ク爺さんの店からこっそりあとをついて来ていたのだが、夫婦が仲直りをするのを見て、皆我先にとラオンのもとへ引き返していった。

「次は俺だ」

「サムノム、俺が先だよな?」

「やめろ、押すんじゃねえ」

ラオンは苦笑いを浮かべ、押し合い圧し合いしている男たちに言った。

「皆さん、慌てなくても大丈夫ですよ。お一人残らず相談に乗りますから」


「やっと終わった」

昼過ぎの陽射しが、強張《こわば》った肩の上に気怠《けだる》く降り注ぐ。ラオンは腰を少し反《そ》らして大きく伸びをした。時刻は未の上刻(午後一時)を優に過ぎている。男の客たちで賑わっていた煙草屋にもつかの間の静けさが訪れ、ラオンは帰り支度を始めた。今日は早めに帰宅するつもりだった。

「お先に失礼します」

「もう帰るのかい?」

「妹のダニの薬が切れてしまったんです。仇里介《クリゲ》の市に寄って、薬やら米やら、色々と買わないといけないので」

いつものように笑顔で返事をするラオンに、ク爺さんは小さな木綿の巾着《きんちゃく》を差し出した。

「取っておきな」

「これは？」

「通訳官のキム様からいただいた十両だ」

「キム様から？」

「一人息子の恋の病を治したことがあったろう？」

「あの件なら、すでに十分な謝礼をいただきました」

「あの息子が、今度お前が紹介した娘と祝言《しゅうげん》を挙げることになったそうだ。こういう場合、縁を結んでくれた人に手厚い謝礼を払うものさ」

「それはようございました」

ラオンは我がことのように喜んで、そういうことならとク爺さんから巾着を受け取った。中身の重みより、若い二人が良縁に恵まれたことがうれしかった。

「自分が嫁を娶《めと》るわけでもなし、何がそんなにうれしいんだい？」

ク爺さんは、にこにこしっぱなしのラオンに半ば呆れて言った。

「ほんとですね」

そんなク爺さんに、やはり笑いながらラオンは言った。蕾《つぼみ》が満開の時を迎えたような笑顔だとク爺さんは思った。あまりに澄んでいて悲しくさえあるその笑顔に、ク爺さんは目を奪われてぼんやりと煙管《キセル》を吸った。この世に、これほど綺麗な笑顔があるだろうか。

ふと、この器量が、いずれこの少年に禍《わざわい》をもたらすような嫌な予感が脳裏をよぎったが、ク爺さんはそれをはねつけるように机案《きあん》の縁に煙管《キセル》を強く打ちつけた。

「昼餉《ひるげ》を食べていくといい」

「いいんですか？　ありがとうございます。実は朝からお腹が空《す》いて空いて」

「朝を食べなかったのかい？」

「うっかり買い忘れてしまって、朝餉の支度をしようと米びつを開けたら、米粒一つ残っていませんでした」

「おかしなやつだ。それが笑って言うことか」

「まったくです」

クク爺さんが叱るように言うと、ラオンは声を上げて笑った。

「笑い上戸も困ったもんだ」

口ではそう言いつつも、クク爺さんがラオンに注ぐ眼差しには優しい温もりがこもっている。ラオンは何も言わないが、家の暮らし向きが苦しいことは何となくわかっていた。

一日中、声がかすれるまで街の人たちの悩みを聞いて口に糊《のり》しているが、それだけでは病気の妹の薬代を賄《まかな》うのは難しいのだろう。この頃は痩せた体で商人たちの雑用や使い走りも引き受け始めたらしいという話がクク爺さんの耳にも届いている。若いうちからそこまでして稼がなければならない金とは一体何なのか。クク爺さんは胸が痛んだ。

昼餉でも早く出してやろう。

クク爺さんは溜息を吐いて煙管《キセル》を置き、旅籠屋《はたごや》の女将に昼食の雑炊《クッパ》を頼みに行くことにした。

「サムノム！」

そこへ、山羊髭を生やした中年の男が駆け込んできた。斎洞《チェドン》に住むキム進士《ジンサ》から小作の管理を任されているチェという男だ。チェはひどく慌てた様子で店に入ってくるなりラオンの腕をつかんだ。

「どうなさったのです？」

突然のことにラオンが驚くと、チェは、

「事情は歩きながら話す。とにかく来てくれ」

とだけ言って、息を荒げながらラオンの腕を引っ張って店を出ていった。ク爺さんが呆気にとられているうちに、二人の姿はあっという間に見えなくなってしまった。

「今のは、キム進士《ジンサ》のところのチェじゃないかい？」

ちょうど新しい煙草の葉を運んできたコクセが、矢のように駆けていくチェとラオンを見ながらク爺さんに言った。コクセはク爺さんの店で細々とした雑用を任されている。

「そのようだ」

「うちのサムノムに何の用ですかね。まさか、あの家にも春風にやられて恋の病にかかった人がいるのかな？」

「両班《ヤンバン》だって、春の風に吹かれれば恋の一つもしたくなるだろうよ」

「だとしたら、いい医者を見つけましたね。恋煩《こいわずら》いにはうちのサムノムほどの名医はいませんから」

ごま粒ほど小さくなったラオンの後ろ姿を見送るコクセの目にも、温かな情が浮かんでいる。

「ところでク爺さん、うちのサムノムは、今年いくつになりました？」

「初めてここへ来たのが十四の時だったから、今年でもう十七か」

「まだ十七のやつに、どうしてああも女の気持ちがわかるのか」

コクセは普段から不思議でならなかった。

すると、ク爺さんは煙管《キセル》に煙草の葉を詰めて火をつけ、煙管《キセル》の先からふっと煙を出して言った。

「さあな。もしかしたら、あの細い体の中に、九尾の狐が入っているのかもしれないな」


チェがラオンを連れて向かったのは、キム進士《ジンサ》の屋敷の離れだった。そこには、まだ独り身のキム進士《ジンサ》の末息子が暮らしている。ラオンはこの離れで、ひと月に五日ほど、恋文の代書を頼まれていた。それがあって、ラオンはてっきり今日も代書で呼ばれたのかと思った。ところが、いざ末息子と顔を合わせてみたところ、どうも事情が違うことに気がついた。

「来てくれたか」

ラオンを見るなり、末息子はどんより曇った顔で言った。

「どうなさいました?」

「大変なことになってしまった」

末息子の声は震えていて、ラオンは理由を尋ねた。

「何か、あったのですか? あの方から?」

「あの方から……あの方から返事が来たのだ」

末息子は汗を浮かべ、つかえながら言った。

「お返事なら、何度もいただいているではありませんか」

「ああ、そ、そうなのだが……今回のは、いつもとはちょっと違うのだ」

「ちょっと違う、とおっしゃいますと？　もしかして、あちらがお気を悪くなさることでもあったんじゃ……」

ラオンは不安になった。自分が書いた文《ふみ》のせいで、二人の恋がだめになってしまっては申し訳が立たない。

「そうではないのだ」

「では、何があったのです？」

「会いたいとおっしゃっている」

「はい？」

「今すぐにでも、会おうとおっしゃっているのだ」

「それはよかったではありませんか。これまではお互いの気持ちを文《ふみ》にしたためて伝え合われていましたが、それだけではきっと伝え切れない思いがおありのはず。今すぐにもお会いして、思いの丈を思い切りぶつけていらしてください」

「無理だ。できない」

末息子は激しく首を振った。青を通り越して蒼白になったその顔が、ただ事ではない状況を物語っている。ラオンにはなぜ末息子がここまで狼狽しているのかわからなかった。普通、好きな女《ひと》から会いたいと言われたら、飛び上がるほどうれしい気持ちになるはずだが、末息子は喜ぶどころか何かに激しく怯えている。

ラオンが疑問に思っていると、末息子はぎゅっとラオンの手を握り、

「助けてくれ」

とすがるように言った。


あれはちょうど十五夜の日こと。十五夜に橋を渡ると、一年の厄落としができるという風習に従い、末息子は雲従街《ウンジョンガ》からほど近い広通橋《クァントンギョ》を訪れた。そしてそこで、この世のものとは思えぬほどの美しい女人に出会った。声をかけようとしたが、幼い頃から引っ込み思案だった末息子は女人に近づくことすらできなかった。いきなり話しかけて嫌がられたらと思うと、とても勇気が出なかったのだ。

一夜明け、末息子は名前も知らない女人への思いを文《ふみ》にしたためようと考えた。だが、元来が文才のない末息子の書いた文《ふみ》はとても相手に見せられる代物ではなかった。

頭を抱える主の様子を見かねて、下男のチェはラオンに力を借りることにした。チェの見込み通り、効果は覿面《てきめん》だった。末息子の心を一瞬で奪ったその女人から返事が届いたのである。

その日もいつものように女人からの文《ふみ》を開いた末息子だったが、中身を見るなり凍りついた。文《ふみ》には人目につかない場所で会いたいという言葉と共に、驚くべき事実が記されていた。天女のように美しく可憐な女人は、末息子が決して好意を抱いてはならない高貴な身分の人だった。

女人の正体を知り、末息子は崩れるようにその場にしゃがみ込んだ。今まで文《ふみ》のやり取りをしていた相手が、この方よりはるかに身分の低い冴えない男だと知ったらどう思うだろう。そしてその文《ふみ》が、実は代書によるものだと知ったら？

末息子は震え上がった。相手は怒り、一家眷属《けんぞく》に害を及ぼすかもしれない。

怯える末息子に、チェは声を低くして言った。

「サムノムを代わりに行かせてはいかがでしょう？　女心を知り尽くしたサムノムなら、貴い方の気分を害することなく、丸く収めてくれるはずです」

「頼む、この通りだ！」

末息子は先ほどよりもっと声を震わせてラオンに泣きついた。

「お前が行ってくれ。私の代わりに、あの方に会ってきてくれ」

「キム様、それはいけません」

ラオンはきっぱりと断った。これは文《ふみ》を代わりに書くのとはわけが違う。もし頼みを聞き入れれば、それこそ相手を騙すことになる。相手が高貴な身分の方ならなおさら引き受けるわけにはいかない。

「こんな私が、どうやって会いに行ける？」

「キム様……」

「まともな会話もできないような男が文《ふみ》の相手だったと知ったら、あの方をがっかりさせることになる」

「きっとわかってくださいます。あの方なら、キム様のお気持ちをきっと受け止めてくださるはずです」

「わかってもらえるはずがない。こんな私を、どう受け止めると言うのだ？」

「いつかは乗り越えるべきことでした。キム様のありのままのお姿を知っていただかなければ、次に進めようがありません」

ラオンの説得にも、末息子はしきりに首を振るばかりだ。

「次はないのだ」

「ないとは、どういうことです？」

末息子は打ちひしがれた声で答えた。

「そういうことになった」

相手の身分を明かせば、絶対に頼まれてはくれないのがわかっているので、末息子は苦しそうに唇を噛んだ。

「最初から実ることのない縁だったのだ。会うのは、これが最初で最後になる」

「そんな……」

幸せな恋の行く末は、誰もが望むであろう結末は、好き合う者同士が一緒になることのはず。それなのに、相手に会いもしないうちから実らぬ恋と決めつけている末息子の言うことが、ラオンにはどうしても理解ができなかった。

ラオンがなかなかうんと言ってくれないので、末息子はとうとう泣き出した。

「好きな気持ちだけで越えるには、私とあの方の間にある山が高すぎる。だから、この辺で身を引くのが一番なのだ。これが潮時というものだ」

「どういう事情がおありかわかりませんが、今度ばかりはお引き受けできかねます」

「私には無理なのだ。話下手の私では、この気持ちをお伝えすることなど、とてもできない。身のほども知らずに、あの方をお慕いした罪をお許しいただくことができないのだ」

「…………」

「サムノム、頼む。私の代わりに行ってくれ。そして、これまでの無礼をお許しいただいてくれ。あの方がお気を悪くなさらないように、お前からうまく伝えてくれ」

ラオンは途方に暮れた。相手は末息子が震え上がるほど身分の高いご令嬢だ。うそをついたことがわかれば、お咎《とが》めを受ける程度では済まないだろう。

ラオンは泣きじゃくる末息子の顔を、複雑な思いで見つめた。


半刻後、キム進士《ジンサ》の屋敷の裏手に、桜色の衣服に身を包んだ若い両班《ヤンバン》の子息が現れた。袖なしの羽織を着て、指先ほどの大きさの南瓜の飾りがついた帯紐を小さく揺らして歩く――その青年は、ラオンだった。

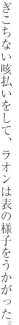

ぎこちない咳払いをして、ラオンは表の様子をうかがった。

チェが急いで用意したここは、小さな板の間を挟んで両側に一つずつ部屋があるだけの藁葺《わらぶ》きの家だ。木覓山《モンミョッサン》のふもとにあるこの家は、わざわざ戸を開けなくても外からの声が聞こえるので、それぞれ部屋の中にいたまま顔を合わせることなく話ができる。万一にもうそを見抜かれずに済むようにということだった。

だが、初めての逢瀬で顔も見せないのは、さすがに相手のお嬢さんも訝《いぶか》しく思うのではないかとラオンは思った。男女七歳にして席を同じゅうせずの教えを守る両班《ヤンバン》の礼儀作法から考えれば、こういうやり方が普通なのだろうか。

そんなことを思っていると、向かいの部屋に人が入る音がした。ラオンはさっそく、表に向けて声をかけた。

「あのう……」

だが、すぐに黙った。初めて会うのだから、最初の一言は何がいいだろう。相手の女人は期待に胸を膨らませているに違いない。そんな人に、どうすれば傷つけずに、うまく別れを告げられるだろう。

ラオンは短い間にぐるぐると考えた。考え込むあまり、向かいの部屋の戸が開く音には気づかなかった。狭い板の間を渡って、こちらに向かってくる重みのある足音にも。

だから突然、勢いよく戸を開けられた時は飛び上がるほど驚いた。ラオンが石のように固まり、声も出せずにいるうちに、相手はどんどんラオンに迫ってきた。

だめ、顔を見られてはだめ！

ところが、相手はラオンの目の前に片膝をつき、身を屈めて平然と顔をのぞき込んできた。怯えるラオンの瞳に、白い顔が映った。

二　面白いやつがいたものだ

　最初にラオンの目に飛び込んできたのは、男の黒い瞳だった。迫りくる矢のような鋭い眼差し。切れ長のその目に見据えられると、ラオンは余計に身動きが取れなくなった。そのまま、永遠のような長い沈黙が流れ――。

「ど、どなたですか？」

　ラオンは声を絞り出した。

「そう言うお前は、何者だ？」

　男は逆にラオンに聞き返した。男の名は李昊《イヨン》。一見すると女のような、子どもが少し大きくなったようなラオンの顔を、昊《ヨン》はまじまじと見た。

「文《ふみ》をくださったのは、あなたですか？」

「そうだ。ではお前は、あの文《ふみ》を受け取った者か？」

「…………」

　ラオンは思わず顔を逸《そ》らした。今大事なのは、誰が文《ふみ》を受け取ったかではない。現れたのが男だということだ。

　男だなんて……男だったなんて！

ラオンは眩暈《めまい》がしそうだった。恋文の代書を頼まれた時、確かめたわけではなかったが、キム進《ジン》士《サ》の末息子の文《ふみ》を読む相手はてっきり女人とばかり思っていた。だが、それは違った。目の前にいるのは、紛れもなく、正真正銘、男だ。

こんな展開になるとは夢にも思わず、ただ驚くばかりのラオンの脳裏に、ふと、末息子の言った言葉が浮かんだ。

『好きな気持ちだけで越えるには、私とあの方の間にある山が高すぎる。だから、この辺で身を引くのが一番なのだ。これが潮時というものだ』

ラオンは背《そむ》けていた目を男に向けた。改めて見ても、惚れ惚れするほどいい男だ。ラオンはすべて合点がいった。キム進《ジン》士《サ》の末息子があれほど心待ちにしていたのに、なぜ直前になって会うのを拒んだのか、そして、会いもしないうちからなぜ不幸な結末になると言って聞かなかったのかも。

末息子は自分と同じ男を好きになったのだ。これほど見目麗しい男《ひと》であれば、年若い末息子が一目で心惹かれたのもわかる気がした。だが、末息子も言っていたように、しきたりに厳しい両班《ヤンバン》の人々が二人の恋を許すはずはなく、身分違いの恋と同じように、いずれは引き裂かれてしまうだろう。思い合う二人の悲恋を思い、ラオンの胸は重く沈んだ。そして、この人も同じ気持ちでいるのだろうと思うと居ても立ってもいられず、ラオンは旲《ヨン》の肩に手を置いて、

「お察しします」

と言った。

「何の真似だ？」

昊《ヨン》は不快そうにラオンを睨んだが、ラオンは昊《ヨン》の肩から手を離さなかった。

「そんなに警戒することはありません。私には何でも話してください」

何ともない顔をしているが、この人だってつらくないはずがない。どんな思いで会いたいと伝えたのだろう。どんな思いでこの部屋の戸を開けたのだろう。

ラオンは自分を見下ろす黒い瞳を見返して言った。

「私もお目にかかりたいと思っていました。会いたくて会いたくて、一日千秋の思いでこの日を待ちわびていました。しかし……」

これは許されぬ恋、叶わぬ恋なのだ。ラオンは本当にキム進士《ジンサ》の末息子になったような気持ちになり、涙が込み上げてきた。だが、自分が感情的になってはいけないと、慌てて涙を拭った。そして、何事もなかったように清々しく笑って言った。

「ここにいるのも何ですから、まいりましょう」

「まいるとは、どこへ?」

「本当は顔を合わさずに帰るつもりでした。二言三言、挨拶をして失礼しようと思っていたのです。しかし、こうしてお互いの顔を見てしまった。ならば、せっかくですので一緒に何かしてみるのはいかがです?」

「何のために?」

「私の祖父は、よく言っていました」

ラオンは人差し指を立てた。

「人は思い出を食べて生きているのだと。これも何かの縁ですから、思い出の一つや二つ作っておくのも悪くはないでしょう。一緒に過ごした思い出があれば……」

この恋も、悲しいばかりではないはずです。

ラオンは最後の言葉は言わずに、先に部屋を出た。末息子が好きになったこの人に、代わりに自分が楽しい思い出を作り、幸せなひと時を過ごさせてあげたかった。

「さあ、まいりましょう」

ラオンは庭に出て、昊《ヨン》に手招きをした。

「変わったやつだ」

手を後ろに組んで、昊《ヨン》はわずかに顔をしかめた。

「どういたしますか?」

すると、背後から低くささやくような声が聞こえてきた。昊《ヨン》はラオンに視線を留めたまま背後の男に言った。

「もう少し様子を見よう」

「はい?」

「恐れ多くも、僕の妹に恋文を送りつけてきた男だ。どれほど肝《きも》の据わった男か、この目で見定めるのも悪くあるまい」

ラオンがとんでもない勘違いをしていることなど知る由《よし》もなく、昊《ヨン》はラオンについて行くことにした。

それから間もなくして、ラオンと昊《ヨン》は互いに正反対の反応を見せた。

「ここで、食事をしようというのか？」

「ええ。とても有名な雑炊《クッパ》をいただける店です。あちらにいる店主のお婆さんが作っているのですが、あのお婆さんは長い間、宮中で王様のお食事を作る水刺間《スラッカン》の尚宮《サングン》をなさっていたそうです」

ラオンはとっておきの話を聞かせるように、多少、浮ついた声で言ったが、昊《ヨン》はさほど驚く様子もなく、

「そうか」

と、そっけなく言った。

「水刺間《スラッカン》の尚宮《サングン》様ですよ？」

「それがどうした？」

ラオンは呆気に取られた。このつれない反応を見ると、この人は水刺間《スラッカン》の尚宮《サングン》がどれほど偉い人か知らないらしい。

そうこうしているうちに、ラオンと昊《ヨン》の席の隣に店主の婆さんが小さな膳を抱えてやって来て、恐ろしい勢いでまくし立てた。

「このろくでなしの穀潰しども！　一日くらい他所《よそ》の店に行ったらどうだい。毎日毎日、その顔を

見せられるこっちの身にもなれっていうんだよ。家で帰りを待つ女房子どものことは考えないのかい。まったく、どうしようもない馬鹿どもだね。雑炊《クッパ》が出てくるのを待っている間に、家に帰って栗でも剥いてつまんでろってんだ」

聞いているだけで胸やけがしそうな罵詈雑言が、客の男二人に浴びせられた。店の者にいきなり罵声を浴びせられたのだから、普通なら怒って席を立ちそうなものだが、男たちはむしろ喜び、大笑いして楽しんでいた。

「あの者たちは、罵倒されて喜んでいるのか？」

旲《ヨン》は嫌悪感を露わにした。ここが雲従街《ウンジョンガ》の人々が足繁く通う、有名な悪口婆さんの店であることはもちろん知る由《よし》もない。

「罵倒されて喜ぶ人なんていませんよ」

「それなら、どうしてあの者たちは、ひどいことを言われて笑っているのだ？」

「何と言いましょうか、子どもの頃の懐かしい思い出と、まあ、そんなところではないですかね」

「罵られたことが、懐かしい思い出になるのか？　拳骨まで付けてやれば、もっと喜びそうだ」

ラオンとしては例え話をしただけだったが、何を言っても揚げ足を取るようなことばかり言われるので、段々と嫌な気持ちになってきた。それを悟られないように、ラオンは機嫌よく言った。

「そういう意味ではなく、子どもの頃、お祖母さんに多少口うるさく礼儀作法を注意されたり、叱られたりした思い出が誰にでもあるでしょう」

すると、旲《ヨン》は胸元で腕組みをして、急に真面目な顔をして言った。

「僕のお祖母様は、そのような下品な言葉を口になさる方ではない」

「では、お祖父様は？」

「お祖父様は僕が生まれる前に亡くなられた」

「隣の家のお祖母さんは？」

「隣に家などない」

隣に家がない？　もしかしてこの人、深い山奥にでも住んでいるのだろうか。

「夜中にお漏らしをして、お母さんにお尻を叩かれたことは、ありませんか？」

「僕はそのような失態を犯したことはない。たとえ犯したとしても、この体に手を上げられる者などいるものか」

「そ、そうですか……」

ラオンには想像がつかなかった。両班《ヤンバン》の家はどこもそうなのだろうか。祖母に叱られたことがなく、おねしょをして布団を汚しても、母親にお尻を叩かれもしない。そんな家の中の様子を思い浮かべると、両班《ヤンバン》の家庭が急に寂しく思えた。

「あなた様は、温室の花のようですね」

「温室の花？」

旲《ヨン》は思わずラオンの顔を見た。上品な響きだが、男にかける言葉ではないように思えた。だが、自分のことを温室の花に例えられたのは初めてで、旲《ヨン》は好奇心が湧いた。

「おわかりになりませんか？」

「わからない」

「簡単に言うと、こういうことです。身分の高い名家のご令嬢のように、立派な塀の中で大切に大切に、花のように育てられた方という意味です」

小言を言われたことも、尻を叩かれたこともなく育った目の前の男は、これまで見てきたぼんぼん連中の中でも群を抜いている。ラオンはそう確信し、昊《ヨン》を凝視した。すると、昊《ヨン》はひどく眉間を歪ませて言った。

「つまりお前は、僕が大切に大切に、花のように育てられた男に見えると言いたいのか？」

「違いますか？」

「違う！」

昊《ヨン》はぴしゃりと否定したが、ラオンは納得していない様子だ。

「そうおっしゃるなら、違うのでしょう」

「絶対に違う」

「では、違うということにしておきます」

この手の男たちは、全員が全員、自分が温室育ちであることを認めようとしない。ラオンは、こちらはそれも心得ているという顔をした。そんなラオンを冷ややかに見て、昊《ヨン》が何か言い返そうとした、その時だった。

「くちゃくちゃしゃべってないで、さっさと食べな！」

店主の婆さんが二人分の雑炊《クッパ》を運んできた。昊《ヨン》はじろりと老婆を睨んだ。

「何だい、そんな目で目上の人を……」

例のごとく罵詈雑言を浴びせようとして、婆さんは口をあんぐりさせた。相手を睨む時の昊《ヨン》の目には確かに相手を圧倒する凄みがあるが、悪口婆さんはその程度で怯《ひる》むような御仁ではない。何しろ荒くれ者の山賊をも下僕にしてしまうほどの強者を、毎日、何人も相手に商売をしているのだ。

その婆さんが、昊《ヨン》のことをまるで化け物でも見るような目で見ていた。昊《ヨン》がさらに睨みを利かせると、婆さんは嫁入りしたばかりの新妻のように恭《うやうや》しく膳を置き、背中を見せない後ろ歩きで下がっていった。

次は自分たちの番だと悪口婆さんの罵声を楽しみにしていたラオンは、肩透かしを食らった気分だった。お婆さん、急にどうしたのだろうと思いながら何気なく昊《ヨン》を見て、ラオンは悟った。一面に氷を張ったような冷たい目。この目に睨まれたら、いくら悪口婆さんでも、怒鳴りつける勇気は出ないだろう。ラオンは呆れて昊《ヨン》に言った。

「長幼の序という言葉を、ご存じないのですか?」

「長幼の序?」

「そうです。目上の方が食事を運んできてくださったのに、ありがとうと礼を言うどころか、そんなふうに睨む人がありますか」

すると、昊《ヨン》は少しも動じることなく言った。

「説教ならやめておけ。人は皆、それぞれの立場というものがある。何より僕は、両班《ヤンバン》のふりをするような者がとやかく言えるような相手ではない」

「ええ、そうでしょうとも。両班《ヤンバン》のふりをする者の説教など、とても聞けたものでは……」

ラオンは思わずすすった水を吹き出してしまった。そして、悪口婆さんよろしく、化け物を見るような目で昊《ヨン》を見た。


まさか、気づかれたのだろうか。

「両班《ヤンバン》のふりとは、何のことでしょう」

ラオンはひとまず笑ってごまかし、昊《ヨン》の鋭い視線から目を泳がせて、これまでの出来事を猛烈な勢いで思い返した。

どうしてわかったのだろう。言葉遣いがまずかったのだろうか。原因が何であれ、大変なことになってしまった。両班《ヤンバン》でないことを見抜かれたということは、私がキム進士《ジンサ》の末息子ではないことを相手に気づかれたということだ。いや、もはやそんなことはどうでもいい。怖いのはお咎《とが》めだ。身分の低い者が両班《ヤンバン》になりすましたのだから、下手をすれば家族にまで厳しい罰が及ぶ。

ラオンの背中を、嫌な汗が流れた。今は卯月の早春で、暑くなるのはまだ先だが、ラオンは手を扇子代わりにしてしきりに扇いだ。こういう時ほど堂々と、図々しいくらいの態度でいようと思っても、心の中を見抜くような昊《ヨン》の視線に動じずにはいられない。

「温室育ちの方にしては、冗談がきついですね」

平静を装ってみたものの、昊《ヨン》の目は騙されてくれそうになかった。

「なかなか、真似がうまかったぞ」

「ま、真似ですって？」

「完璧でないのが惜しいところだ」

「どこがいけなかったのですか？」

言った途端、ラオンは慌てて手で口を覆った。

自分で真似と認めてどうする！

すると、そんなラオンの焦りを見透かすように昊《ヨン》は言った。

「お前の習慣だ」

「習慣？」

「お前は初めて会った僕を、この雲従街《ウンジョンガ》へ連れてきた。それも、通い慣れた様子でだ。無理もない。知らない相手と接する時、人は本能的に自分が行き慣れた場所に行こうとするからな」

「…………」

「それから、お前は両班《ヤンバン》が絶対にしない過ちを何度も犯している」

「過ちとは、具体的に……」

ラオンが尋ねると、昊《ヨン》は本を読み上げるように、次から次へと例を挙げた。

「まず、両班《ヤンバン》にしては所作に重みがない。二つ目に歩き方。三つ目は人に接する時の態度だ。それから四つ目、場所と席を選ぶ時のお粗末さだ」

ラオンの顔から、みるみる血の気が引いていった。

完璧だと思っていたが、すべて見抜かれていたのだ。キム進士《ジンサ》の末息子には、絶対に気づかれないとお墨付きまでもらったのに。それよりこの人、この短い間にこれほど多くのことに気がつくなんて、すごい観察力だ。

だが、昊《ヨン》の話はそれで終わりではなかった。

「何もかも不自然だったが、その中でも一番おかしいと思ったのは、ここだ」

「ここ？」

ラオンは店の中を見回した。どこにでもある普通の店だ。この店のどこがおかしいと言うのだろう。

「まだわからないようだな」

「だって、どう見ても普通の雑炊屋《クッパ》さんですが……」

昊《ヨン》は面倒臭そうに軽く舌打ちをして言った。

「お前が言う通り、この店におかしいところはない。おかしいのは、お前が僕をこの店に連れてきたことだ。初めて会う大事な人を、こんな店に連れてくる両班《ヤンバン》がいるなら会ってみたいものだ。お前がこの店を選んだ理由は何か」

「……」

「日頃からよく来ているからと見るのが妥当だろう。そして、こんな店を頻繁に利用する者といえば、当然、両班《ヤンバン》ではないということになる」

「確かに……」

体面を重んじる両班《ヤンバン》が、初めて会う大事な人を雑炊《クッパ》の店になど誘うはずがない。それに、この人の言う通り、これまでこの店で両班《ヤンバン》を見かけたことは一度もなかった。キム進士《ジンサ》の末息子と温室の花の君との悲恋に気を取られ、肝心なところに気が回らなかったのは迂闊《うかつ》だった。

「答えろ。お前は何者だ?」

昊《ヨン》は胸元で腕を組んだままラオンを見据えた。最初からどうもおかしいと思っていた。気安く肩に触れてきたり、思い出作りなどと言って街に連れ出したり。

昊《ヨン》が想像していたキム何某《なにがし》という男は、そんな柄ではなかった。気が小さくて、会いたいと誘っても出て来る度胸もないやつだと思っていた。それでもわざわざ出向いてきたのは、もしかしたら来るかもしれないという思いがあったからだ。それに、男勝りの妹の心を、たかだか数回の文《ふみ》のやり取りだけで揺さぶった男をこの目で確かめておきたかった。女に生まれたのが勿体ないほど才気に恵まれた妹は、男を男と思わぬ勝気な性格で、無能な男と暮らすくらいなら一生一人で生きていく方がましだと日頃から豪語している。そんな妹を変えた相手とあらば、立派な男であって欲しいという兄としての願いもあった。

それなのに、現れたのは両班《ヤンバン》を騙《かた》る正体不明の怪しい男。昊《ヨン》はがっかりを通り越して腹が立っていた。

「身分を偽り、両班《ヤンバン》になりすますとはいい度胸だ」

「偽ったのではありません」

ラオンが狼狽する姿を見て、旲《ヨン》の心はさらに冷えていった。男のくせに軟弱なのも気に入らない。

「偽ったわけではないのなら、何だ?」

「私はただ……」

うまい言い訳を探したが見つからず、ラオンは頭を振った。そして、下手なごまかしの利く相手ではないと観念し、立ち上がって正直に頭を下げた。

「申し訳ありませんでした。騙すつもりはありませんでしたが、結果として、あなた様にうそをつくことになってしまいました」

「……」

「お察しの通り、私は文《ふみ》の送り主であるキム様ではありません。私は、キム様の伝言を言づかった使いの者でございます」

「身分を偽った罪は決して軽くはない。そのことは、お前も知っているだろう」

「存じております。どのような罰も、甘んじてお受けいたします」

言った途端、ラオンは怖くなった。自分が咎められるのは仕方がない。だが、そのせいで母や妹にまで害が及ぶのではないかと思うと、手足が震え頭がくらくらしてきた。

旲《ヨン》は頭を下げたまま動かないラオンを見ているだけで、何も言おうとしなかった。そのまま一刻が過ぎ、さらにもう一刻が過ぎた。沈黙が長引くにつれ、ラオンの焦りも募っていった。そしてラオンの唇から赤みが消え、白く乾きかけた頃、ようやく旲《ヨン》が口を開いた。

「あの文《ふみ》は、お前が書いたのか?」

「え？」

「あの文《ふみ》も、お前が書いたのかと聞いているのだ」

好きな女の前に姿を現すこともできない小心者が書いたにしては、文《ふみ》の内容はあまりに立派だった。その筆致や節々から感じられる気概と正義感は強く気高く、並の男ではないことを感じさせるものだった。

「ち、違います。断じて、断じて私ではありません」

ラオンは手を振って否定した。白く表情のない昊《ヨン》の顔はまるで死神のようで、そんな相手に代書をしていたことまで正直に話したら、今この場で尻叩きの刑に処されるかもしれない。

「まことか？」

昊《ヨン》は、やはり一切の感情を浮かべずに言った。ラオンは恐ろしくてとても目を合わせることができず、さりげなく視線を逸《そ》らして答えた。

「……私です」

それを聞いて、昊《ヨン》は鼻で笑った。

これで何もかも終わりだ。怒鳴りつけられる覚悟をして、ラオンは目をつぶった。ところが、怒鳴り声は一向に聞こえてこず、ラオンはわずかに面《おもて》を上げて昊《ヨン》の表情をうかがい、我が目を疑った。先ほどまで死神のように見えていた昊《ヨン》の顔が、心なしか和《やわ》らいでいるような気がした。それに、ずっと胸元で組んでいた腕も解いている。

すると、昊《ヨン》は両手を膝の上に置き、ラオンの顔をのぞき込んで言った。

「身分を偽り両班《ヤンバン》を愚弄した罪。さて、どうしてやろうか？」

「密告でもなさるおつもりですか？」

「さあ、どうして欲しい？」

ラオンは思いつめた目で昊《ヨン》を見つめた。

「家には、私しか頼る者のいない、年老いた母と病気の妹がいます」

大きな瞳に、今にもこぼれ落ちそうなほど涙を溜めてラオンは言った。どんな冷血漢も憐情を抱かずにはいられない健気な姿。だが、昊《ヨン》は嘲笑を浮かべた。

「罪を犯した者は、決まってそんなことを言う」

「本当です。うそではありません」

「お前の事情など、知ったことではない。僕が興味があるのは、お前にどんな罰を与えるかということだけだ」

この人には血も涙もないのだろうか。ラオンは悔しさが込み上げたが、家族のことを思うと、今ここで相手の気分を損ねるようなことはできない。ラオンは何とか昊《ヨン》を説得しようとした。

「私を弟と思ってお許しくだされば、ご恩は一生忘れません」

「お前のような弟を持った覚えはない」

「どうすればお許しいただけますか？　教えてください。何でもします。密告しないでいただけるのなら、どんなことでもいたします」

「どんなことでも？」

昊《ヨン》はしばらく考えて、出し抜けにこう言った。

「では、僕のものになれ」

「わかりました。あなた様のものになります。温室の花の君様のものに……」

ラオンは弱々しい声で昊《ヨン》の言ったことを繰り返し、ふと顔を上げた。

「今、何とおっしゃいました？」

「聞こえなかったか？　僕のものになれと言ったのだ」

妹の心を奪うほどの筆力。何食わぬ顔で両班《ヤンバン》を騙ることのできる度胸。昊《ヨン》は確信した。身分が低いのは惜しいが、こいつは使いものになる。これほどの人物に合うのは久しぶりだ。さて、こいつをどう料理したものか……。

まな板の鯉を見るような艶やかな昊《ヨン》の表情とは裏腹に、ラオンは不安でならなかった。すべてを見透かすような、人の心の中まで見抜くような鋭い視線……。この人、もしかして！

ラオンはとっさに両腕で胸元を隠した。両班《ヤンバン》になりすましていたことは見破られても、こちらは気づけまいという自信はあったが、昊《ヨン》のにやにやした表情が気がかりでならなかった。

温室の花の君様は男を好きな人。僕のものになれと言ったのは、そういう意味なのだろう。温室の花の君様のものになる代わりに許すというのは、私を男と思っているからにほかならない。ここで気づかれたら一巻の終わりだ。

「あの、ほかのことではいけませんか？　申し訳ございませんが、あなた様のものになることだけはお許しください」

あなたにはキム様がいらっしゃいます。いくら何でも、心変わりが早すぎます。

「何でもすると言ったではないか」

「あなた様のものになること以外なら、何でもいたします」

「罪を犯した者にしては、ずいぶん図々しいな」

「そういうことではありません」

「これ以上の話は無用だ。追って使いを送る。その時は何でも僕の言う通りにするように。いいか、何でもだ。わかったな？」

「何でも、でございますか……？」

ラオンは、いつか迎春閣《ヨンチュンガク》という妓房《キバン》の妓女《キニョ》が見せてきた春画を思い出した。絵の中で、男女が奇妙な形で絡み合う姿が、ヒルのように脳裏に貼りついている。

「キム様のことは、どうなさるおつもりですか？　私があなた様のものになったら、キム様はどうなるのです？」

すると、昊《ヨン》はふと思い出したように言った。

「そうだ、そのことを忘れていた。帰ったらそいつに伝えろ。身のほどもわきまえずに恋慕の情を抱いた罪、それだけでは飽き足らず人を欺こうとした罪、本当なら死んで償《つぐな》わせたいところだが、今回ばかりは許す。だから、此度のことは一人胸にしまっておくようにと」

「それではあんまりです」

その程度の恋だったのですか？　そのような言葉一つで片付けてしまえるほど、軽いお気持ちだったのですか？

　これまで末息子の恋を見守り続けてきたラオンとしては、とても受け入れられる話ではなかった。自分に代わりを頼んだ時の末息子の必死な姿が思い出され、まるで自分が裏切られたような気分だった。そんな思いを喉の奥に押し込めて、ラオンは末息子から預かった言葉を伝えた。

「キム様は、幸せな思い出を大事に胸にしまっておくとおっしゃいました。お慕いしたことは誰にも言わず、生涯忘れはしないと。二人の間に立ちはだかる山があまりに高く、別れを選びはしたが、交わした心を死ぬまで大切にして生きていくとおっしゃっていました」

　この男も人の心があれば、これを聞いて何か思うところがあるだろう。末息子の気持ちに、きっと胸を痛めて改心するはず。そう思ったのだが。

「そうか」

　旲《ヨン》は顔色一つ変えずに言った。ラオンは思わず拳を握り、旲《ヨン》を睨みつけた。

「どうした、まだあるのか？」

「こ、この……この……」

　ラオンは怒りに震え、

「この、獣！」

　と大声で言い放ち、一目散に店を飛び出した。

「何だ、あいつ」

　旲《ヨン》は呆気に取られ、走り去るラオンの背中を呆然と見送った。

「変なやつ」

昊《ヨン》は水標橋《スピョギョ》の欄干に寄りかかり、微笑んでいた。その視線は、橋の下のラオンに注がれている。

自分が人を騙しておいて、『獣』などと罵倒するとは、居直りもいいところだ。

一度は店を飛び出したラオンだったが、昊《ヨン》がいなくなるのを見計らって再び店に戻った。そして、手つかずのまま残されていた雑炊《クッパ》を抱えて出てきた。ラオンは気づいていなかったが、その姿はしっかり昊《ヨン》に見られていた。

気になってあとをつけてみると、ラオンは橋の下に暮らす子どもたちに雑炊《クッパ》を食べさせていた。ゆっくりと流れる時の中で、子どもらがおいしそうに雑炊《クッパ》を食べるのをうれしそうに見守っている。額に汗を浮かべ、時折、細い手で子どもたちの頭を撫でたり、口の周りを拭いてやったりしている。

その様子を、昊《ヨン》は橋の上から穏やかな眼差しで眺めていた。子どもたちと接するラオンのすべてが目に焼きついていく。気がつけば、昊《ヨン》はラオンから目を離せなくなっていた。理由は自分でもわからなかった。ただ、不思議なやつがいたものだと思った。

「ユル」

昊《ヨン》が低い声で呼ぶと、背後に黒装束の男が現れた。昊《ヨン》はわずかに顔を向けて言った。

「どう思う?」

「何をでございますか？」

旲《ヨン》はラオンをあごで指した。

「面白いやつがいたものだ」

三　聞いていません！

「本当に、それだけか？　本当に？」

キム進士《ジンサ》の末息子は、にわかには信じられない様子だった。

「本当です、キム様」

自分の服に着替えを済ませ、先ほど借りた絹の衣服と翡翠色の袖なしの上着を丁寧に畳んで返しながら、ラオンは心苦しそうにうなずいた。末息子は思いつめた顔をしている。別れを切り出したのは末息子の方なのだから、ラオンが申し訳なく思う必要はないのだが、失恋したばかりの人に事実を告げるのはなかなかつらい役目だ。

「本当に本当に、それだけで済んだのだな？」

末息子はもう一度、確かめた。

「あの方も、キム様のお気持ちを生涯大切に生きていく、二人の思い出は永遠に忘れないとおっしゃっていました」

末息子の心を傷つけないよう、ラオンはうそを言った。うそをついてでも、末息子の純粋な気持ちを守りたいと思った。

「よくやってくれた！」

ところが、末息子は晴れやかな顔をして、ラオンの両手を握ってきた。

「キム様……」

「恩に着るぞ！」

先ほどまで青ざめていた末息子の顔が一瞬にして明るくなったので、ラオンは不思議に思った。そんなラオンをよそに、末息子は心から安堵していた。

今、思っても恐ろしくて震えてくる。知らなかったとはいえ、相手の身分を考えれば、恋文を送るなど我ながら正気の沙汰とは思えない。

恋文を交わした相手が王の娘であることを知ってから、末息子は一睡もできなくなった。自分のせいで一族に害が及ぶのではという不安に苛《さいな》まれ、呼吸が苦しくなるほどだった。約束の日が近づくにつれ、末息子はどんどん追いつめられていった。会って何を言えばいいのか。下手に口を滑らせてこれまでのうそがばれてしまったら、文面からも伝わるほど勘の鋭い公主《コンジュ》はどうするだろう。

悩んだ末に、末息子はラオンに代役を頼むことにした。たった数枚の文《ふみ》で公主《コンジュ》の心をつかんだラオンなら、もしかしたら穏便に収めることができるかもしれないという期待に賭けたのだ。断られるのがわかっていたから、相手が誰かは最後まで伝えなかった。しかし、これほど首尾よく運んでくれるとは。喉に刺さった魚の小骨が取れたような気分だった。

「ありがとう。お前のおかげだ」

末息子はそう言って、表に控える下男のチェにちらと合図を送った。チェは手の平ほどの大きさの絹の巾着を持って部屋に入ってきた。歩くたびに巾着の中で小銭がぶつかり合う音がする。

チェから巾着を受け取り、末息子はそれをラオンに差し出した。

「これは礼だ。受け取ってくれ」

「そんな、いただくわけにはいきません」

「ささやかな感謝の気持ちだ」

ラオンがなかなか受け取ろうとしないので、末息子はそう言って謝礼を押し渡した。

そんな末息子の様子には、やはり釈然としないものがあった。好きな人との別れは誰にとってもつらいものだ。それなのに、末息子は悲しむどころか安堵しているように見える。気持ちだからと言うので受け取りはしたが、それにしては謝礼が多すぎるのも妙だ。何か裏があるような気がしたが、ラオンは聞かないでおくことにした。こちらが知っておくべきことなら、末息子の方から言ってきただろう。深入りは禁物だ。

「それでは、私は失礼します」

「ご苦労だった」

代書をする必要がなくなったので、もう会うこともない。ラオンは末息子に別れを告げ、チェの案内を受けて裏口から離れの外へ出た。帰り際、チェは戸を閉める前にラオンに釘を刺した。

「いろいろご苦労だった。難儀な頼みとはいえ、お坊ちゃまのお計らいを忘れるんじゃないぞ。それから、今日のことは絶対に口外するな。寝言で漏らしてもだめだ。いいな？」

「ご安心ください。私の口は、千斤の錘《おもり》より重いので」

ラオンはそう言って、青い松の林道を引き返した。この林道も、キム進士《ジンサ》の屋敷の敷地内だ。しばらく林道を進み、ラオンはふと立ち止まって先ほど懐《ふところ》にしまった絹の巾着を取り出した。数えてみると、中には三十両入っていた。

「これだけあれば、春の端境期を十分に越えられる。母さんとダニに新しい春服も買ってあげられるわ」

母の木綿の服がくたびれていることや、妹のダニが裾が短くなった五色の縞の韓服《セットンチョゴリ》を着ているのがいつも気がかりだった。その分、この思いがけない収入がありがたい。もしかして、昨日の夜、金の豚の夢でも見たのかな。懐《ふところ》が暖かいと心まで満たされて、足取りも羽のように軽くなる。

ラオンは再び歩を進め、うきうきしながら巾着を上に投げた。巾着の中から、ちゃりんちゃりんという聞き心地のいい音がして、手の平に落ちてきた巾着の重みに目が潤む。

愛しの小銭ちゃん。

手の平で巾着を受け止める時の感触が妙に癖になり、ラオンは塀に沿って歩く間、何度も巾着を宙に投げた。

ちゃりん、ちゃりん。

いい音。

ちゃりん、ちゃりん。

ちゃりん。

ふと、温室の花の君の顔が浮かんだ。

あの美男子の恋のお相手が同じ男だと知ったら、世の女人たちはさぞ悲しむだろう。

ちゃりん、ちゃりん。

ちゃり……ん。

僕のものになれだなんて、本気で言ったのかな。まさか、ありえない。

昊《ヨン》のことを考えている間も、巾着は鳴り続ける。

文《ふみ》のやり取りだけとはいえ、キム様という人がいながら、私と会った途端に心変わりをするような人だ。きっと、私のことも明日には忘れてしまうだろう。

ラオンは巾着を懐《ふところ》に深く押し込めて、家路を急いだ。

だが、いくらも進まないうちに再び立ち止まった。どうも先ほどから誰かに見られている気がしてならない。振り向いて確かめたが、松林の中には自分のほかには誰もいなかった。思い過ごしだろうかと思った時、辺りが暗くなり始めていることに気がついた。

「そうだ、買い物！　急がないと母さんが心配する」


ラオンが去り、しんとなった松林の中に二人の老人が現れた。一人は赤い官服を着た背丈のある老人だ。その老人は、傍らのやはり老人に尋ねた。

「パクよ、あの者に間違いないか？」

すると、翡翠色の官服姿の背の低い太った老人が、赤い官服姿の老人に答えた。

「間違いない。あの方がおっしゃっていた若者だ。たいそう気に入られた様子だった」

二人は一見、どこにでもいる普通の老人のようだが、よく見ると、どちらの顔にも髭がない。そのせいか、二人の姿は老婆が男装をしているようにも見える。

何を隠そう、二人は六十年もの間、王宮に仕えてきた宦官《かんがん》だった。一人は内侍府《ネシブ》の長、判内侍府事《パンネシブサ》パク・トゥヨン、もう一人は尚膳《サンソン》ハン・サンイクだ。

「パクよ、これからどうするつもりだ？」

尚膳《サンソン》のハンが尋ねると、判内侍府事《パンネシブサ》のパクは含みのある笑みを浮かべて言った。

「あの方の思し召しなら、おそばに仕えさせるのみ」

「そうなると、否応なく宮中のことに深く関わることになるが……」

「男の身では決して入ることが許されない奥の奥」

「引き留めても無駄か」

「私もお前も歳を取り、もうすぐ暇をいただく身。我々がいなくなれば、あの方は本当に独りになってしまう。今のうちに、せめて心の支えを作って差し上げねば」

「時期は決めているのか？」

「鉄は熱いうちに打つ。チェのやつに支度を整えるよう伝えてくれ」

「しかし、あやつが素直に従うかどうか」

ハンが案じると、パクは無言で空を見上げた。夜空に月はなく、見渡す限り雨雲が立ち込めている。

「ここへ来る途中、小耳に挟んだのだが、あの少年の家族に今、大変なことが起きているらしい。

暮らし向きも芳《かんば》しいようには見えない。遠からず、その時が来るだろう」

急ぐだけ急いだが、辺りはすっかり暗くなってしまった。足元を照らす灯り一つないが、ラオンの足取りは蝶のように軽やかだった。

片手に妹のために買った上等な薬草を、もう片方の手には新鮮な牛肉と、今の時期はなかなか手に入らないりんごを二玉。ラオンは上機嫌で、珍しく鼻歌まで歌いながら家に向かっていた。縁談がまとまった礼にともらった謝礼の十両と、キム進士《ジンサ》の末息子からの三十両。合わせて四十両もの大金が、たった一日で舞い込んだ。

裕福な人は笑うかもしれないが、この日、手にした四十両は、ラオンにとって何倍もの価値があった。この春の端境期を安心して過ごせると思うと、まさに恵みの雨のようだ。

漢陽《ハニャン》に来てから、雲従街《ウンジョンガ》の人々を相手によろず相談を行い、一日一両にも満たない稼ぎで口に糊《のり》して三年が過ぎた。十七歳で一家の大黒柱を務めるのは決して楽ではなかったが、ラオンは弱音一つ吐かずによく働いた。心優しい母のため、体の弱い妹のために、強く逞しく生きなければと胸に誓い続けた三年だった。

「これを見たら、母さんもびっくりするだろうな」

峠を越えれば、そこは我が家だ。家に着いたら、母さんとダニに真っ先にこのお金を見せて使い道を相談しよう。何を買うか、夜更かしして話してしまいそう。いつもは食べられない好物を思い切り食べたい。まずはこの牛肉で、母さんお手製の汁物を作ってもらおう。

峠の頂に立つと、家族の待つ家が見えた。小さな藁葺《わらぶ》きの家。灯りのついた家を見たら、一刻も早く家族に会いたくなった。

「母さん、ダニ！」

ラオンは弾ける笑顔で滑るように峠を駆け下りた。

ひと息で家まで来ると、ラオンは待ち切れず、外から二人を呼んだ。

「母さん、ダニ、ただいま！」

中から漏れる灯り。取っ手を握ると、明るく出迎えてくれる母と妹の姿が浮かんできて、ラオンは勢いよく戸を開けた。

「サムノムか。遅かったな」

ところが、ラオンを迎えたのは医者のソンという男だった。雲従街《ウンジョンガ》では名の知れた医者だ。

「ソン先生が、どうしてここに？」

ソンの隣では、母が泣いている。

「ラオン、ダニが、ダニが……」

泣き崩れる母の後ろに、青白い顔をして横たわるダニの姿があった。

「ダニ！」

ラオンはダニの枕元に駆け寄った。

「ダニ、今、帰ったよ。目を開けて」

ダニはほとんど寝たきりの生活をしているが、ラオンが帰るといつも起き上がってうれしそうに笑顔で迎えてくれる。そんなダニが、今日は横たわって目を閉じたままだ。

「何があったのですか」

「病があまりに深く、手の施《ほどこ》しようがない」

「そんな……手の施しようがないなんて、どういうことですか！」

「心の準備をしておきなさい」

「ソン先生！」

ラオンは激しくソンに迫った。

「先生、何とかしてください。ダニはまだ十五なんですよ！」

「言っただろう。これ以上は手立てがないのだ」

「お願いします。お金ならここに、四十両あります。四十両もあれば、高麗人参だって手に入るでしょう？　先生、お願いです。お願いです、先生！　妹を助けてください。雲従街《ウンジョンガ》で一番のお医者様ではありませんか！」

「残念だが、私の医術ではこれが限界だ」

「先生、そんな……」

目の前の光景が、がらがらと音を立てて崩れていくようだった。ダニは目を閉じたまま、この話が聞こえているのかどうかもわからない。青白い顔をして、痩せ細った小さな体は痛々しく、ラオンは胸が張り裂けそうだった。幼い頃から病弱で、自由に外で遊ぶこともできなかった。花が好きなのに、一緒に花見に行ったこともない。

「このまま、妹が弱っていくのを見ているしかないなんて嫌です。何もできないなんて、そんなの、絶対に嫌です！」

ラオンは唇を噛んだ。赤くなった下唇は、血が滲んでいるようにも見える。

その時、医者のソンがぼそりとつぶやいた。

「手立てがないわけではないが……」

ラオンは顔を上げ、泣くのをやめてソンに向き直った。

「方法が、あるのですか？」

「ある。最後の砦がな」

「どんな方法ですか？　教えてください」

「王様の御医《オイ》を務めたキム・ソンドン先生に診ていただくのだ」

「その方は今、どこにいらっしゃるのですか？」

ラオンは藁をもつかむ思いでソンに詰め寄った。だが、ソンは首を振った。

「先生を訪ねることなら、今すぐにもできる。しかし……」

「しかし、何ですか？」

「あの方に治療をしていただくには、法外な金がいる」

「お金ならあります。ほら、ここに四十両！」

「その程度では何にもならん。少なく見積もっても、その十倍は必要だ」

「十倍って……よ、四百両もいるのですか？」

「ダニの病は重い。それくらいは優にかかるだろう」

「…………」

ラオンは愕然となった。四百両など一生働いてもお目にかかれない大金だが、助かる道があると聞いて諦めるわけにはいかない。今にも消えてしまいそうな妹の息遣いを確かめて、ラオンは自らに誓うように言った。

「わかりました。その四百両、どんなことをしても用意します。それで妹が助かるなら、何でもしてお金を作ります」


翌日、ラオンは夜明けと共に家を出た。四百両を工面するには、一件でも多く相談を受け、一分《ぶ》でも多く稼がなければならない。今日からはいつもの何倍も働くつもりで、ラオンは雲従街《ウンジョンガ》を目指した。

ところが、その日、いつもは朝から客足が絶えないク爺さんの店は閑散としていた。それは店じまいまで続き、ついには蟻一匹入って来なかった。皆、今日はたまたま忙しかったのだろう。明日にはまたいつものように客で賑わうに違いない。ラオンはそう自分を励ました。ところが、翌日も、その翌日も、相談に訪れる客は一人もいなかった。

そんな日が四日も続き、ほかに食い扶持《ぶち》を探した方がいいのではないかと思い始めた頃、一人の老人がラオンを訪ねてきた。背が低く、丸々と肥えた髭のない老人だった。

「サムノムというのはお前か？」

老人に尋ねられ、ラオンは無言でうなずいた。群青色の絹の官服をまとい、胸元に赤い細紐を結ったその老人は、両班《ヤンバン》の象徴であるつばの広い笠を被っていて、その出で立ちから身分の高い人物であることがわかった。

奇妙な老人だった。顔の所々にしみができているが、髭は一本も生えておらず、雲従街《ウンジョンガ》の商人たちにはない白く滑らかな肌をしていてどこか浮世離れした感じがした。男というより、女に近いような。

とはいえ、老人から醸し出される雰囲気は女のそれとももまた違うものだった。一体、どういう人なのだろうと思っていると、老人は断りもせずラオンの前に座った。

「雲従街《ウンジョンガ》のサムノムとやら、どんな悩みも解決できるというのはまことか？」

「もちろんです」

老人がどこの誰であれ、久しぶりの客の登場にラオンは喜んだ。

「ならば、私の悩みも解決してもらおう」

「それでは、まずはお話をうかがいましょう」

恋には里も齢《よわい》も関係ないというが、まさかこの齢で好きになったお婆さんでもいるのだろうか？

「うむ。私は王宮で王様に仕える者だ」

「そうですか。では、今日はどんなお悩みで？」

「今、新たに人を探しているのだが、とても厳しいお勤めゆえ誰も手を挙げる者がおらず困っておる」

「なるほど、そういうことでしたか。あいにく、私の専門は男女の色恋にまつわるものでして。中でも女心を読み解くのには自信があるのですが」

ラオンは苦笑いを浮かべてやんわり断ったが、老人はラオンの話などお構いなしに話を続けた。

「確かにつらい仕事ではあるが、思いのほか禄《ろく》は手厚く、望まれれば向こう数年分を前払いすることもできる。それなのに最近の若い者ときたら、楽な仕事ばかりを好んで困る」

老人の話には金の匂いが漂っている。ラオンは老人の方へ身を乗り出した。

「禄が手厚いのですか？」

「ああ、お前が想像する以上だ」

「向こう数年分を前払いしていただけるというのも？」

「本当だ」

「では、よ、四百両ほど、先にお支払いいただくことは……」

勢いで聞いたものの、ラオンは言っていて自分でもおかしくなった。四百両は大金だ。いくら王宮とはいえ、そう都合のいいことはしてくれまい。

「ふむ、四百両なら、ざっと三年分といったところか」

ところが、老人が平然とそう言ってのけたので、ラオンは腰を抜かしそうになった。

「お支払いいただけるのですか？」

「払ってやると言ったら、お前が来るか？」

ラオンは思い切り首を縦に振った。

「四百両をいただけるなら、どこへでも行きます！」

心臓がうるさく音を立てた。四百両あれば、妹を治療することができる。ラオンに迷いはなかった。

「思いつきで言っているのではあるまいな？」

「私は本気です」

「厳しいお勤めになるぞ」

「どんなにつらい仕事でも頑張ります」

「口も重くなければいかん」

「口が利けないふりだってできます」

「出仕するまで、王宮勤めをすることを一切、誰にも口外してはならない」

「四百両をいただけるのでしたら、死んだことにされても構いません」

「ならば」

老人は瞳の奥を射貫くようにラオンを見据え、懐《ふところ》から一枚の紙を取り出した。

「まずはここに、お前の名前を書いてもらおう」

「何です？」

ラオンは何が書かれているのか読もうとしたが、老人のしわしわの手に巧みに隠され、結局、中身を見ることはできなかった。

「大した内容ではない」

「では、私の名前を書けというのは？」

「王宮に勤めるための、簡単な約束事のようなものだ」

老人は詳しくは語らずに細筆をラオンに渡した。どこか釈然としない老人の言い方に、ラオンはもう一度、尋ねた。

「本当に、大した内容ではない、簡単な約束事なのですね？」

するとと、老人は涼しい顔をして言った。

「さよう。目をつぶっていれば一瞬で終わる。そんな簡単な手続きに承諾するという、取るに足らない証文のようなものだ」


それから五日後の戌の刻（午後九時）。ラオンは仁徳院《インドグォン》にある柿の木の家に向かっていた。先ほどまで晴れていた夜空に、突如、雨雲が立ち込め、にわか雨が降り出した。春を告げる雨露だ。だが、ラオンは雨が降り出したことも、服が濡れていることにも気づかずに寂しそうに笑った。

「家を出るのは初めてだ」

ク爺さんの煙草屋を訪ねてきた老人から四百両を受け取り、ラオンはその足で妹のダニを連れ、王の元御医《オイ》で神医と名高いキム・ソンドンのもとへ急いだ。キム・ソンドンはダニの病状を診て、自分のもとで治療をすれば半年ほどでよくなるだろうと言った。その神医の言葉に、ラオンたち家族三人は抱き合い、涙を流して喜んだ。母娘三人の生活に訪れたつかの間の穏やかな日々はあっという間に過ぎ、老人と約束した日を迎えた。当分は家に帰れないだろう。

ラオンは腰元から手の平ほどの大きさの匂い袋を取り出した。しばらく離れて暮らすことになるからと、ダニがくれたものだ。古くなった布切れを縫い合わせて作った匂い袋の中には、去年の秋に拾って乾燥させておいた花弁があふれるほど入っている。

匂い袋を手渡す時、ダニは泣いていた。もともと勘の鋭い子で、聞かなくてもわかっていたのだ。ラオンが家を出るのは、自分の治療費のためであることを。

ラオンは声を出さずに泣く妹を、何も言わずに抱きしめた。三年すれば戻って来られる。もしかしたら、時々は家に帰してもらえるかもしれない。だから、そんなに悲しまないで。

胸の中で妹に語りかけ、やはり泣いている母を慰めて、ラオンはようやく家を出た。だが、表まで聞こえてくる二人のすすり泣く声に、さすがに心が弱くなった。

「心配しないで。元気に帰ってくるからね」

ラオンは匂い袋にそう言って、懐《ふところ》にしまった。四百両の前借り分を返すまでは、何があっても勤め上げなければならない。ただ、どんな仕事なのかはついにわからなかった。何度尋ねても、老人は行けばわかるとしか言ってくれなかった。つらく厳しい勤めになると言われているので、楽な仕事でないことだけは確かだ。四百両もの大金を二つ返事で用意してくれたのはそのためだろう。この先何があってもいいように、今から心の準備をしておこう。

そんなことを思いながら歩いていると、柿の木が三本植えられた古い瓦屋根の家が現れた。

「ここだ」

老人から指定された約束の場所に間違いない。老人は、王宮に仕えるための簡単な手続きをここですると言っていた。ラオンは覚悟を決め、門の向こうに向かって声を張った。

「ごめんください！　いらっしゃいますか？」

何度か尋ねたが、返事はなかった。老人から教えられた場所は確かにここのようだが、誰もいないのだろうか。

試しに門を押してみると、閂《かんぬき》を通していないのか、両脇の塀より背の高い門が音もなく開いた。

「ごめんください」

ラオンは中に入り、人を探した。

「誰だ？」

すると突然、暗闇の中から声がした。驚いて目を凝らすと、刃物のように鋭い目つきをした男が仁王立ちをしてこちらを見据えていた。

「チェというご老人と約束があってまいりました」

「閹工《オムゴン》と約束だ？」

男はラオンを舐めるように見て、

「なるほど」

と言い、自分について来るよう目で合図して、先に歩き出した。ラオンは仕方なく男のあとに続いた。

二人はしばらく歩き続け、屋敷の裏庭に出た。裏庭の右奥に、岩擬宝珠《いわぎぼうし》が生い茂っている。男がその茂みの中に手を入れると、中から木の扉が現れた。軋む音を立てて開く扉はまるで、足を踏み入れたが最後、二度と出てくることのできない地獄への入り口のように見えた。立ちすくむラオンに、男は無言でうなずいた。

「ここに、入れと言うのですか？」

ラオンが尋ねると、男は答える代わりに再びうなずいた。扉の向こうには、地下に続く石の階段が続いている。ラオンは固唾《かたず》を呑んだ。石の階段のあちこちに蝋燭が灯されていて、外から風が入り込むたびに揺れる火は、恐ろしい獣の舌のようだ。

怖くてたまらなかったが、はなから引き返すつもりはなかった。この暗い階段の先に、家族の明るい未来が待っているのだ。ラオンは扉の中に足を踏み入れた。

ラオンが中に入ると、後ろで木の扉が閉められた。ラオンには、その扉は二度と開くことがないように思えた。

狭苦しい地下の部屋。外の光は一切入らないが、いたるところに灯された蝋燭のおかげで、部屋の中は昼間のように明るい。

最後の一段を降り、ラオンは部屋の中に入った。先ほどの男に促されるままにここへ来たが、これから何をするのかは一切聞かされていない。

「そんなところに突っ立ってないで、こっちへ来い」

急に声をかけられ、驚いて振り向くと、部屋の隅で老人が酒を呑んでいた。

「耳がつまっているのか？　こっちへ来いというのが聞こえないのか」

ラオンは老人に近づいた。すると、老人は満足そうに歯を見せて笑ったが、すぐに真顔になって酒を口の中に流し込んだ。

老人の首筋を酒が伝っていく。ラオンは身が強張《こわば》った。閉ざされた地下の部屋で、見知らぬ老人と二人きり。とても喜べる状況ではない。だが、それよりラオンを緊張させたのは、老人の背後に並ぶ奇妙な道具の数々だった。大小の様々な形をした斧や先の尖った短刀、用途のわからぬ手鉤や、鋭く小さな金串。牢獄の中を思わせるその光景に思わずぞっとした。

そんなラオンの様子を酒瓶越しにちらりと見て、老人は含みのある笑みを浮かべた。そして荒々しく酒瓶を置くと、立ち上がって大きな声で笑い出した。

「去勢をしたいというのは、お前か？」

「…………？」

ラオンは言葉を失った。去勢だなんて、聞いていません！

秘密の地下室に灯された蝋燭から黄色い火の粉が散った。揺らめく炎を見つめ、老人はにやりと笑って言った。

「まずは自己紹介をしよう。えー、私はと言うとだな、お前に去勢を施す者である。閹工《オムゴン》先生という高貴な呼び方もあるぞ。閹工《オムゴン》とは何か？　お前のようないたって普通の男に宦官への道を開く、繊細かつ専門の技術を持ち合わせた職人のことだ」

小柄で痩せ型、目つきの鋭いこの老人の名は、チェ・チョンス。四百両をくれた貴人と同じく髭が一本も生えておらず、男というより女人に近い風貌をしている。チェ・チョンスもまた、宦官だった。

「去勢を施すって、つまり男のアレを切る職人ってことですか？」

ラオンは慌ててチェ・チョンスに確かめた。チェ・チョンスの顔には、老人らしい深いしわが刻まれている。

「アレを切る職人だと？　そんな下品で野暮な言い方はよしてくれ。私には閹工《オムゴン》という高尚な呼び方があると言ったばかりだろう。これからは閹工《オムゴン》先生と呼びなさい。では、自己紹介はこれくらいにして、次に去勢の方法について懇切丁寧に説明するので、よく聞くように」

「お待ちください、閹工《オムゴン》先生！」

ラオンが叫ぶように言うと、話を遮《さえぎ》られたチェ・チョンスはラオンをじろりと睨んだ。

「まだ私の話が終わっておらん。言いたいことがあるなら、私の話が終わってからにしなさい。ええと、どこまで話したかな。ああ、そうそう。お前を去勢する方法について説明するところだったな。去勢には大きく二つの方法がある。一つは全体をザクッと切り落とす方法だ。鋭利な刃物でアソコを丸ごと、根元から切り落とすのだ」

チェ・チョンスは言いながら、くくっと笑い、度の強い酒をひと口呷《あお》って再び話を続けた。

「二つ目は、大きな金槌を勢いよく振り下ろして玉袋を潰す方法だ。ここで重要なのは、わずかにも外してはいけないということだ。少しでも的《まと》が外れれば、その時の苦痛は想像を絶する。だが、うまく合わせられれば一発だ。卵の黄身を潰すくらい簡単に終わる」

チェ・チョンスの説明はとてもわかりやすく、おかげでラオンの頭の中には、その光景がありありと浮かんだ。

「閹工《オムゴン》としては後者の方がはるかに楽なのだが、問題は痛みが伴うことだ。言うまでもないが、こいつの敏感さと言ったらもう……。経験した者が言うには、竿を切り落とす方が何倍もましだそうだ。だが、長所もあるぞ。玉袋を潰すだけだから、竿の方はそのまま残しておけるのだ。無論、使い物にはならんがな」

ラオンは思わず顔をしかめた。閹工《オムゴン》の話をまとめると、去勢には刃物で丸ごと切り落とすか、金槌で玉袋を潰すかの二通りの方法があり、後者は形を残せるが痛みが……。

ラオンは考えるのをやめた。これ以上は、ご飯を食べられなくなりそうだ。

「私は前者を勧めたい。役に立ちもしないものを、未練がましくぶら下げているより、いっそ全部取ってしまう方が気持ちもすっきりするからな。さあ、それでは次に、道具について説明しよう」

チェ・チョンスは鉈《なた》を手に取り、鋭い刃先をラオンの耳たぶに近づけた。

「こいつは、ひと思いにイチモツを切り落とせる大変な優れ物だ。だが、ちと繊細さに欠けるのが玉に瑕《きず》でな、失敗すれば周りの肉まで一緒に切ってしまうので傷口が広がりやすい」

チェ・チョンスはひゅんひゅん言わせながら鉈を振り回し、ラオンの耳たぶを切り落とす真似をした。ラオンが青ざめていると、チェ・チョンスは満足そうに、にっと歯を見せて鉈をもとに戻した。次に手に取ったのは、三日月の形をした刃物だった。

「こいつは鉈とは違って繊細だ。ただ、繊細がゆえに、時々、一度でばっさりいけないことがある。そういう時は、のこぎりのように押したり引いたりしながら切らねばならん。それでも繊細さを求めると言うのなら、こいつをお勧めする」

そう言って、チェ・チョンスが三日月形の刃をのこぎりのように動かして見せると、ラオンはいよいよ血の気を失った。

「案ずることはない。私は朝鮮で一握りしかいない、腕のいい閹工《オムゴン》だ。王宮を闊歩する宦官連中の中に、このチェ・チョンスの名を知らない者は一人もおらん。有名かつ高名な閹工《オムゴン》ということだ。去勢の技術においては朝鮮、いや清国中を探しても、私の右に出る者はおらんだろう。この手で去勢を施した数はざっと十、二十、三十……」

チェ・チョンスは十本の指を折り曲げたり開いたりして数えていたが、途中で数え切れなくなると、急に胸を張って言った。

「とにかくだ。この手で去勢した者は左右の指では収まらないほど多い。もっとすごいのは、私が去勢した者のうち、生き残った者がなんと半分もいるということだ」

ラオンは目をむいた。

「半分ですって？　では、残りの半分は……」

「死んだよ」

「死んだ？」

「違う、違う。それを言うなら半分も生き残らせたということだ。私の手は、十人のうち九人をあの世送りにしてしまう、その辺の切り師とは格が違うのだ」

「つまり、二人に一人は死ぬのですね」

「勝手に言い方を変えるな。半分も生き残っているというのが重要なのだ、半分も！」

チェ・チョンスは険しい顔をして言い返した。だが、ラオンが納得していないのがわかると、さらにむきになった。

「なぜ私が半分も生き残らせることができるか、わかるか？」

チェ・チョンスは三日月の形をした短刀を見せつけるように振り回した。

「これだ。こいつのおかげだよ」

「…………」

「これはひと思いにアレを切り落とせるうえに、大きな傷を残すこともない。駄作と傑作は紙一重と言うが、こいつはまさに、その紙一重の差で作られた名品中の名品だ」

チェ・チョンスは愛おしそうに短刀を見つめた。

「道具の説明は以上だ。どれでも好きなものを選ぶがいい。次はいよいよ施術の流れについて説明する」

チェ・チョンスは張り切って、もう一つの部屋の扉を開けた。中には寝台が一台と、隅の方に真四角の形をした流し場があり、流し場のちょうど中央に一脚の玉石の椅子が置かれている。おどろおどろしい雰囲気が漂う部屋だ。

「この部屋に入ったらまず、あの椅子に座ってもらう」

「あの、これ以上の説明はもう……」

「椅子に座ったら、唐辛子の粉を混ぜた湯でお前の下腹部を洗い流す。心配しなくても、施術をする前にちゃんと阿片を吸わせて意識を朦朧とさせてやる。さらに軟膏を塗れば、申し訳程度だが痛みを和らげることもできるぞ。それが終わったら、次は……」

「お、お話しがあります！」

ラオンは堪らず、悲鳴のような声を上げた。

するとチェ・チョンスは鼻で笑った。

「ここへ来ると、十人中、九人はそう言うのだ。どうした、今さら怖気づいたか？　あいにくだがな、お若いの。ここは入るのは自由だが、出る時はそうはいかんのだ」

「ですが、聞いていただかなければならないお話があります。お聞きになればきっと、先生のお考えも変わるはずです」

チェ・チョンスはギラリと目を光らせた。

「何を聞けというのだ？　もしくだらないことを言うつもりなら……」

「先生は先ほど、私が自ら望んで去勢をしに来たようなことをおっしゃいましたね？」

「ああ」

「ですが、私は去勢したいと言った覚えがありません」

「何？」

「去勢したいと言ったことは一度もないのです」

切り落としたくても、切り落とせるものがない。宦官になりたくても、なることができない身体なのだと喉元まで出かかった言葉を、ラオンはぐっと飲み込んだ。

「去勢したいと言ったことはないだと？」

「そうです」

「そんなはずがあるか。おかしいぞ、実におかしいぞ」

チェ・チョンスは困惑し、何やらぶつぶつと独り言を言いだした。そして急に、ははっと放心したように笑って頭《かぶり》を振ると、そのまま石の階段を上っていた。しばらくすると、チェ・チョンス一枚の紙を持って戻ってきた。

「ホン・ラオンというのは、お前ではないのか？」

チェ・チョンスが見せてきたのは、数日前、四百両と引き換えに貴人に書かされた『取るに足らない証文』だった。

「ここに名前を書いたのは？」

「確かに、私が書いたものではありますが……」

ラオンには、何がどうなっているのか、さっぱりわからなかった。貴人に書かされた証文が、なぜここにあるのかもわからない。証文をよく見てみると、そこには見覚えのない言葉が書かれていた。

「婚書《ホンソ》？」

「そう、婚書《ホンソ》。宦官になるために去勢を望む者たちと交わす証文だ。施術の過程で万一、命を落とすことになっても責任を問わず、その代わり去勢に成功した暁には必ず宦官として王宮に仕えさせることを約束する、いわば誓いの書だ」

「では、私は宦官になるのですか？」

「だから、何度もそう言っているだろう！」

「もしこの、婚書《ホンソ》とやらに名前を書いてしまったら、どうなるのですか？」

「どうなるもこうなるも、さっき説明した方法でお前のイチモツを切り落とすのよ」

「そんな馬鹿な！」

騙された。簡単な手続きというのは全部うそだったのだ。

ラオンは貴人の顔を思い浮かべ、その顔に向かって思い切りうそつきと言いたかった。これのどこが、ちょっとした手続きなのだ。

悔しさに震えるラオンの前に、先ほどの三日月形の短刀が迫ってきた。ラオンの目には、もはや揺らめく蝋燭に照らされた刃しか映っていない。チェ・チョンスは面白がって、ラオンの耳元でささやいた。

「そろそろ、覚悟はいいかな?」


ひどい空腹を感じ、チェ・チョンスは目を覚ました。全身が水を含んだ綿のように重かった。すぐそばにある水に手を伸ばすのもだるいくらいだ。床に寝転がったまま瞬きを繰り返し、まだぼんやりとする頭で考えた。どうしてここで寝ているのかわからないが、頭が割れるほど痛いのをみると昨日の酒で酔い潰れたらしかった。

そのうち頭の中が少しずつ冴えてきて、ようやく昨夜のことが思い出された。ホン・ラオンという少年がやって来たので、仕上げたばかりの自慢の短刀を見せびらかし、朝鮮一の閹工《オムゴン》だと腕自慢をした。そいつは青くなって、自分は去勢を頼んだ覚えはないと言い張った。それから……そうだ、あいつが酒をくれと言い出したのだったな。緊張に耐えられないからと言うので仕方なく酒を呑み交わしたところまでは覚えているが、そのあとのことはまるで思い出せない。長いこと酒を水代わりにしているが、ここまで記憶がなくなるのは初めてだ。

チェ・チョンスは無理やり起き上がり、水を一杯飲み干して少年を起こそうとした。ところが、隣にいたはずの少年の姿がない。

「どこに行った？」

見張りがいるので外に出られるはずがない。だとしたら、まだこの地下の部屋にいるはずだ。ここにいないということは、あの部屋しかない。施術を終えたばかりの者たちを休ませる治癒の間《ま》だ。

チェ・チョンスは油皿に火を灯して、治癒の間《ま》の中をのぞいた。思った通り、ラオンは寝台の上で横になっていた。まるで眠り薬でも飲んだように深い眠りについている。

この様子では、どうやら施術は終わっているようだ。施術をした覚えがないのは、おそらく泥酔した状態で施術をしたためだろう。

チェ・チョンスは自責の念にかられた。普通に行っても半分しか成功しない施術を、酒に酔った状態でしたのなら、十中八九、助かることはない。

「やっと見つけた人材を、だめにしてしまったのか」

チェ・チョンスは術後の状況を確かめようと布団に手を伸ばした。そしてめくろうとした時、ラオンが目を覚ました。白くか細い手で、黒いしみだらけのチェ・チョンスの手をつかんでいる。

「何をなさるのです？」

「気がついたか」

「何をなさるのかと聞いているのです」

ラオンは横になったままだが、口調はしっかりしていた。

「一つ、確かめたいことがあるのだ」

「確かめる？」

ラオンは気怠そうな口調で、目をさらに大きく開いた。もう男ではないせいか、少年の瞳は昨日より色っぽく潤んで見える。そのいたいけな瞳を見ていると、自分がいけないことをしているような罪悪感が湧いた。だが、今はそんなことを言っている場合ではない。閹工《オムゴン》として、自分の施術に責任を持つ必要がある。チェ・チョンスは口元を引き締め、ラオンの手を払った。

「何をなさいます！」

「確かめなければならんのだ」

「何を確かめるとおっしゃるのです？　まさか、施術は失敗だったのですか？」

「酒のせいで何も覚えておらんのだ。まるで私の記憶の方が去勢されてしまったようだ。ほかのことは思い出せても、お前に施術をしたことだけはどうにも思い出せん」

「ご自分を、信じられないのですか？」

「何だと？」

「思い出せないというだけで、ご自分の腕を疑ってしまわれるのかと聞いているのです」

それは、職人としての誇りを傷つける言葉だった。案の定、チェ・チョンスは額に青筋を浮かべている。ラオンはそこへ、さらに油を注いだ。

「朝鮮一の閹工《オムゴン》というのは、でたらめだったのですか？」

「でたらめとは失敬な！」

「だって、そうではありませんか。ご自分の施術に自信を持てず、私が寝ている間にこっそり確かめようとするなんて、朝鮮一の閹工《オムゴン》のなさることとはとても思えません」

チェ・チョンスは悔しそうに歯を食いしばった。

するとそれまで威勢のよかったラオンが、急に涙を浮かべ声を震わせて言った。

「どうして、このようなことをなさるのです？　私を二度も辱《はずか》しめるおつもりですか？」

「辱め？」

「そうです。私はもう、男でも女でもない体になりました。こんな体を見せろだなんて、辱めでなくて何だと言うのです？」

「…………」

チェ・チョンスは返す言葉が見つからなかった。ラオンの心境は察するにあまりある。自身も去勢された身、男の命を失った羞恥心と絶望感は骨身に染みていた。

「お前を辱めるつもりはない。ただ……」

「ただ？」

「酒のせいで、施術をした覚えがないのだ」

「施術をしていないのなら、この血は何なのです？」

ラオンは自分で布団をめくった。灯りを近づけると、ラオンの下腹部は赤黒い血に染まっていた。

出血の量からして、施術したのは間違いないらしい。

「これでもまだ信じられないとおっしゃるのなら」

ラオンは腰元の紐に手をかけた。

「もういい」

「ですが……」

「お前が施術をしたと言うのなら、確かめるまでもない」

施術をしたことがわかればそれでいい。閹工《オムゴン》チェ・チョンスの施術を受け、生き残った者のうち、男としての機能を果たせた者はただの一人もいない。気まずい思いで部屋を出ていこうとするチェ・チョンスの後ろ姿に、ラオンは言った。

「これで九割になりました」

チェ・チョンスは振り返った。

「先生はおっしゃいました。その辺の切り師の施術では、生き残れるのは十人のうちわずか一人。しかし、閹工《オムゴン》先生であれば半分は生き残れると」

「その通りだ。だがお前は」

「ええ、私の齢では、助かる見込みは子どもよりはるかに低くなる」

「………」

「しかし、閹工《オムゴン》先生のおかげで、私が生きる確率はさらに低くなりました。先生はこうもおっしゃいましたね。施術後は、この治癒の間《ま》で百日の間、じっとしていなければならない。もし風に当たって風邪をひけば、それが傷の炎症につながって、私は間違いなく死ぬ。私が死ぬ確率は、それくらい高いのだと」

「………」

「私が死ぬ確率はもともと八割でした。死ぬこともあるのかと尋ねた私に、先生は助かる見込みがあるかを聞くべきだとおっしゃいました。それが、閹工《オムゴン》先生が扉を開けたおかげで表の風に当たってしまい、私の死ぬ率がさらに上がって九割になりました」

ラオンに責められ、チェ・チョンスは胸が痛んだ。怒りをぶつけられれば、生意気だと怒鳴り返すこともできるが、自分の不甲斐なさで、いたいけな若者を傷つけてしまった。そればかりか、百日が過ぎるまで部屋に誰も入ってはならないという掟を自ら破ってしまった。謝りたいが、目上の者としての意地が邪魔をした。

「わかったよ。口達者なやつだ」

施術のことより、若い心を傷つけてしまったという罪悪感と申し訳なさで、チェ・チョンスは一刻も早く部屋を出たかった。

陰気な音を立てて扉が閉まると、部屋の中は再び暗くなった。無音の中、ラオンは目をしばたかせて暗闇を凝視した。人間の体とは厄介なものだと思った。ほんのわずかの間、灯りに照らされただけで、目は明るさに慣れてしまい、再び暗闇に慣れるまでずいぶんかかった。

しばらくしてラオンは起き上がり、布団をはいで端に寄せた。下腹部に付いた赤黒い血が、闇の中にうっすらと浮かんでいる。寝台を降りようと足を下ろすと、鋭い痛みが走った。ラオンは顔をしかめ、暗闇の中に目を凝らした。だが、周りに何もないのがわかると、仕方なく胸元の紐を解いた。綿を詰めた着古しの上衣《チョゴリ》の下からのぞく絹の肌着。それは男が着るような代物ではなかった。

ラオンは急いで絹の肌着を脱いだ。ひんやりした空気に触れ、細い肩を震わせながら胸元を探ると、指先に小さな結び目が触れた。扉の向こうをうかがいながら恐る恐る紐を解くと、絹のさらしが解ける音が闇の中に小さく響いた。やがて露わになったのは、丸く膨らみのある女人の乳房だった。

ラオンはしばらく自分の胸を見つめた。暗闇の中に浮かぶ白い肌、華奢な体は、今まさに羽化しようという十七歳の少女のそれだった。春の蕾のように可憐で、夏の花のように華やかな、眩しい十七の少女の体。

「生きるともなく、生きていく……」

ラオンは自分の白い乳房を見つめてそうつぶやくと、床に落ちたさらしを半分に裂いて、血だらけの太腿を縛った。もしもの時のために、自分で自分の太腿を刺したのだ。

宦官の話をされた時は驚いて言葉が出なかった。できることなら貴人のもとへ飛んで行って問い質したかったが、すぐに思い直した。貴人からもらった四百両は、妹を助けるための大事な治療費だ。その大金を工面するには、自分は宦官になるしか道はない。それならばと、ラオンは閹工《オムゴン》チェ・チョンスを欺く方法を考えた。失敗すれば自慢の道具で殺される可能性もあり、手が震えたが、家族のためにやるしかなかった。

緊張をほぐすために酒を呑みたいと言うと、チェ・チョンスは渋々だが聞き入れてくれた。一緒に呑む相手ができると、チェ・チョンスはどんどん酒が進んだ。幸い、チェ・チョンスは無類の酒好きだったので、こちらは身の上話を聞いているだけで済んだ。相槌を打ちながら、酒を注ぐのも忘れなかった。頃合いを見て、酒にこっそり少量の阿片を混ぜると、チェ・チョンスはすぐに眠りについた。

ラオンはチェ・チョンスを横にならせると、治癒の間《ま》に移り、自分で太腿を刺して寝台に横になった。もしもの時は、この血を見せてチェ・チョンスを欺くつもりだった。

だが、思ったより深く切ってしまったようで、出血が止まらない。おかげでうまく切り抜けはしたが、今度は貧血で倒れそうだ。布団にまで血がびっしょり付いている。

ラオンはさらにさらしを裂いて太腿を縛った。そのままじっとしていると、徐々に血が止まり始めた。ラオンはほっとして、残りのさらしを手に取った。枷糸《かせ》のように絡むさらしを見ていたら、これからこのさらしに締めつけられる自分の乳房がかわいそうになって、涙が込み上げた。

いつから男として生きるようになったのかは覚えていない。ずっと昔、物心ついた時にはすでに男の恰好をしていた。母からは、お前が生きるためには男になるしかないのだと言われていた。その理由を尋ねたことはなかったし、母も詳しく話してくれたことはなかった。いつも一言、それが母の願いだと言うだけだった。その願い通り、これまで男として、母と妹を守る一家の大黒柱として生きてきた。いつか、女人に戻る日が来ることを夢見て。

だが、もとの姿に戻るには、あまりに遠くへ来てしまった。このまま永遠に戻れないような悲しい予感さえしている。涙がこぼれそうになるが、堪えよう。泣いても何も変わらないのなら、泣くだけ損だ。それなら、笑って笑って、明るく逞しく生きていきたい。

ラオンはさらしを巻き直した。甘酸っぱい少女の匂いを掻き消し、うずうずと芽吹こうとする女の本能を封じるように、きつくきつくさらしを巻いていく。

白く艶のある乳房も、芳《かぐわ》しい少女の表情もさらしの下に隠して、ラオンは貧しい十七歳の少年の姿に戻った。

「生きるともなく、生きていく……」

湿った目元を手の甲で拭い、ラオンは自分に呪文をかけるように小さくつぶやいた。明るく逞しく生きようと誓ったばかりなのに、もう悲しみが顔を出す。ラオンはきゅっと口角を上げ、無理やり笑顔を作った。私はホン・ラオンだ。思い煩うことなく楽しく生きるのだ。そう胸の中で自分に言い聞かせ一生懸命笑ってみても、今日に限って悲しみが消えていかない。

「おかしいな……」

ラオンにはわからなかった。悲しい気持ちの理由《わけ》も、その悲しみを拭い去る方法も。


その日から、永遠のような百日が始まった。

真っ暗な治癒の間《ま》で日にちを数えるのを諦めそうになり、流れの止まった時の中、五感が淀み失われかけた頃、重く閉ざされた扉が開いた。

外に出ると、太陽が燦々と照りつけてきた。季節は夏に向かって走り始めていた。

五　王宮へ

「あちらは王室最高位、王様のお祖母様であられる大王大妃《テワンテビ》様がお住いの儲承殿《チョスンジョン》。そして、こちらは王様がお暮しになる大殿《テジョン》で、中殿《チュンジョン》様がお過ごしになる大造殿《テジョジョン》はそちらの殿閣です」

美しい丹青に彩られた軒に、溜息が漏れるほど立派な殿閣。早朝の霧が薄くかかり、木々や小さな草花まで特別に感じられる。ラオンは見るものすべてに息を呑んだ。

今日は出仕の日だ。治癒の間《ま》で百日を過ごし、ようやく地上に出たラオンを待っていたのは厳しい訓練の毎日だった。柿の木の屋敷に留まることひと月。その間、王宮での礼儀作法を学び、身につけ、ついに王宮に仕えるお許しを得た。つらい日々を乗り越えて、やっとこの日を迎えられたと思うと、万感胸に迫るというものだ。実際に見る王宮は想像していたよりはるかに立派で、まるで別の世界に来たようだった。

「そんなに口をあんぐりさせていたら、虫が入りますよ」

チャン内官は可愛い弟に言うような口ぶりで言った。今年、数えで二十歳になったばかりのチャン内官は、内侍府《ネシブ》こと内班院《ネバンウォン》までラオンを案内する役目を預かった東宮殿《トングンジョン》付きの宦官だ。人の良さが、丸く愛嬌のある風貌にも表れている。チャン内官は内班院《ネバンウォン》に向かう間、宮中のあらゆることを教えてくれた。誰がどの殿閣に住んでいて、宮中で一番偉い人が誰か、誰に頭を下げ、誰から頭を下げられるのか。要するに、宮中では常に緊張を緩めず、うつむき加減に腰を屈め、決して視線を上げないこと。顔を上げていいのは、相手が若く地位の低い宦官である時か、召し抱えられたばかりの女官か、労役に従事する奴婢の時だけだそうだ。

ラオンはチャン内官の話を興味深く聞いているうちに、ふとあることに気がついた。

「チャン内官様、殿閣の主の方々は、どこへ行かれたのです？」

「これは驚きました。お気づきになりましたか」

チャン内官は思わずラオンに向き直った。王様ご一家が不在であることはまだ伝えていない。

ラオンはちょっと得意になり、澄ました感じで言った。

「儲承殿《チョスンジョン》にも、大殿《テジョン》や大造殿《テジョジョン》にも、最低限の人しかいません。つまり、それぞれの主が殿閣にいらっしゃらないということかと」

「確かに、そういうことになりますね。ホン内官は、なかなか勘の鋭いお方だ」

チャン内官は感心して、しきりにうなずいた。

「その通り、大王大妃《テワンテビ》様をはじめ王様も中殿《チュンジョン》様も、今、この王宮にいらっしゃいません。王様には持病があり、季節の変わり目になるとよく体調を崩されます。そのため、最近では湯治《とうじ》に行かれるのです」

「王様に持病が？　しかし、そんなに長く王宮を空けていいのですか？　王様がいらっしゃらない間、政《まつりごと》はどうなるのです？」

「それなら、世子《セジャ》様がいらっしゃるので心配はいりません」

チャン内官はそう言って、目の前に現れた大きな殿閣を指した。

「その世子《セジャ》様がいらっしゃる、東宮殿《トングンジョン》です」

「ここが、世子《セジャ》様の……」

世子《セジャ》は次代の王であり、天の星より高いところにいらっしゃる。その方がここにいるのかと思うと、ラオンは足がすくみ、かすかにかすれる声でチャン内官に尋ねた。

「世子《セジャ》様は、どんな方なのです?」

「あの方は……」

チャン内官が答えようとした時、突然、東宮殿《トングンジョン》の中門が勢いよく開いて誰かが放り出されるのが見えた。放り出された人は、ラオンとチャン内官のものより濃い緑色の官服を着ている。

「あれは大妃殿《テビジョン》の薛里《ソルリ》、ソン内官様です」

目を丸くして佇む二人の耳に、ソン内官の呻き声が聞こえてきた。すると、その後ろから、赤い天翼《チョルリク》を着て、頭には同じ赤い武官帽を被った男が現れて、地面に転がるソン内官に近づいた。

「あんまりでございます。何かの間違いでございます」

ソン内官は慌てて居住まいを正し、東宮殿《トングンジョン》に向かって訴えた。地面に額をこすりつけ、目には涙を浮かべている。だが、赤い官服姿の男は、そんなソン内官を冷めた目で見下ろすばかりだ。

「世子《セジャ》様からのお言付けだ。次にこのようなことをしたら、その時は容赦しない」

武官と思しき男は吐き捨てるようにそう言って、その場を去っていった。男がいなくなると、周りで様子を見守っていた内官や尚宮《サングン》たちがソン内官のもとへ駆け寄った。

「お怪我はありませんか？」

「これはひどい。お召し物が汚れています」

皆、心配そうにソン内官を囲んでどこかへ去っていった。皆がいなくなると、東宮殿《トングンジョン》には先ほどの騒ぎなどなかったかのような静寂が訪れた。

「見ましたね？」

呆然と立ち尽くすラオンに、チャン内官は言った。

「世子《セジャ》様は、あのようなお方です」

「今の、あの方が世子《セジャ》様だったのですか？　とても……気骨のある方ですね」

ラオンは赤い天翼姿の男を思い浮かべた。

「違いますよ。あれは世子《セジャ》様を侍衛する翊衛《イギ》司右翊衛《サウィギ》です」

「では、世子《セジャ》様というのは？」

「一を見れば十のことがわかるもの。先ほどの騒ぎからもわかるように、世子《セジャ》様は少しの失敗も許さないお方です」

「とても厳しい方なのですね」

「完璧主義というか、何事にも徹底していらっしゃるというか。ご自分に対してもそうです。わずかな過ちを、決して見過ごされることがない」

「あの、失敗とはどういう？」

「以前、王室一の内官と称されたチェ・テガムという宦官の長官がおられました。わずか六つで王室に召し抱えられ、生涯、宮中で生きてこられた方でした。その方がある日、歩き方がおかしいと咎められ、東宮殿《トングンジョン》から追い出されてしまったのです。どれほど長く仕えた方も、世子《セジャ》様に睨まれたが最後、この宮中で生きていくことはできません」

歩き方がおかしいというだけで追い出されるなど聞いたことがない。

「世子《セジャ》様は恐ろしい方なのですね」

「ええ。常に臣下のやり方に目を光らせていらっしゃるので、世子《セジャ》様の前では呼吸まで宮中の作法に従わなければならないと、私たちの中では言われているくらいです」

頭の中に、鷹のように目を吊り上げ、鬼の形相で一日中、下の者たちの粗探しをする男の姿が浮かび、ラオンは背中に悪寒が走った。

「それほど厳しくされては、普通の人は一年ともたないでしょう」

すると、それを聞いて、チャン内官はふふふ、と笑った。

「そうなのです。一年どころか、ほとんどの人がひと月も経たないうちに暇を出されてしまいます。ところが、一人だけ東宮殿《トングンジョン》に五年、そう、五年も仕え続ける内官がいるのです」

「それはすごい。どんな方なのです？」

内官や女官たちの行動を監視し、長年尽くしてきた人をも歩き方がおかしいという理由で切り捨ててしまうような世子《セジャ》のそばに五年もいられる人がいるとは、にわかには信じられない話だ。一体、どれほど完璧な人なのだろうと、ラオンは食い入るようにチャン内官を見つめた。すると、その視線を楽しむようにかわしながら、チャン内官はつんと鼻を上向かせて言った。

「その人物とは」

「人物とは？」

「この私です」

「チャン内官様が？」

「私は、うそは申しません」

「恐れ入りました。すごい方だったのですね、チャン内官様は」

ラオンはチャン内官に尊敬の眼差しを向けた。そうは見えないが、チャン内官は実は大変な人物だったのだ。人を見た目で判断してはいけないと、昔の人はよく言ったものだ。しかし、完璧主義で神経質そうな世子《セジャ》のそばに、どうしてチャン内官だけが五年もいられたのだろう。

「理由が気になりますか？」

ラオンが知りたがっているのを察して、チャン内官は言った。すると、ラオンは瞳を輝かせ、

「はい、とても！　ぜひ教えてください」

と言って、生唾を飲んだ。チャン内官は重要な秘密を打ち明けるように、ラオンの耳元に顔を寄せてささやいた。

「その秘訣とは」

「秘訣とは？」

「目立たぬことです」

「はい？」

「世子《セジャ》様の視界に入らないこと。目につかなければ、あの方の気に障《さわ》ることもありません。ですから、世子《セジャ》様の目につきそうな場所にはいないようにするのです」

チャン内官は誇らしそうに言ったが、ラオンは拍子抜けしてしまった。処世術とも呼べない話に胸を張るチャン内官から目を逸らし、空を見上げた。チャン内官はその後も、自分がいかにして東《トン》宮殿《グンジョン》で生き延びてきたか、延々と武勇伝を言って聞かせた。

「世子《セジャ》様が起床なさる寅の刻（午前三時から五時）には、絶対にお寝間に近づかないこと」

今日が初日なだけに、先輩の話には神妙な顔をしてうなずいて見せた方がいいのだろうかとラオンは悩んだ。

「卯の刻（午前五時から七時）には書筵《ソヨン》と呼ばれる講書が行われるので、重熙堂《チュンフィダン》に近づかないこと。巳の刻（午前九時から十一時）になると、世子《セジャ》様は后苑《フウォン》を散歩なさいます」

だが、いつまで続くかわからない話を聞いていると、徐々に頭がぼうっとしてきた。

「ですから、その時刻には決して后苑《フウォン》に近づかないこと……って、ちょっと、ホン内官、聞いてますか？」

「…………」

「大事な保身術なのですよ？　ホン内官、私は今とても大事な話をしているのです。わかりますか？　ホン内官、聞いているのですか？」

チャン内官のありがたい話は、内班院《ネバンウォン》に着くまで続いた。

「さあ、ここが内班院《ネバンウォン》です。中で、ある方が待っておられます。その方が、ホン内官が仕える殿閣を教えてくださいますよ」

「せっかくお会いできたのに、ここでお別れするのは残念です」

「それでしたら、このあとも私が……」

チャン内官が言いかけると、ラオンは慌てて内班院《ネバンウォン》に逃げ込んだ。無理やりでも切り上げないと、ついて来られかねない。男であれほどおしゃべりな人は初めてだ。下手をしたら女人よりおしゃべりかもしれない。ラオンは身震いして頭を振った。

「遅かったな」

すると、奥の方から誰かの声がした。情の薄い、何となく意地悪そうな人柄がうかがえる声だった。声のする方へ進んで行くと、執務室の大きな卓子の前に一人の男が座っていた。年の頃は三十代半ばといったところか。ラオンは居住まいを正して男の前に進み、挨拶をした。

「ホン・ラオンと申します。今日から宮中に仕えることになりました」

ラオンが頭を下げると、男は不機嫌そうに舌打ちをした。

「ここまで来るのに、ずいぶん時がかかったな」

「王宮の門をくぐり、まっすぐこちらへ向かってまいりました」

「口答えをするな！」

唐突に男に怒鳴りつけられ、ラオンは口をつぐんだ。怖いからではなかった。相手が、東宮殿《トングンジョン》で見かけたソン内官だったためだ。自分より偉い人の前では猫に睨まれたねずみのように小さくなっていたが、ここではまるで王様のようだ。先ほどの姿を見ているだけに、威張った振る舞いが哀れにさえ思える。

「私の顔に、何かついているか？」

そんなラオンの視線が気に障ったのか、ソン内官はあからさまに嫌な顔をした。

「いいえ」

「だったら、どうしてじろじろ見るのだ？」

「申し訳ありません」

ラオンは頭を下げた。こういう人は、どこにでもいるのだと思った。強い者には弱く、弱い者には強い人。あまり関わらない方がよさそうだ。

「もっとましなやつはいなかったのか」

ラオンに関する書類に目を通し、ソン内官はまた舌打ちをしてラオンを見た。

「ところでだ」

「はい」

「何かないのか？」

「何かとは、なんでしょう？」

「よもや手ぶらで来たわけはあるまい」

「私の荷物のことでしょうか？」

ラオンが尋ねると、ソン内官は声を潜めた。

「何も聞いていないというのか？」

「はい、何も……」

「宮中に来た初日に、上の者たちに差し上げるささやかな手土産と言えば、わかるか？」

「申し訳ございません。そのようなお話はうかがっておりません」

ラオンが申し訳なさそうに頭を下げると、ソン内官は顔をしかめた。

「こんな馬鹿は初めてだ。言われなくても用意してくるのが礼儀だろう。その程度の常識もないのか。一体全体、あの年寄り連中はどういうつもりでこんなのを寄こしたのだ。まったくろくなことをしない爺さんたちだ」

ソン内官は、つい先日暇をいただいた前判内侍府事《パンネシブサ》パク・トゥヨンと、尚膳《サンソン》のハン・サンイクの姿を思い浮かべた。いけ好かない年寄りたちだった。あの二人にはずいぶん泡を吹かせられたものだ。いなくなってせいせいしていたが、こんな形で面倒を押しつけてくるとは、宮中の中でも外でも、迷惑な連中だ。

ソン内官はラオンを見てやれやれと顔を振り、手元の小さな帳面を手に取った。

「まあいい。新参礼《シンチャムネ》はどうするつもりだ？」

「新参礼《シンチャムネ》のことでしたら」

「それは知っているようだな」

「はい。宮中で働くための訓練を受けていた時に、何度か聞かされておりました。新入りが先輩方への挨拶を兼ねて、ご馳走を用意するのですよね？」

「わかっているじゃないか。お前は何を用意するつもりだ？」

「できる範囲で、真心を込めて行えばいいとうかがったので」

「その通りだ」

「私は、餅三斗と酒三升をご用意いたしました」

「餅三斗に、酒三升？」

ソン内官は腹を抱えて笑い出した。そして不意に笑うのをやめて真顔に戻ると、目だけラオンを見上げて言った。

「貴様、私をからかっているのか？」

「…………？」

ソン内官が何を言っているのか、ラオンには理解ができなかった。餅三斗と酒三升は、今のラオンが用意できる心尽くしのもてなしだ。正直、かなり無理をして用意した。

ソン内官は手元の帳面を乱暴にラオンに押しつけて言った。

「ひと月前に入った新参の二名は、それぞれ五十両ほど用意して新参礼《シンチャムネ》を行った。お前もそれくらいはしないと、形にならんと思うがな」

「あいにくですが、私にはそのような大金を用意できません」

「金のことなら心配するな。毎月の禄から少しずつ引いてやる」

「それはできません！」

すでに三年分の禄を前借りしている。そのうえ新参礼《シンチャムネ》の分まで借りる余裕はない。

ラオンがきっぱり断ると、ただでさえ色ものを見るようにラオンを見ていたソン内官は、完全に虫けらを見るような目をして言った。

「お前がそう言うのなら、無理強いはできまい」

そして、大げさに袖を翻《ひるがえ》し、一枚の紙を差し出した。そこにはホン・ラオンの名前と、『東』という文字が並んで書かれていた。

だが、それを見てソン内官は手を止めた。

爺さんたちが引退する前に手を回したようだが、そうはさせない。ひと月前に宮中を出たあの二人に、この若造の後ろ盾など務まるものか。今、宮中を牛耳っているのはこの私だ。

ソン内官はほくそ笑み、『東』の隣にもう一行、『資善堂《チャソンダン》』と書き足した。

「持っていけ。表にお前を案内する者がいる」

ソン内官に蠅のように追い払われ、ラオンは苦笑いを浮かべた。どうやら、早くも嫌われてしまったらしい。


「配属先はどちらです？」

外に出ると、チャン内官が駆け寄ってきた。

「まだいらしたのですか？」

「ホン内官を案内するよう言付かっておりますので」

「そうでしたか……」

またあのおしゃべりにつき合わされるのかと思うと眩暈《めまい》が起きそうだった。だが、当のチャン内官はうれしそうな笑顔を浮かべている。

「どちらです？　紙を見せてください」

「そうだ、ここに行くように言われました」

ラオンは気を取り直し、わくわくしながらチャン内官に紙を見せた。どんな方にお仕えするのだろう。来る時に見た色とりどりの殿閣が目に浮かぶ。豪華絢爛な美しい装飾が施された殿閣のどれかが、新しい勤め先になる。

「どれどれ、どんないいところに行かれるのかな？」

ところが、ラオンの配属先を見て、チャン内官は途端に青くなった。

「こ、ここは……」

「どうなさったのです？」

「そんな、どうして……」

ラオンと紙を代わる代わる見て、チャン内官はしきりに首を傾げた。ラオンは不安になり、チャン内官に聞いた。

「あまり、よくないところなのですか?」

チャン内官は何も言わず、悲しそうにラオンを見るばかりだ。

「そんなに悪いところなのですか?」

「だって、ここは……」

チャン内官は口ごもり、歩き始めた。ついて来るよう手招きされ、ラオンもあとに続いた。

そのまましばらく殿閣の間を歩き続け、二人は『資善堂《チャソンダン》』と書かれた小さな門の前で立ち止まった。

「ここは?」

「ホン内官が仕える殿閣です」

「わあ、ここなのですね!」

チャン内官は相変わらず悲しそうに言ったが、ラオンはそれに気づかないほど期待に胸が膨らんでいた。

「とても静かですね。誰も住んでいないみたい」

「今日からお一人、こちらにお住まいになります」

「お一人?」

ラオンが振り向くと、チャン内官は尻に火がついたように慌てて言った。

「いけない、大事な用を忘れていました」

何か隠し事をされている気がして、ラオンは怪しんだ。急にどうしたのだろう? もしかして、ここには世子《セジャ》様より厳しい方がいらっしゃるのだろうか。それなら心配ない。ここにいれば毎月の禄は出るし、三年経てば家に帰れる。それまでの辛抱だ。

「では、私はこれで」

急にチャン内官が帰ろうとするので、ラオンは引き留めた。

「せっかくですから、少し中を見て行きませんか？」

ラオンは勧めたが、チャン内官は血相を変え手を振りながら言った。

「いえいえいえいえ、そんな、滅相もない。私は失礼します」

「そうおっしゃらずに」

「とんでもない！　私は気が小さくて、こんな幽霊屋敷になどとても……」

チャン内官ははっとして、とっさに手で口をふさいだ。

「幽霊屋敷？」

「い、いえ、そんな馬鹿なこと、あるわけがありません。その昔、あれは世宗大王様《セジョンテワン》の時代でした。世子嬪《セジャビン》に仕えていた女官が二人、ここの蓮池に落ちて溺れ死んだそうです。でもまさか、化けて出るなんてただのうわさですよ。確かに、この資善堂《チャソンダン》で幽霊を見たという者は何人かおりますが、だからって……」

「…………」

チャン内官はまたはっとなって再び手で口をふさいだ。

今さら口をふさいでも遅いですよと、ラオンは胸の中でつぶやいた。

「では、ご武運を祈ります」

チャン内官は引きつった顔で笑い、後ろ歩きで去っていった。一人残されたラオンの足元に、季節外れの冷たい風が吹きつけた。門の中をのぞいて、ラオンは努めて明るい笑顔を作った。

ぜ、全然、怖くないもん。


資善堂《チャソンダン》の中に入ると、ラオンは思わず溜息を漏らした。見るものすべてが黄金に輝くそこは、地上に降りた仙人が住む世界。蝉の羽のように柔らかい絹糸の服をまとう天女の園。芳《かぐわ》しい酒と豪華な料理が並ぶ宴が連日のように開かれ、一年中、楽器の音が鳴り止まない。四季折々の移ろいを愛でる夢のような地上の楽園……とはかけ離れていた。

向こうを見渡せないほど伸びた茂みに、今にも崩れ落ちそうな古い建物。ここが宮中にあることが信じられない。ふと、紙を渡す時にソン内官が見せた含みのある眼差しが思い出された。あの眼差しは、こういう意味だったのか。

まるで島流しだ。これから世話になる上役への貢物を用意できず、新参礼《シンチャムネ》の費用すら工面できない礼儀知らずの新参への罰。

引き返す方法ならある。今からでもソン内官に袖の下を渡し、盛大な新参礼《シンチャムネ》を開けば、すぐにでも配属先を変えてもらえるだろう。けれども、それができる金などどこにもないし、もとよりそうする気もない。それにここも、ほんの少し、いや、かなり長い間、放置されているようだが、手をかければ十分に住めるはず。これから頑張って、そういう場所にしていけばいい。

「蜘蛛の巣は取ればいいし、歩くたびに埃が舞ってむせるけど、咳くらいで死ぬことは……」

そう言ったそばから、ラオンは激しく咳き込んだ。

「あり得るかも。まずは掃除からだ」

ラオンは咳き込みながら袖をまくった。夕方になる頃には、気の遠くなるような掃除も一通りできた。建物は古くて傷みがひどく、長い間、人が住んでいないので気味の悪さは多少あるが、それでも人が過ごせるくらいには片付いた。

「やっと終わった」

ラオンは磨いたばかりの床に尻餅をつくようにして腰を下ろした。こうしてみると、王宮の広さを実感する。朝、宮中にやって来て内班院《ネバンウォン》に寄り、資善堂《チャソンダン》に来るまで丸半日かかり、掃除を終えた今は窓から沈みかけの夕日が差し込んでいる。チャン内官のおしゃべりにつき合わされ、遠回りしていたことを、ラオンは知る由《よし》もなかった。

「脚がぱんぱんだ」

ラオンは疲れた脚を揉み始めたが、ふと誰かに見られている気がして振り向いた。誰もいない。気のせいかと思いたかったが、先ほどのチャン内官の話が耳元に響いた。

『あれは世宗《セジョン》大王《テワン》様の時代でした。世子嬪《セジャビン》に仕えていた女官が二人、ここの蓮池に落ちて溺れ死んだそうです。でもまさか、化けて出るなんてただのうわさですよ。確かに、この資善堂《チャソンダン》で幽霊を見たという者は何人かおりますが、だからって……』

チャン内官の言う通り、ただのうわさだ。そう思ったのだが、どうも視線を感じる。もう一度振り向いて確かめたが、やはり誰もいない。ラオンはほっとして床に寝転がった。

「馬鹿馬鹿しい。幽霊なんているわけないじゃない。幽霊より生きている人間の方がよっぽど怖いって……」

そこまで言って、ラオンは天井を向いたまま凍りついた。梁《はり》の上から、見知らぬ男がこちらを見下ろしていた。

六　資善堂《チャソンダン》の怪人（上）

梁《はり》の上に座り、男がこちらを見下ろしている。ラオンは頭が真っ白になり、目をしばたかせた。幽霊は夜にしか出ないと思っていた。明るいうちから活動を始める幽霊など聞いたことがない。しかも、こちらが見ている前であくびまでしている。庭に生えた雑草の茂り具合といい、宮中は驚くことばかりだ。

「何だ？　幽霊でも見たような顔をして」

しゃべった。いや、幽霊だって話しくらいするか。のっぺらぼうではないし、この幽霊には目も口も付いている。

普通の人間と変わらない姿に感心していると、幽霊が梁から飛び下りてきた。人間とは思えない、猫のようにしなやかな身のこなし。やはり幽霊に間違いないらしい。

「お前、誰だ？」

すると、幽霊が気怠そうに話しかけてきた。このままでは何をされるかわからない。ラオンは発《ぜん》条《まい》のように跳ね起きて、

「悪霊、退散！」

と、叫んだ。だが、逆に拳骨を食らってしまった。

「痛い！」

「いつまで人を幽霊扱いするつもりだ」

幽霊……いや、男は自分を『人』と言った。

「い、生きてる？」

「俺のどこが幽霊に見えるのだ？」

ラオンはまじまじと男を見た。目は人のそれとは思えないほど冷たく、唇は血をすったように赤い。顔色は血の気がなく真っ白で、とてもこの世のものとは思えなかった。試しに男の顔に手を当ててみると、ひんやりしているが確かに体温が感じられた。指先に触れる長い前髪も、匂いも、生身の人間のそれだった。

「本当に、生きているのですね？」

男は全身黒装束で、先日の温室の花の君と同じくらい背が高い。このところ背が高くて見目麗しい男に縁がある。これは幸運の前触れか、それとも……。

「もう一発食らえば信じるか？」

「お待ちください！　違うんです。ここには誰も住んでいないと聞いていたものですから」

あのおしゃべり内官、話が違うじゃないかと、ラオンは胸の中でチャン内官を恨んだ。

「あの、あなた様は一体？」

ラオンが尋ねると、

「そういうお前は？」

と、男はあごでラオンを指して聞き返した。

「今日から資善堂《チャソンダン》に配属になりました、ホン・ラオンと申します」

「俺はずっと前から資善堂《チャソンダン》に住んでいる、キム・ビョンヨンだ」

「キム内官様ですか」

なんだ、ここにも宦官の先輩がいたのかとラオンはほっとした。すると、ビョンヨンと名乗るその男は恐ろしい目でラオンを睨みつけた。

「この俺が宦官なんぞに見えるのか?」

「なんぞとは何ですか！　宦官になるのがどれほど大変なことか、ご存じないのですか?　そりゃあ、傍から見れば少し風変わりかもしれませんが、あなたの言う宦官なんぞになるために、みんな命を賭けているのです」

もちろん、ラオンには命を賭ける必要はなかったが、宦官の苦労を知った以上は黙っていることはできなかった。睨み返すラオンを舐めるように見て、ビョンヨンは言った。

「なるほど、お前も宦官というわけだな。言っておくが、俺はお前とは違う部類の人間だ」

「どういう部類ですか?」

「お前が知る必要はない」

なんて感じの悪い人だろうと、ラオンはさすがに腹が立った。だが、ビョンヨンはそんなことはお構いなしに、先ほどラオンが寝転がったところに横になった。ラオンは黙ってビョンヨンの足元の方に座った。

「あの」

「………」

「以前からここにいらっしゃったということは、これからもここにいらっしゃるということですか？」

「新参者のくせに、先に住んでいた俺を追い出そうと言うのか？」

「そういう意味ではありません。これから一緒に過ごすのなら、どうお呼びすればいいか、うかがいたいだけです」

「どうって？」

「宦官ではないのなら、どのようなお仕事をなさっているのです？」

「俺の仕事など聞いてどうする」

「役職がわからないと、お呼びすることができません」

宮中では役職で呼び合う決まりだと教えられている。

「なら呼ぶな」

「そうはいきません」

「どうせ長くは続くまい」

「なぜそう決めつけるのです？　人のことは一寸先もわからないと言うではありませんか」

「………」

「ですから」

「キム兄貴」

「はい？」

「キム兄貴でいい」

「キム兄貴？」

ビョンヨンはラオンの相手をするのが面倒なのか、寝返りを打ってしまった。その姿はまるで、これ以上は話しかけるなと言っているようだ。広い背中をじっと見て、ラオンは再びビョンヨンに話しかけた。

「キム兄貴」

「…………」

「すみませんが、布団はどこですか？」

「…………」

「キム兄貴」

「まったく、世話が焼けるやつを寄こしたものだ」

ビョンヨンはラオンに背を向けたまま爪先で押し入れを指した。

「あの中だ」

言われた通り中を見ると、布団が何組か入っていた。どれも古いが、十分使えそうだ。ラオンは一番綺麗な布団一式を選び、ビョンヨンのそばに寄った。

「キム兄貴」

「俺はいらない」

「そうではなく……」

眠りを邪魔され、ビョンヨンは鬼の形相でラオンに振り向いた。その顔に怯みそうになりながら、ラオンは言った。

「そこは、私の場所です」

先にそこに寝転がったのは私だ。

すると、ビョンヨンは一瞬、なんて図々しいやつだという顔をしたが、大人しく横にずれ、二人が並んで寝られるくらいの空きを作った。

「隣に寝ろとおっしゃるのですか？」

「…………？」

「申し訳ありませんが、私は見ず知らずの方と同じ部屋で寝たことがありません」

宦官の服を着ていても体は女、それも、少女から大人の女の体になり始めた身で、会ったばかりの男の隣で寝ることなどできない。ラオンは勇ましい顔つきでビョンヨンを見つめた。

布団を抱えたまま、頑なに訴えるその顔を見ながら、ビョンヨンはつくづく変わったやつが来たものだと思った。

「世話が焼けるやつだ」

「ご面倒をおかけして、申し訳ございません」

のろのとと起き上がるビョンヨンの背中に、ラオンは頭を下げた。

「ところで、キム兄貴。明日は早朝から残りの掃除をするつもりです。もしお嫌でしたら、どこか別のところへ……」

ラオンはきょろきょろと辺りを見回した。つい先ほどまでそこにいたはずのビョンヨンがいない。

「どこに行ったのだろう」

もう一度、部屋の中を見回して、ふと天井を見上げ、ラオンは口をあんぐりさせた。いなくなったと思ったビョンヨンは、最初と同じ梁の上に長い体を横たわらせていた。一切の音を立てずにどうやって上がったのだろう。

「もしかして、そこで寝るつもりですか？」

「俺がいたら寝られないのだろう」

「それはそうですが……」

寝ているところを人に見下ろされるのも気持ちが悪い。

「下で寝てもいいのだぞ」

「い、いいえ、結構です！」

隣で寝られるより、天井から見下ろされる方がましだ。多分。きっと。

ラオンは改めて、眠そうに半分閉じかかった目でこちらを見下ろすビョンヨンを見上げた。

やっぱり、今夜は眠れそうにない。

東の窓の外から、雀の鳴き声が聞こえてきた。

「清々しい朝」

ラオンは充血した目で窓の外を見た。ビョンヨンが気になって、昨日は結局、一睡もできなかった。ラオンは寝ぼけ眼で起き上がった。

「どうにかしないと、私の方が幽霊になりそう」

すると、すぐ後ろからビョンヨンが言った。

「ずいぶんでかい独り言だな」

つい先ほど梁の上で寝ているのを見たばかりだったので、ラオンは飛び上がるほど驚いた。

「びっくりするではありませんか！　急に近くに来ないでください！」

ビョンヨンは眉一つ動かさず、先ほどまでラオンが寝ていた布団の中に潜り込んだ。

「もう夏も終わりだな。朝は寒くなった」

昨日は断っておいて、とラオンは思った。でもまあ、梁の上に布団を敷くのもおかしいか。

「キム兄貴はいつから梁の上で寝るようになったのです？」

「…………」

「キム兄貴はおいくつですか？」

「…………」

「キム兄貴、朝ご飯はどうしていますか？」

「……」

「キム兄貴、何時に、どこで朝ご飯を……」

ビョンヨンは爪先でラオンを蹴り、耳をふさぐように頭から布団を被ってしまった。

「うるさいですか？　失礼しました、キム兄貴」

ラオンはしゅんとなった。すると、間の悪いことに部屋中に響き渡るほど大きな腹時計が鳴った。昨日から何も食べておらず、空腹は限界だった。慌てて腹を押さえてビョンヨンを見ると、ビョンヨンは頭から布団を被ったままだった。どうやら聞こえていなかったらしい。

ほっとしたのもつかの間、ビョンヨンは勢いよく掛け布団をはいで起き上がった。

「な、何ですか？」

また蹴られるかもしれないと身構えるラオンを睨みつけ、ビョンヨンは一言、

「世話が焼けるやつだ」

と言って舌打ちをした。

ラオンは赤くなった。資善堂《チャソンダン》に来て二日目、早くも厄介者になってしまった。だがせめて、昨日から何も食べていないことだけは言っておきたい。

「ホン内官！　ホン内官！」

ラオンが言いかけた時、外から呼ぶ声がした。窓を開けて見ると、茂みの向こうにある小さな門の外から、チャン内官がひょっこり顔を出してこちらを見ていた。

「チャン内官様！」

おしゃべりなチャン内官の顔を見た瞬間、涙が出るほどうれしくなり、ラオンは部屋を飛び出してチャン内官に駆け寄った。

その様子をぼんやりした目で見送って、ビョンヨンは一言、

「世話が焼けるやつ」

と、つぶやいた。


「ご無事でしたか、ホン内官」

チャン内官は小さな包みを抱え、ラオンと資善堂《チャソンダン》の中を代わる代わる見て言った。

「ご心配には及びません。確かに一睡もできませんでしたが、なんとかやっていけそうです」

「一睡もできなかった？　まさか、おかしなものでも見ましたか？」

「おかしなもの？　まあ、見たというか、何というか」

ラオンは梁の上に横たわるビョンヨンの姿を思い浮かべながら言った。本当におかしなもの、いや、人だ。

「なんと！　まことに、その目で見たのですか？」

「ええ、この目で確かに。それに、見ただけではなく話しもしました」

チャン内官は真っ青な顔をして、文字にできない声を上げると、抱えてきた包みをラオンに押し

つけるように渡した。

「ホン内官、こ、これを」

「何です？」

「ホン内官の着替えと、生活に必要な諸々を見繕っておきました。では、私はこれで」

「まだいいではありませんか。まだ片付いていませんが、少し上がっていってください」

「いいえ、お気遣いなく！」

「いろいろと、お聞きしたいこともありますし」

「それでしたら、ここで聞きます」

「しかし、立ち話も何ですから」

「どこでだって話はできます！」

チャン内官はそう言って門前に座り込んだ。何が何でも資善堂《チャソンダン》の中に入りたくないらしい。

「ここも落ち着いて話ができそうです」

「そうですか？」

そこまで言うならと、ラオンはチャン内官の隣に腰を下ろした。

「チャン内官様、資善堂《チャソンダン》はどうしてこうなってしまったのですか？」

「ここは文禄《ぶんろく》の役《えき》で燃えてしまったのです」

「文禄の役ということは、もう何百年も昔の話ではありませんか。仮にも宮中にある殿閣なのに、どうしてそれほど長い間、放置されていたのです？」

チャン内官は周りに人がいないのを確かめて、声を潜めた。

「ここだけのお話ですが、王宮は陰の気が恐ろしいほど強く、ゆえに忌々《まがまが》しい出来事が頻繁に起きていたと言われています。中でも一番気が悪いのがここ資善堂《チャソンダン》だそうで。そのことを裏付けるかのように、不吉な出来事が度々起きています。例えば……」

「ここの蓮池で溺れ死んだ女官が二人もいるとか？」

すると、チャン内官は深くうつむいた。

「ホン内官に、言わなければならないことがあります」

「何です？」

「実は……」

チャン内官はラオンの顔の前に指を四本立てた。

「四人だったのです」

「四人？」

「資善堂《チャソンダン》の蓮池で死んだ女官は、実は倍の四人なのです。世宗大王《セジョンテワン》の時代に二人、その後にもう二人死んでいます。うわさでは、ほかにも複数の女官が命を落としたそうな」

なんてありがたい話を聞かせてくれる先輩だろう。ラオンは遠い空を見上げた。そして何かを思い出したように再びチャン内官の顔を見て言った。

「チャン内官様、もう一つ、うかがいたいことがあります」

「何なりと」

「昨日、資善堂《チャソンダン》に住むのは私一人とおっしゃいましたね？」

「はい」

「では、あの方は誰なのです？」

「あの方とおっしゃいますと？」

「顔半分くらいが隠れるほど長い前髪を斜めに垂らし、上から下まで黒い服を着た男の方です」

「上から下まで、黒い服を着た男？」

「実は昨日、その方が天井の梁の上から私を見下ろしていたのです。あの方は、いつから資善堂《チャソンダン》にいらっしゃるのですか？」

チャン内官は青くなり、座ったまま尻歩きで後退りをした。

「さ、さあ私にはさっぱり」

「チャン内官様、どうなさったのです？」

「急な用事を思い出したので、私はこれで」

「もう少しだけ、いていただけませんか？　まだうかがいたいことがあるのです」

「いつでも会えるのですから、続きはその時に。それでは、私は急ぎますので」

チャン内官は足がしびれた時にするように、指先を舐めて鼻の先に唾を塗り、やはり青い顔をして後ろ歩きで去っていった。

「チャン内官様、お待ちください。まだうかがいたいことがあるのです。私はここで何をすればいいのですか？　ご飯はどこでいただけるのです？」

空きっ腹を抱えて大声で尋ねたものの、チャン内官は振り向いてもくれなかった。


「お腹が空いて倒れそう」

部屋に戻ると、ビョンヨンの姿はなかった。天井の梁も見てみたが、そこにもいない。誰もいない部屋の中で、またも腹の虫が鳴った。

「どこに行ったのだろう」

少し心配になって、ラオンは窓の外も見てみた。

「呼んだか？」

すると、誰もいないはずの部屋の中から声がしたので、ラオンは驚いて悲鳴を上げた。振り向くと、いつの間に戻ったのか、ビョンヨンがそこにいた。

「どこに行っていらしたのです？」

ビョンヨンはそれには答えず、包みを一つ、ラオンに投げ渡した。

「何です？」

「飯がまだだろう」

包みを開けると、中から目が眩むような料理が現れた。いい塩梅に蒸された鶏に、味の染み込んだ艶々の肉料理、緑や赤の色鮮やかな串焼きや、かぼちゃやじゃがいものお焼きにあんこ巻き、ほかにも見たことのない豪勢な料理が入っていた。

「キム兄貴、お膳はありますか?」

せっかくの料理を床でいただくのは忍びなく、できれば膳を用意して味わいたかった。だがビョンヨンが何も言わないので、ラオンは仕方なく床に料理を広げたが、今度は匙《さじ》がなかった。せっかくの料理を前にまごついていると、梁の上からビョンヨンが言った。

「適当に手で食べろ」

もう一言でも言えば、また世話が焼けるやつだと言われかねないので、ラオンは何も聞かないことにした。

「キム兄貴、ちなみに、宮中ではこんなふうに食事をするのですか?」

何から何まで、慣れないことだらけだ。

七　資善堂《チャソンダン》の怪人（下）

「ホン内官が、幽霊を見た？」

「本人が言っていたので、間違いありません。見ただけではなく話もしたそうですよ」

東宮殿《トングンジョン》は重熙堂《チュンヒダン》の一角、風通しのいい軒下に集まって、女官や宦官たちが何やら話していた。

こうして集まるのも今日で三日目。話題はもっぱら、呪われた殿閣、資善堂《チャソンダン》のことだ。

幽霊が出ると言われる資善堂《チャソンダン》に、出仕したばかりの宦官が配属されてからというもの、皆でここに集まっては、チャン内官が仕入れてくる話に耳を傾けている。

「でも、おかしいですね。資善堂《チャソンダン》で死んだのは女官のはずなのに、どうして男の幽霊を目撃したのでしょう」

「知らないのか？　資善堂《チャソンダン》で死んだのは女官だけではない。うわさによれば、女官と恋仲になった兵士が例の蓮池に身投げしたこともあったそうだ」

「兵士まで？」

「恐ろしい」

「チャン内官、ホン内官が資善堂《チャソンダン》に入って何日目だ？」

大殿《テジョン》に仕えるキム内官がチャン内官に尋ねた。

「今日で三日目です」

「三日目か」

キム内官は袖口から十両を取り出した。

「では、もう三日持ち堪えるに十両」

すると、傍らで女官のヒャンシムが首を横に振った。

「あと三日なんて無理ですよ。幽霊を見て話までしたのですよ？　逃げ出すのは時間の問題です。私は今日で音《ね》を上げるに、この珊瑚の飾りを賭けます」

「しかし、三日もい続けられるとはなかなかの根性の持ち主と見た。私はもう五日に賭けよう」

「私は四日に賭けます」

ラオンがいつまで資善堂《チャソンダン》にいられるかを巡って、女官と宦官たちは皆で賭けをしていた。これまで、資善堂《チャソンダン》に配属されて二日ともった者はいなかった。ところが、今度の宦官はもう三日も持ち堪えている。そんなことを話しているうちに、誰からともなく金品を賭けるようになったのだ。

「しかし、心配ですね」

皆が賭けた金や物を集めながら、チャン内官がふとこぼした。

「今朝、仕事の前に資善堂《チャソンダン》に寄ってみたのですが、ホン内官の様子がおかしかったのです。虚ろな目で天井を見上げて、一人話をしていたのです。それも独り言のようなものではなく、誰かと話しているような感じで。このままではよからぬことが起きそうで心配でなりません」

「中宮殿《チュングンジョン》の尚宮《サングン》様から聞いた話ですが、狐に憑かれた人は、みんなそうなるみたいです」

「若いのに、お気の毒に」

「よりによって、ソン内官の機嫌を損ねるなんて」

「まったくだ」

「それはそうと、ヒャングム、世子《セジャ》様の昼食の準備はいいのか?」

「いけない! すっかり忘れていました」

話に夢中になるあまり、時が過ぎていることにも気づかなかった。ヒャングムは慌てて水刺間《スラッカン》に戻っていった。

「大変! 私も側室の淑儀《スギ》様から用事を言い付けられていたのを忘れてた」

「私もそろそろ」

宦官や女官たちは、それぞれの持ち場に戻っていった。すると、誰もいなくなった軒下に黒い影が現れた。影は資善堂《チャソンダン》の方を見ながらふと笑みを浮かべ、そして消えた。


「宮中に上がったら、身分の高い方に仕えるものとばかり思っていました」

がらんとした部屋に座り、ラオンは天井に向かって話しかけていた。

「こんな誰もいない殿閣に配属されるなんて、夢にも思いませんでした」

「…………」

「文句を言っているのではないのです。物心ついた時からずっと働きづめでしたから、暇な一日を過ごせるのは本当はありがたいことなのかもしれません。でも、よく言うではありませんか。遊んだことのない人には、遊び方はわからないって。まるで私のことを言っているようです。働くことしかしてこなかった私には、この暇をどう過ごせばいいのか、まったくわかりません」

「………………」

「それに、周りの方たちがどうして私を避けるのかもわかりません。先ほど、ほんの少し表に出てほかの殿閣に仕える宦官の皆さんにお会いしたのですが、久しぶりに人と会えるのがうれしくて……あ、いえ、キム兄貴が人ではないという意味ではないですよ。ただ、とにかく人に会えるのがうれしくて私から話しかけたのですが、どの人も、まるで幽霊でも見るかのような顔をして私から離れて行ってしまったのです。キム兄貴、どうしてだと思いますか？」

資善堂《チャソンダン》に来て三日目。最初の日と二日目は掃除をして過ごした。もともと火事で半壊していて掃除ができるところは限られているので、掃除も最初の二日で済んでしまった。三日目の今日はとうとうやることがなくなってしまい、ラオンは梁の上に寝そべるビョンヨンに話しかけるでもなく話し続けている。

だが、何を言ってもビョンヨンはうんともすんとも言わない。返事を期待していたわけではないので特に寂しいとは思わなかった。むしろ、一緒にいる人がいるというだけで心が慰められていた。

「そういえば、まだ言っていませんでしたが、キム兄貴がいてくれて本当によかったです」

不意に、ビョンヨンの背中が、わずかにぴくりとなった。もちろん、下にいるラオンは気づいていない。

「独りだったら、つらくて、ここにいられなかったはずです」

それは、ラオンの本心だった。ビョンヨンが男で、それも惚れ惚れするほどいい男なので多少の気まずさは感じるが、ただでさえ人が寄りつかない資善堂《チャソンダン》にたった一人では寂しくて耐えられそうにない。もっとも、泣いて頼んだところでソン内官が気に入るような盛大な新参礼《シンチャムネ》はできないから、結局また別の、誰も行きたがらないような殿閣に飛ばされるのが関の山だ。

ラオンは苦笑いを浮かべ、話題を変えた。

「キム兄貴、私の妹のダニのことですが、今頃はきっと、病気もよくなっていますよね？」

もともとおしゃべりな方ではないが、今は口だけでも動かしていないと落ち着かなかった。口数というのは、暇と共に増えるらしい。

「神医と呼ばれる有名な先生に診ていただいているのですから、もしかしたらもう元気に外を走り回っているかもしれませんね。私がここを出る頃には、私よりずっと元気になっているかもしれません」

元気に庭を走り回る妹の姿を想像するだけで、ラオンの顔に生き生きとした赤みが差した。

「私の夢は、妹が元気になって、いつか嫁ぐ時が来たら、両班《ヤンバン》のお嬢さんたちに負けないくらい豪華な花嫁衣裳を着せて、立派な嫁入り道具をそろえてあげることです。宝石を散りばめたような花の駕籠《かご》に妹を乗せて、何不自由のない祝言を挙げさせるつもりです」

そのためには、こんな王宮の隅っこで油を売っている場合ではないのに……。

ラオンは堪らず、窓の外に顔を向けた。遠くの空が茜色に染まり始めている。暇な日がこれほど短いとは思わなかった。働かない日も腹は減るもので、腹時計が食事時を教えてくる。図々しいなと我が腹ながら呆れてしまう。

「よし」

ラオンは立ち上がった。

「どこへ行く？」

梁の上から珍しく声がして、ラオンはうれしくなって座り直した。

「何かできることを探そうと思いまして」

「無駄なことを。何もする必要はない」

「キム兄貴が食事を持ってきてくださるのに、ただでいただくわけにはまいりません」

「どっちにしろ飯は食える」

「私の祖父は、よく言っていました」

ラオンは人差し指を立てた。

「働かざる者、食うべからず」

「子ども相手にそんなことを言うとは、お前の祖父さんもずいぶんけちだな」

「働くことの大切さを子どものうちから教えようとしてくれたのです。言うなれば、一種の早期教育ですよ」

ラオンはそう言って部屋を出ていった。そして、しばらくして、小さな盆を抱えて再び部屋に戻ってきた。盆の上には香ばしい湯気の漂う鶏の粥が乗っている。この三日、ラオンはビョンヨンが食事をするところを一度も見ていなかった。いつ見ても、ビョンヨンは背中を向けて寝てばかりいる。

「昨日の鶏の残りで粥を作ってみました」

「俺はいい」

「私はたくさんいただきましたので」

「面倒だ」

「そんなに何も食べずにいたら、倒れてしまいますよ?」

「………………」

「空腹でふらついて、もし梁から落ちて死ぬなんてことになったら、いい笑い話でしょうね。それこそ無駄死に、幽霊にも鼻で笑われてしまいますよ」

「そうなることを望んでいるような口ぶりだな」

「ただの例え話です。ひと口だけでも食べてください。手前味噌ですが、私の鶏粥は死んだ人も驚いて生き返ってしまうほど、おいしいと評判なのです」

ごま油の香ばしい匂いで誘ってみたが、ビョンヨンはこちらを見ようともしなかった。ラオンは仕方なく粥を床に置いた。

それからしばらく沈黙が続き、ラオンは意味もなく指先で床をこすりながら、溜息混じりの独り言を漏らした。

「暇を持て余すって、こんなに疲れるんだ。掃除でもしようかな」

「やめろ」

三日も続けて居場所をひっくり返されてはたまらないと、ビョンヨンが珍しく即答すると、ラオンはがっかりして下を向いてしまった。

「そんなに退屈なら、外で草刈りでもしたらどうだ？」

「草刈りって……草刈りって、庭の茂みのことですね！」

ラオンは視界を遮《さえぎ》るほど伸びた草むらを見た。

「私としたことが、うっかりしていました。キム兄貴、待っていてください。すぐに綺麗にしてきますから」

ビョンヨンとしては、元気のないラオンを見かねて何気なく言ったことだったが、やることができた途端、ラオンは嬉々として部屋を出ていった。だが、すぐに戻ってきてビョンヨンに言った。

「キム兄貴」

「…………」

「鎌《かま》をお持ちではないですか？」

「…………」

「鍬《くわ》でもいいのですが」

「…………」

「キム兄貴が持っているわけないですよね」

喜び勇んで庭に出たものの、雑草はあまりに生い茂っていて、とても素手で抜けそうになかった。

「探せば使えそうな道具があるかもしれない」

ラオンは道具を探しに行くことにした。再び部屋を出て行こうとするラオンに、梁の上からビョンヨンが言った。

「東の楼閣には近づくな」

「どうしてです?」

「妙なやつが出るからだ」

「妙なやつとは、何です?」

ラオンは梁を見上げて返事を待ったが、ビョンヨンが何も言わないので、諦めて窓の外に視線を移した。東の楼閣に出る妙なやつ。はて、何のことだろう。


ラオンがいなくなると、資善堂《チャソンダン》に静寂が戻った。やっといつも通りになった。ビョンヨンは起き上がり、窓の外に目を凝らした。伸び放題の雑草の中を、小さな人影が甲斐甲斐しく掻き分けて進んでいく。

「世話が焼けるやつだ」

部屋を見下ろすと、床に鶏粥が置かれていた。香ばしい湯気の立ち上る粥と庭にいるラオンの姿を交互に見て、ビョンヨンは梁から飛び下りた。俊敏で無駄のない身のこなし。ラオンが見たら、口をあんぐりさせていたことだろう。

「面倒臭い」

ビョンヨンは粥をじっと見つめ、床に座って匙《さじ》を取った。ひと口すると、ごま油の香ばしさが口一杯に広がった。ちょうどいい塩梅にふやけた粥が、舌の上で溶けていく。

「死んだ人間が生き返るほどではないな」

だが、手が止まらなかった。粥はどんどん減って、最後のひと口まで平らげると、ビョンヨンは目を閉じて口の中に残る余韻を味わった。久しぶりに体が温まり、心地よい満腹感に包まれる。

ビョンヨンは腕を枕にして寝転がった。ラオンがいつも自分の場所だと言って譲らない場所だ。腹の中も、背中も温かい。

ふと、こういうのも悪くないと思った。窓の外で夏の虫が鳴いている。ビョンヨンはゆっくりと目を閉じた。

目が覚めた時には、辺りはすっかり暗くなっていた。ビョンヨンはとっさに部屋の中を見渡し、そんな自分に笑ってしまった。無意識でラオンを捜す自分がおかしかった。三日いただけで、もう情が移ったのだろうか。

「情など、持ってどうする」

ビョンヨンは低い声でそう独りごち、梁の上に戻ろうとして動きを止めた。遠くで通行禁止を知らせる太鼓が鳴り始めた。庭の茂みに目を凝らしたが、ラオンの姿は見えない。

「本当に世話が焼けるやつだ」

歯がなければ歯茎を使えばいい。だが、資善堂《チャソンダン》には鎌もなければ鍬もなく、ラオンは仕方なく素手で雑草を抜くことにした。やり始めた時こそ、気合で草を抜いていけばすぐに終わると思っていたが、抜いても抜いても茂みは少しも減っていかない。ラオンは悟った。長い間、放置されていても、ここは景福宮《キョンボックン》の東宮殿《トングンジョン》。次の国王、世子《セジャ》が暮らす場所だ。それだけ敷地も広く、素手で太刀打ちできるはずがなかったのだ。

「明日、チャン内官様にお願いして鎌を貸してもらおう」

ラオンは毎朝訪ねてくるチャン内官に頼ることにして、草の汁で汚れた手を叩いた。

ふと見上げると、空には白く光る満月が浮かんでいた。まだ夕方だと思っていたが、ずいぶんと経っていたらしい。

「日が暮れるのも気づかなかった」

ラオンは胸の高さほどある茂みの中を掻き分けて資善堂《チャソンダン》に引き返すことにした。ところが、しばらく歩いていると、どこからか低く呻くような声が聞こえてきた。ラオンは立ち止まり、声のする方にゆっくりと振り向いて耳を澄ませたが、先ほどの声は聞こえなかった。

「確かに聞こえたような気がしたけど……」

気のせいかと思い、ラオンは再び資善堂《チャソンダン》に戻ろうとした。すると、今度は地面に服の裾を擦るような音が聞こえてきた。それは風の音のようでもあり、何かが草むらをよぎる音のようでもあった。ラオンは息を殺して、全身の神経を音に集中させた。やはり聞き間違いではなかった。確かに裾を擦る音が聞こえる。しかもその音は、こちらに近づいてきている。ビョンヨンが心配して来てくれたのかもしれないと、ラオンは音のする方を向いて声をかけた。

「キム兄貴、キム兄貴ですか？」

すると、音がぴたりとやんだ。

「キム兄貴？　兄貴ではないのですか？」

ビョンヨンでないことは、ラオンにもうわかっていた。一日中、梁の上で寝てばかりいて返事をするのも億劫がる人だ。顔を見ては世話が焼けるの何のと口癖のように言うあの人が、わざわざ迎えに来てくれるはずがない。

それでも、この恐怖を紛らわせるには、あえて気づかないふりをするしかなかった。誰もいない暗闇の中、頭の中にはチャン内官とビョンヨンの声が響いていた。

『資善堂《チャソンダン》で死んだ女官は、実は四人だったのです』

『東の楼閣には近づくな。妙なやつが出るからだ』

こういう時に限って、やけに鮮明に声が響く。

ふと、今いる場所から遠くないところに建物が見えた。煌々と光る望月に照らされた楼閣。それも、古い。まさか、あれがキム兄貴が言っていた東の楼閣だろうか。

ラオンはいよいよ恐ろしくなり、急いで資善堂《チャソンダン》を探し屋根の位置から方向を確かめた。そして、真っ青な顔をして古い楼閣を凝視した。

間違いない。東の楼閣だ！

ラオンが楼閣を確かめる間にも、裾を引きずる音はどんどん近づいてきていた。キム兄貴が言っていた東の楼閣に出る妙なやつとは、幽霊のことだったのだ。幽霊が出るという、あのうわさは本当だった。

近づいてくる音は、この首を目がけて伸びてくる手のようだ。どこかに隠れて音の正体を突き止めようと思ったが、音はもう、すぐそこまで迫っていた。

その時、逃げることもできずにいるラオンの背後から、人影が伸びてきた。足元に伸びるその影を見て、ラオンはゆっくりと後ろを向いた。丸い月を背負った黒い影が、怯えるラオンの大きな瞳に映った。月明りのような白い顔。その顔に見覚えがあり、ラオンは我が目を疑った。

「あなたは！」

この人が、どうしてここに？

八　東の楼閣の妙なやつ

月夜のいたずらか、それとも前世の記憶が蘇ったのか、ここにいるはずのない男の姿が見える。温室の花の君様……きっと、疲れているのだ。王宮に来てからろくに寝ていないせいで、ついに幻覚を見るようになってしまったらしい。

ラオンは目をこすり、資善堂《チャソンダン》に戻ることにした。

すると、旲《ヨン》はその襟首をつかみ、

「ここで何をしている？」

と言って訝しそうにラオンの顔をのぞき込んだ。僕のものになれという提案を振り切って逃げたくせに、今になって現れるとはどういうつもりだ？　おかげで店に置き去りにされた挙句、橋の下にいたはずのこやつも見失ってしまい、すぐに人をやり手を尽くして捜したが、ついに見つけることができなかった。それなのに、縁がなかったと諦めるしかないと思った矢先、のこのこと自分からやって来て僕を驚かせるとは、ふざけたやつだ。

だが、驚いたのはラオンも同じだった。

「本当に、温室の花の君様ですか？」

旲《ヨン》の顔がはっきりと見えてくると、同時にいい匂いが鼻腔の中に広がった。梔子《くちなし》の花のような、母さんの好きな百合の花の香りのような、もしかしたら麝香《じゃこう》かもしれない。とにかく、温室の花の君様からは花が咲き乱れる春の野の香りがする。疲れて幻覚を見ているのだと思ったが、どうやら本人に間違いないようだ。

昊《ヨン》はそれに答えるように、ラオンの黒い瞳をのぞき込んで言った。

「妙なあだ名を付けられたものだ。まあいい。どうしてここにいる?」

「聞きたいのは私の方です。温室の花の君様が、どうしてここにいらっしゃるのです?」

そう言ってラオンは、はっとなった。

「もしかして、私のあとをつけていたのですか?」

初めて会った日も絡みつくような視線を感じたが、王宮の中まで追いかけてきたのを見ると、本気で私を狙っているらしい。ラオンは警戒心を露にした。

昊《ヨン》はすぐにその視線の意味に気づき、ラオンの頭に軽く拳骨をした。

「人を勝手に変態扱いするな。答えろ。どうしてここにいる?」

ラオンはなおも警戒しながら答えた。

「仕事です」

「仕事?」

昊《ヨン》はラオンの頭の上から足の爪先まで視線を走らせた。暗くて気がつかなかったが、ラオンは官服を着ていた。それも、宦官が着る緑色の官服だ。そこでようやく状況を理解し、昊《ヨン》はにやりと笑った。逃したとばかり思っていた獲物が、思わぬ形で手に入った気分だった。

「この間は両班《ヤンバン》になりすまし、今度は宦官か。大した役者だな」

雲従街《ウンジョンガ》に宮中に、まさに神出鬼没だ。しかし、どうやって宦官になったのだろう。

「ここは王宮です。身分を偽って通じるところではありません」

「何が『通じるところではありません』だ。偉そうなことを言える立場か？　身分を偽り人を騙そうとしておいて、よくも偉そうに言えたものだ。普通なら言い訳はおろか顔を上げることもできないと思うがな」

「…………」

ラオンは返す言葉がなかった。

「偽りでないのなら、本当に宦官になったのか？」

「…………」

「聞こえないのか？」

「言い訳をせず、顔を上げずにおります」

「何？」

旲《ヨン》が苛立つのがわかり、ラオンは腹が立った。そして、何も言うな、顔を上げるなと言ったのはそちらの方ではないかと言い返そうと顔を上げ、思わず息を呑んだ。旲《ヨン》の顔が、鼻先がくっつきそうなほど近い。世の中にこれほど美しいものがあるだろうか。女人より美しい男だなんて……。

ラオンはつい、旲《ヨン》の美男子ぶりに吸い込まれそうになり、慌てて我に返った。そして視線を逸らして言った。

「急な入用で、ちょっとした証文に名前を書いたら……こうなりました。これ以上は聞かないでください。それより、温室の花の君様は、ここで何をなさっているのです？　まさか、本当に私のあとを追っていらしたのですか？」

「僕がそんなことをするほど暇な男に見えるのか？」

「そんなに忙しい方にも見えません」

「あとを追うも何も、逃げたのはお前の方だろう」

「逃げてなどおりません」

「だったら、なぜどこの誰かも告げずにいなくなった？」

「あの時は、やむを得ない事情があったのです。とにかく、真面目に答えてください。温室の花の君様は、どうしてここにいらっしゃるのです？　ここがどこか、ご存じなのですか？　荒れて、雑草が伸び放題の中にいるからわからないかもしれませんが、ここは王宮です。わかりますか、ここは王宮なのですよ？」

「わかっている」

「まさかとは思いますが、どこかのお店と勘違いなさっているわけではありませんよね？　例えば、馴染みの宮殿のような妓楼《ぎろう》と間違っていらっしゃるとか。ここは正真正銘、本物の王宮です。王様がいらっしゃる、王宮です」

「わかっていると言っているではないか」

「では、ここが資善堂《チャソンダン》であることも？」

「もちろん、わかっている」

淀みのない答えに、ラオンは改めて思った。温室の花の君様。どこぞの金持ちの息子と思っていたが、どうやらそうではなかったらしい。思い返してみれば、初めて出会った時からどこか変わっていた。身につけている物から顔立ちまで、普通の人とは違う雰囲気を漂わせている。それに、資《チャ》善堂《ソンダン》の中を自分の家の庭のように歩いている様子を見る限り、昨日今日ここへ来た人ではなさそうだ。ということは……。

ラオンは目を細めてじっと昊《ヨン》を見つめ、恐る恐る尋ねた。

「もしかして」

「…………?」

「あなた様も、宦官なのですか?」

それなら納得がいく。去勢すると、中には女人のような風貌になる人がいると聞いた。この美しさはきっと、そのために違いない。

昊《ヨン》を見る目に、急に涙が込み上げた。身をもって経験したわけではないが、闍工《オムゴン》先生から生々しすぎる説明を聞かされたおかげで、宦官たちの悲哀を我がことのように感じられる。

そんなラオンに、昊《ヨン》は呆れた顔をして言った。

「お前の目には、僕がそう見えるのか?」

「違うのですか?」

「ああ、違う」

「では、何なのです？」

「何に見える？」

からかわれているような気がして、ラオンは少しきつい目つきで舐めるように昊《ヨン》を見た。

「やはり、宦官です」

「だから違うと言っているだろう。少なくとも、宦官よりずっと偉い人間だ」

「では、一体どういう方なのです？　言っておきますが、王族なんていう冗談は信じませんからね」

すると、昊《ヨン》はおや、という顔をして、ラオンの顔をのぞき込んだ。

「お前は、僕が怖くないのか？」

急に何を言うのだろうと、ラオンも昊《ヨン》を見返した。改めて見る昊《ヨン》の瞳は、青い霧がかかっているように見えた。鋭く光る、青い刃のような冷たい瞳。

「別に、怖くなどありません」

本当は怖い目をしていると思ったが、ラオンは言わなかった。幼い頃、祖父によく言われていたからだ。男には獣のような勘があり、自分を恐れていると感じると、本能的に相手を威嚇したくなるのだと。ましてや、目に冷たさを感じる男はなおさらだということを、ラオンは経験から知っていた。雲従街《ウンジョンガ》は、そんな荒くれ者があふれていた。

ここで怯んだら負けだ。この程度で動じるほど、私はやわに生きてきていない。

ラオンは昊《ヨン》を見る目に力を込めた。

だが、昊《ヨン》は珍しいものでも見るようにラオンを見ていた。

「名前は?」

「そういうあなた様のお名前は？　人に名前を尋ねる時は、まず自分から名乗るのが礼儀と教わりました」

思いがけずラオンに名を聞かれ、旲《ヨン》は少し驚いた。

「僕の名前か?」

「ええ、温室の花の君様の、本当のお名前です」

「僕の名前は……」

本名を名乗るのは久しぶりだった。子どもの頃に呼ばれた朧《おぼろ》げな記憶はあるが、それも数えるほどしかない。世子《セジャ》になってからは、世子《セジャ》か、次の国王と呼ばれるのが当たり前になっていた。それは名前ではなく、支配する者に与えられた肩書であり、この国の民が服従する絶対的な君主を指す名称に過ぎない。

母の中に宿った時から目に見えない運命《さだめ》という甲冑《かっちゅう》に覆われて、自分でも本当の名前があったことを久しく忘れていた。誰かに聞かれることもなかったので、旲《ヨン》は戸惑い、すぐに答えることができなかった。

するとラオンはそれを拒まれたのだと受け取って、

「言いたくないのなら結構です。私も言いません」

と、少し拗ねた顔をして資善堂《チャソンダン》の中に戻ろうとした。

「旲《ヨン》」

ラオンが振り向くと、旲《ヨン》はラオンをまっすぐに見て、もう一度言った。

「僕の名前は、旲《ヨン》だ。李旲《イヨン》」

「私はラオンです。ホン・ラオン。思い煩うことなく楽しく生きるようにという願いを込めて、祖父が名付けてくれました」

ラオンはそう言って、満面の笑みを浮かべた。ラオン自身は気づいていないが、その笑顔は花のように愛らしく、旲《ヨン》は堪らず遠くへ目を逸らした。

●

二人は茂みのそばに並んで腰を下ろした。平然を装っているが内心では気が気でなく、ラオンは横目でしきりに旲《ヨン》の様子をうかがった。

温室の花の君様は否定したが、やはり私を追いかけて来たとしか思えない。そうでなきゃ、ここで会うはずがないもの。初めて会った時から妙に熱っぽい視線を感じてはいたが、ここまで執着されていたとは思わなかった。それに、あの言葉も気にかかる。

『僕のものになれ』

これほどの美男子にそう言われて断る女はいないだろう。だが、悲しいかな、相手は男を愛する男。ここまで追いかけて来たのだって、私を男と思っているからだ。そんな執念深い人がもし私が女であることを知ったら何をするかわからない。私だけならまだしも、家族や、何も知らない閹工《オムゴン》先生にまで迷惑をかけるかもしれない。

恐ろしい想像が膨らんで、ラオンは頭を振った。手遅れになる前に、私のことは諦めてもらわなくちゃ。でも、どうしたらいいだろう。

悶々とするラオンの目に、ビョンヨンの姿が映った。どうしてここにいるのかと言いかけて、ふと、ある妙案が浮かんだ。ぐうたらなビョンヨンが、願ってもない時に来てくれた。この好機を利用しない手はない。

「考えれば考えるほど、妙な気がいたします」

「何が妙だと言うのだ？」

ラオンは悲しそうな表情で昊《ヨン》を見つめた。

「私たちです。こうしてよくお会いするのを見ると、とても深いご縁があるように思えてならないのです」

「深い縁だと？　悪縁の間違いではなのか？」

「悪縁も縁のうちです」

ラオンはうっすらと目に涙を浮かべた。

「きっと、前世では夫婦《めおと》だったのでしょう」

「急に何を言い出すのかと思ったら」

昊《ヨン》は呆れ、ラオンに振り向いた。

「本当です。あなた様をひと目見た時に、確かに感じたのです。初めてお会いする方とは思えない、ほっとするような懐かしい感じがいたしました」

「僕は何も感じなかったぞ」

ラオンは首を振った。

「強がらなくてもいいのです。あなた様も、きっと感じたはず」

だからここまで追いかけていらしたのでしょう?

ラオンはさらに感情を込めた。

「初めは、自分が感じたものが何なのか、私にもよくわかりませんでした。でも、今日ここで、こうしてあなた様のお顔を見ているうちに、はっきりと悟ったのです。私たちは、とても深い縁で結ばれているのだと」

「深い縁があると言われれば、そうかもしれないな。例えば不倶戴天《ふぐたいてん》の仇だったとか」

「仇ではなく、夫婦です」

「勝手なことを言うな」

本当なら、宦官の分際で世子《セジャ》を口説《くど》こうとするとはけしからんと咎めるところだが、今はこちらの正体を知らないので怒ることもできない。しかしそれよりも、なぜ急におかしな話をし始めたのかが気になる。

「天の定めとは、そういうものなのでしょう。こちらが望む望まないにかかわらず、人と人をくっつけたり、離れさせたり。まったく勝手なものです」

そう言って、ラオンはそっと昊《ヨン》の手を握った。無礼者!　と、昊《ヨン》はとっさに拒もうとしたが、ラオンが大きな瞳に涙を溜めているのがわかり、手を払うことができなかった。

「温室の花の君様、残念ですが、今生《こんじょう》での私たちの縁はここまでのようです」

「どういうことだ？」

「私には、すでに心に決めた人がいます」

「何だと？」

君主に向かって前世は夫婦だったなどと言うこと自体許せないというのに、僕よりほかの者を選ぶというのか？

「それは誰だ？」

世子《セジャ》である僕を差し置いて、お前が選んだ相手というのは！

すると、ラオンは不意に立ち上がって走り出し、全身黒づくめの男と一緒に戻ってきた。男の三歩後ろを歩くその顔は、誇らしそうですらある。

「この方です」

男の顔を見て、昊《ヨン》は目を丸くした。

「私たちは今、一つ屋根の下で暮らしています。ですからもう、私にあなた様のものになれとおっしゃらないでください」

ラオンはビョンヨンと一つ屋根の下、それも同じ部屋で寝起きしていることを知れば、昊《ヨン》も諦めるだろうと考えた。事情はどうあれ、二人一緒に暮らしているのは事実だ。ここまで言えば、もう追いかけてくることもない。そう思ったのだが。

「それがどうした？」

昊《ヨン》はまったく意に介さなかった。

「ど、どうしたって……」

「それが僕に何の関係がある？」

「『一つ屋根の下』という言葉の意味がわかりませんか？　キム兄貴と私は、一緒に暮らしているのです。温室の花の君様は何とも思われないかもしれませんが、私にとっては大事なことです。キム兄貴だって、私がいつまでもあなた様につきまとわれていては、いい気はしないはずです。そうですよね、キム兄貴？」

ラオンは昊《ヨン》に気づかれないよう、ビョンヨンの横腹を突いて目配せをした。

「キム兄貴だと？」

昊《ヨン》はラオンとビョンヨンの顔を代わる代わる見た。

「はい、私のキム兄貴です」

「私のキム兄貴？」

「ええ」

すると、昊《ヨン》はあごでビョンヨンを指して言った。

「いつ戻った？」

「ほんの数日前でございます」

「帰ったなら挨拶くらいしに来たらどうだ」

「ご挨拶にうかがうより先に、お越しになられたもので」

「その口の利き方、相変わらずだな」

二人が親しそうにやり取りするのを聞いて、ラオンはビョンヨンに聞いた。

「あの方をご存じなのですか？」

そして、昊《ヨン》に聞かれないよう声を潜めて言った。

「もしかして、キム兄貴もあの方に狙われているのですか？」

ビョンヨンが何も答えずにいると、それをそうだという意味に受け取って、ラオンは怒りがこみ上げた。

この男は常習犯だったのだ。私にしたように、ほかの男たちにも手当たり次第に言い寄って、弄《もてあそ》んできたに違いない。キム兄貴が天井の梁の上に身を隠していたのも、東の楼閣に近づくなと言ったのも、全部この人から身を守るためだったのだ。

ラオンはビョンヨンの袖を引っ張り、先ほどよりもっと声を潜めて言った。

「キム兄貴がおっしゃっていたのは、このことだったのですね」

「このこと？」

「東の楼閣に近づくなって。妙なやつが出るというのは、温室の花の君様のことだったのではありませんか？」

ラオンは昊《ヨン》から目を離さずにビョンヨンに言った。すると、それをしっかり聞いていた昊《ヨン》とビョンヨンは同時に、

「誰が妙なやつだ！」

「温室の花の君様？」

と言った。しばらく沈黙が流れ、昊《ヨン》の顔色をちらちらと盗み見ていたビョンヨンは、堪え切れず笑いを吹き出してしまった。昊《ヨン》はむすっとした顔で黙っている。

「あの、怒りました？」

「僕が喜ぶとでも思って言ったのか？」

「ですから、気を遣って声を小さくしたではありませんか」

聞こえないように耳打ちしたのに、恐ろしい地獄耳だ。

「いいだろう。僕を怒らせたらどうなるか、身をもって教えてやる」

昊《ヨン》はラオンに飛びかかり、羽交い絞めにしようとした。すると、どこからかすすり泣くような声が聞こえてきて、ぴたりと動きを止めた。

「今の、聞きました？」

ラオンは昊《ヨン》を避け、身を屈めたまま言った。昊《ヨン》もラオンに飛びかかろうとしたまま言った。

「ああ、聞いた」

ビョンヨンだけは気怠そうに、

「あちらのようです」

と、楼閣を指さした。ラオンと昊《ヨン》は同時に東の古い楼閣の方を向いた。

すると、また泣き声が聞こえてきた。

「聞こえましたか？」

「ああ、聞こえた」

「泣き声ですよね？」

「そのようだ」

昊《ヨン》にも聞こえていたことを確かめて、ラオンは一人で歩き出した。だが、いくらも進まないうちに昊《ヨン》に襟首をつかまれてしまった。

「苦しい！　何をなさるのです？」

「勝手にどこに行くつもりだ？」

ラオンは茂みの向こう、泣き声のする東の楼閣を指した。

「行ってどうする？」

昊《ヨン》が聞くと、ラオンは瞳を輝かせて言った。

「確かめてみませんか？」

「何を？」

「これほど悲しそうに泣いている理由です。どんな事情があるのか、知りたいではありませんか」


三人は茂みの中に身を潜め、並んで顔を出して楼閣の中の様子をうかがった。満月が照らし出す古い楼閣に、白い服を着た少女が一人、手元の袖で涙を拭っている。茂みの中からその様子をじっと見つめ、ラオンは昇《ヨン》にささやいた。

「どう思います？　人か、それとも幽霊でしょうか？」

「さあ、幽霊のようには見えないが、この夜更けにわざわざこんなところへ来て泣いているのを見ると、生身の人間ではないような気もする」

確かに、ここは王宮の中の孤島、資善堂《チャソンダン》だ。

「どうして泣いているのでしょう」

「僕に聞いてどうする」

「どうでもいいが、俺たちはここで何をしているのだ？」

面倒臭そうにビョンヨンが言うと、ラオンは何も言わずに立ち上がった。すると、つられて昇《ヨン》も立ち上がってしまった。

「今度は何をするつもりだ？」

「だって、女人が泣いているのですよ」

「だから、何をするつもりなのかと聞いているのだ」

「女人が泣いているのです。ほかに何の説明がいりますか？」

ラオンは茂みの中を進み、一人楼閣に向かった。

「あいつの頭の中はどうなっているのだ」

昇《ヨン》は嫌々、ラオンのあとに続いた。

「つくづく世話が焼けるやつだ」

ビョンヨンも立ち上がり、眠そうな顔をして二人のあとを追った。

泣いている少女を驚かせないよう、ラオンはそっと楼閣に近づいて、できるだけ優しく声をかけた。

「もし、どうなさいました？」

少女は顔を上げ、ラオンに気がつくと、あっ、と小さい声を上げた。顔の半分ほどはあろう大きな瞳が怯えている。ほかに誰もいない楼閣で見知らぬ男に声をかけられたのだから無理もない。ラオンはほっとした。この状況で驚かないのは幽霊くらいなものだろう。

「怖がることはありません。怪しい者ではありませんから」

ラオンは少女に微笑み、警戒させないよう両手を挙げて一歩一歩、ゆっくりと少女に近づいた。少女も幾分安心したようで、瞳から怯えの色が消えていた。

だが、ラオンの背後に気がつくと、少女が目を見張った。恐怖というより、ひどく驚いた顔をしている。どうしたのだろうと思いラオンも振り向くと、すぐ後ろに昊《ヨン》とビョンヨンがついて来ていた。ビョンヨンはいつものように眠たそうな顔をして、こちらから一番離れたところにいる。ということはと、ラオンは昊《ヨン》に目を向けた。昊《ヨン》は何が気に入らないのか、不機嫌そうに眉間にしわを寄せ、相変わらず氷のような冷たい表情をして少女を見ている。これでは少女を怖がらせるだけだ。

「温室の花の君様！」

ラオンは慌てて、ひそひそ声で昊《ヨン》に言った。

「何だ？」

「どうか笑顔に」

「何？」

「そうじゃなくて、こうです」

ラオンは昊《ヨン》の顔を真似て顔をしかめたあと、大きな笑顔を作って見せた。

「お前、何をしているのだ？」

だが、昊《ヨン》にはその意味が伝わらず、さらに顔をしかめてしまった。

二人の様子を小動物のように瞳を震わせて見ていた少女は、その隙に逃げるように走り去ってしまった。

「お待ちください！　どこへ行かれるのです？」

ラオンは慌てて引き留めたが、少女は振り向きもせず夜の闇に消えていった。

「もう！　温室の花の君様がそんな顔をするから、怖がって行ってしまったではありませんか！」

ラオンは冗談めかして昊《ヨン》を睨み、すぐに少女のあとを追った。ところが、勢い余って楼閣の階段を踏み外してしまった。ラオンは短い悲鳴を上げ、まるで雛が羽を動かすように両腕をばたつかせてなんとか踏み止まろうとした。ここから落ちれば、骨を折るくらいでは済まないだろう。でも、もう限界だ。わずかのうちにそんなことまで考えて、ラオンは覚悟を決めてぎゅっと目をつぶった。

するとその時、腰元を誰かに抱き寄せられた気がした。目を開けると、そこには夜空を映したような瞳があった。

「キ、キム兄貴？」

「お前まで幽霊になるつもりか」

「幽霊って……」

ラオンは足元に目をやった。暗くて気がつかなかったが、階段の下には空の月が、いや、水面に月を浮かべた例の池が広がっていた。ビョンヨンが助けてくれなければ、この池で溺れ死んだ五人目の幽霊になっていただろう。

「ありがとうございます」

ビョンヨンの動きの素早さが不思議でならなかったが、おかげで資善堂《チャソンダン》の幽霊にならずに済んだ。

「ったく、世話が焼けるやつだ」

ビョンヨンは面倒がりながらも、ラオンをしっかりつかんで離さなかった。

「ご迷惑ばかりおかけして、申し訳ありません」

襟首をつかまれ、楼閣の中に引き戻されているラオンには、ほかに言える言葉がなかった。


結局、少女が戻ってくることはなく、三人は楼閣に腰を下ろした。少し気まずい沈黙が流れ、ラオンは雰囲気を変えようと口を開いた。

「なんだか、泣いていた少女を追い出す形になってしまいましたね」

ラオンは申し訳なさそうに頭を掻いて、昊《ヨン》に言った。

「さっきの少女ですが、幽霊ではありませんよね？」

昊《ヨン》は胸の前で腕を組み、無表情で言った。

「そのようだ」

ビョンヨンもうなずいた。やはり少女は生身の人間だった。

「歳は私と同じか、少し下のようでした。そんな方が、あれほど悲しそうに泣いていた理由は何なのでしょう」

「きっと、それなりの事情があるのだろう」

人気のない夜更けの楼閣で、それも白い服を着て一人で泣いているなんて、きっと深い事情があるに違いない。

「誰かに意地悪でもされたのでしょうか」

「意地悪？」

「よくある話です。宮中に来て上役に貢物を渡せなかったり、新参礼《シンチャムネ》にかけるお金がないことを正直に告げて睨まれたり」

昊《ヨン》は横目でちらとラオンを見た。昊《ヨン》は座る時まで腰をまっすぐ伸ばしている。

「それは、お前の話か？」

「そういうわけではありません。ただ、そんなところではないかと思っただけです」

すると、昊《ヨン》は笑いながら言った。

「宣祖王《ソンジョ》の時代から、行き過ぎた新参礼《シンチャムネ》は王命で禁じられている。仮に下の者への不当な扱いが発覚した場合には、国法で鞭《むち》打ちの刑に処されることになっているのだ。それを知っていて、誰が新入りに無茶な要求をすると言うのだ？」

「………」

ラオンはソン内官を思い浮かべ、苦笑した。その恐れ知らずなことをやってのける人がいるのです。この世の中、温室の花の君様が思うほど清くも正しくもないのですから。

「では一体、何があったのでしょう？」

ラオンは昊《ヨン》の反対側にいるビョンヨンに顔を向けた。ビョンヨンは欄干を背もたれにして我関せずという顔で座っている。

「キム兄貴、兄貴はどう思います？」

「………」

ビョンヨンは無言で顔を逸らした。わからないということなのか、それともただ興味がないだけなのか、難解な人だとラオンが思っていると、代わりに昊《ヨン》が言った。

「あの娘、白い服を着ていたな」

「寝巻きでしょうか？」

「最初は僕もそう思ったが、あれは喪服だ」

「そうなのですか?」

「月夜に白い喪服姿で、人目を忍んで泣いている理由といえば一つしかない」

「よくお気づきになられましたね。何か、心当たりがおありなのですか?」

ラオンは昊《ヨン》を見上げるように見た。月明りを浴びた瞳が潤んでいる。だがその瞳を見下ろす昊《ヨン》の目は冷たく、ラオンは馴れ馴れしいと思われたのではと心配になった。顔も無表情で、感情が伝わらない。まるでのっぺらぼうのようだ。初対面ではない私でさえそう思うのだから、あの少女が逃げ出すのも無理もない。

ふと、昊《ヨン》の背後に広がる夜空が目に映った。雲も星もない漆黒の空に、氷の刃でくり抜いたような満月がかかっている。目に染みるほど冷めたその月明りは、昊《ヨン》の目に似ていると思った。周りに雲でも浮かんでいたら、あの月もこれほど冷たく寂しい感じはしないだろうに。

「そんなに気になるなら、自分で確かめに行けばいい」

ラオンは自分の耳を疑った。

「聞けばわかるだろう」

要するに、教える気はないということらしい。なんだか、意地悪な子どもみたいだ。この人に聞いた自分が馬鹿だった。

ラオンは内心、むっとしていたが、あえて笑顔で返した。

「わかりました。そうします」

てっきり教えてくれと食い下がると思っていた昊《ヨン》は、少し拗《す》ねた様子で聞き返した。

「どうするつもりだ？」

「ここであれこれ推測するより、本人に直接聞きます」

「あの娘が誰か、わかって言っているのか？」

「いいえ、知りません」

ラオンがあまりにあっけらかんと言うので、昊《ヨン》は呆れてしまった。

「どこの誰かもわからないのに、どうやって会いに行くのだ？」

「それは、捜せばいいことです」

「王宮で名前も知らない娘を捜す。なるほど。漢陽《ハニャン》の中心でキムさんを見つけるより難しいことを、お前はすると言うのだな？」

「ここは王宮の中です。漢陽《ハニャン》の中心ではありません」

「仮にあの娘が女官だとして、宮廷の女官を全員当たらなければならない。ざっと五百人から六百人だ。その女官たちを集めて、一人ひとりの顔を確かめるというなら引き留めはしないが、そもそも、あの娘が女官かどうかもわからないではないか」

「そんなに大変なのことなのですか？」

「悪いことは言わない。捜すのはやめておけ。所詮は他人だ」

「確かに、他人ではありますが……」

ラオンの脳裏に、ふと古い記憶が蘇った。あれは物心ついて間もない頃、もういつだったかも思い出せないが、あの日、珍しく明け方に目を覚ますと、まだ鶏も鳴いていないというのに、薄暗い部屋に母の姿があった。眠れなかったのか、目が覚めてしまったのかはわからないが、母が泣いていることだけはわかった。幼い娘たちに気づかれないよう、声を殺して泣いていた。青み始めた朝の空気が、母の痩せた肩を抱いているように見えた。後ろから母が肩を震わせている姿を見ていると、つらくて涙が込み上げた。だが、あの日の母は、声をかけることさえできないほど悲しそうだった。

それ以来、泣いている女《ひと》を見過ごすことができなくなった。女の涙には、いつだって理由がある。それは幼い娘でも同じはずだ。

「人であれ幽霊であれ、女人が泣いているのを見て知らぬふりはできません。女人の涙を見ると、どうしてもここが痛むのです」

ラオンは自分の胸を押さえた。

「必ずあの少女を見つけ出します。そして、力になりたいのです」

旲《ヨン》は賛成も、反対もしなかった。

「温室の花の君様がおっしゃる通り、あの少女を見つけるのは想像以上に大変かもしれません。でも人づてに聞いていけば、一人くらいは、あの少女のことを知っている人がいるはずです」

ラオンは自分を励ますように言った。その後、再び沈黙が続き、ラオンは先ほどと同じように、気まずそうに頭を掻いて話題を変えた。

「資善堂《チャソンダン》にこれほど美しい場所があるとは、知りませんでした」

旲《ヨン》とビョンヨンは楼閣の外を眺めた。乳白色の月明りが降り注ぐ池のほとりに、大繁縷《オオハコベ》の花が咲いている。昼間は雑草に紛れて目立たないが、今は月明りを浴びて幻想的な美しさを放っている。

まるで地上に散りばめられた星たちが瞬いているようだ。

「昔はここも、宮中で指折りの美しい庭園だったそうだ」

「この資善堂《チャソンダン》が？」

月夜の景色に見とれていたラオンは、その景色と同じくらい澄んだ瞳で旲《ヨン》に振り向いた。

「手つかずのままで、よかったです」

「どうして？」

「もし資善堂《チャソンダン》がきれいに建て直されていたら、私なんて、こんな贅沢はできませんから」

「贅沢？」

「はい。とてもいい気分です。見上げれば美しい月明りが、下を向けば夜空の星のような花々が咲き乱れていて、まるで極楽にいるようです。それに、よき友にも囲まれて、人生でこれほど贅沢な時を過ごすのは初めてです」

「よき友だと？　僕とお前が、いつよき友になった？」

身の程知らずと言う代わりに、旲《ヨン》はラオンを睨んだ。

「私の祖父は、よく言っていました」

ラオンはお定まりの、人差し指を立てて言った。

「会えば心楽しく、別れれば会いたくなる。そういう人を、人は『友』と呼ぶのだそうです」

「僕といて、楽しいのか？」

「正直にお答えしましょうか？　それとも、耳触りのいい歌でも歌いましょうか？」

「正直な言葉は、耳触りもいいものだ」

「本当を言うと、最初は戸惑いました。でも、今はほんの少し、楽しくなってきた気がします」

正直に言うラオンを見て、昊《ヨン》は微笑んだ。昊《ヨン》も同じ気持ちだった。また会いたくなるかどうかはわからないが、ラオンを見ていると、それだけで楽しい気持ちになる。からかえば小さな体でむきになって向かってくるラオンの反応が面白くて、新鮮で、この小さな頭の中に何が入っているのか見てみたいと思うほどだ。

よき友か、と、昊《ヨン》は改めて考えてみた。宦官であってもいい。見ているだけで楽しい気持ちになるラオンとなら、喜んで友にもなれよう。

「こんな夜は、これがなくては始まらない」

昊《ヨン》はラオンに向き直り、袖口から小さな瓢箪《ひょうたん》の瓶を取り出した。

「これは？」

ラオンはそれを受け取って、瓶のふたを開けた。すると、途端に頭がぼうっとするような香りが鼻を突いた。

「碧香酒《ペッキャンジュ》だ」

「匂いで気がつくとは、お前もなかなかの酒好きと見える」

ラオンはくすりと笑った。

「亡くなった父が、このお酒が好きだったそうです。父の命日になると、母は必ずこの酒を用意していました」

「父上は、たしなみのある方だったのだな。美しい月夜によき友と語らうのに碧香酒《ペッキャンジュ》ほどの酒はない」

旲《ヨン》は再び袖の中に手を入れ、今度は盃《さかずき》を取り出した。瓶を傾けると、盃《さかずき》の中で酒が注がれる音が小さく響いた。

「まずは一献《いっこん》」

なみなみに注いだ盃《さかずき》を、旲《ヨン》はラオンに差し出した。

「いえ、私は……」

ラオンはあごの先に差し出された盃《さかずき》と旲《ヨン》の顔を代わる代わる見た。満月の夜、この景色を肴《さかな》に友と酒を酌《く》み交わすのも悪くない。だが問題は、酒に弱いということだ。鼻の先で波打つ酒を見ているだけで、緊張で自ずと背筋が伸びてくる。

ラオンがなかなか盃《さかずき》を受け取らないので、旲《ヨン》はもしやと思って聞いた。

「お前、もしかして下戸《げこ》か？」

ラオンはぎくりとなり、

「と、とんでもない。酒の呑めない男などいるものですか」

と、笑ってごまかした。

「だったら、なぜそう緊張しているのだ？」

「緊張などしていません。ただ、喜びを噛みしめているのです、喜びを」

「今は宦官とはいえ、お前も以前は健康な男だったのだからな。酒が呑めないはずがない」

「そうですよ」

ラオンは大きな笑い声を立て、昊《ヨン》から奪うように盃《さかずき》を受け取った。これ以上怪しまれないように、とにかく呑むしかない。一杯くらいなら、どうってことないだろうと、ラオンはぐいとひと息に盃《さかずき》を空けた。すると、口の中に酒の饐《す》えた香りが広がり、苦くて、喉が熱く焼けるような感じが……しなかった。想像していたのとは違い、碧香酒《ペッキャンジュ》は甘くおいしかった。舌に残る酒特有の風味も思ったほど嫌ではない。ラオンは盃《さかずき》を差し出して昊《ヨン》に言った。

「もう一杯！」


しばらくすると、ラオンはへらへらと笑い出した。呑み始めてまだ一刻も経っておらず、ほんの数回、酒を酌み交わしただけだが、小さな体に酔いが回るには十分だったようで、心地よい火照りが感じられた。気分はまるで宙を浮遊する魚のようだった。指先に感じるくすぐったい痺れもたまらない。

お酒を呑むとこんな感じになるのか。なんて気持ちがいいのだろう。

ラオンは笑いが止まらなかった。

「お前、もう酔ったのか？」

その様子に驚いて旲《ヨン》が言うと、ラオンは半目を開けて言い返した。

「酔ってなどいません！　誰が酔ったと、ひっく……おっしゃるのですか！」

誰が見ても酔っているのは一目瞭然だった。女であることに気づかれないよう夜は特に気をつけていたが、全身が気持ちのいい気怠さに包まれて、その緊張も一気に遠のいていくようだった。

だめ、ここで寝てはだめ！

頭の中でそんな声がして、ラオンは力一杯、目を開けた。だが、重い瞼《まぶた》はすぐに下りてしまった。

起きなきゃ。ここで寝てはだめなのに……絶対にだめなのに……。

緊張の糸が途切れたように、ラオンはあっという間に睡魔に飲み込まれていった。

十　少女の正体

　ことりと昊《ヨン》の肩に頭を預けて、ラオンは寝入ってしまった。肩に当たるラオンの頬は、生まれて間もない雛《ひな》の毛のように柔らかい。昊《ヨン》はそれを払おうとして、思い留まった。頭では無礼だと思いながらも、頬から伝わる温かさは、まるで春の日の日向のようで、体が言うことをきかなかった。

「おのれ、恐れ多くも」

　昊《ヨン》は一応そう言って酒を呷った。月明りがそうさせているのか、碧香酒《ペッキャンジュ》のせいかはわからないが、このまま自分の肩で寝かせてやりたかった。完璧主義で妥協がなく、下の者から朝廷の大臣たちにまで近寄り難いと思われている自分が、なぜかラオンには寛大な気持ちになる。きっと、この心地いい雰囲気のせいだと思った時、ビョンヨンがラオンを連れ帰ろうとした。

「置いておけ」

　昊《ヨン》はいつものように抑揚のない声で言った。

「しかし」

「少しの間、肩を貸してやるだけだ。これくらい、どうということもあるまい」

「……………」

　ビョンヨンは黙って昊《ヨン》の顔を見つめた。こんなことは初めてで、まるで昊《ヨン》ではないようだった。

「お嫌では、ありませんか？」

ビョンヨンが尋ねると、昊《ヨン》は無言でうなずいた。

「お前の方こそ、一緒に暮らして嫌ではないのか？」

「面倒で世話が焼ける者ではありますが……」

しばらく間を置いて、ビョンヨンはラオンを見ながら言った。

「特に嫌ではありません」

「そうか」

今度は昊《ヨン》が意外という顔でビョンヨンを見て、盃《さかずき》に酒を注ぎながら聞いた。

「いつまでそうしているつもりだ？」

「何のことでございますか？」

「ここにはお前と僕しかいない。堅苦しい態度は抜きにしないか。言ったはずだ。お前は僕にとって唯一人の友ではないか」

幼馴染の二人は、ほかに人がいない時だけは互いの身分を忘れ、ただの親しい友として過ごすことを約束し合った。そのことを昊《ヨン》に言われ、ビョンヨンは笑った。

「だが、世子《セジャ》様の友はもう、俺だけではないようだ」

「どういう意味だ？」

「今日、もう一人、友ができたではないか」

昊《ヨン》は自分の左肩に寄りかかって寝ているラオンを見て、くすりと微笑んだ。

「とんでもないやつが来たものだ」

だが、そのとんでもない感じが不思議と嫌ではない。嫌などころか、気持ちが明るくなる。ラオンが歯向かい、生意気な態度を取るたびに、自分に弟がいたらこんな感じだろうかと思いもする。ほかの者では許せないことも、ラオンには許せてしまうのは、あるいはそういう理由なのかもしれない。昊《ヨン》はどこか清々しい顔をしてビョンヨンに聞いた。

「今度はいつまでいられる?」

「さあな」

いつものように、また夜のうちに、何も言わずに発《た》つ気でいるのだろうと思っていたので、昊《ヨン》は意外に思った。

「今日のお前には、驚かされてばかりだ」

「しばらく宮中で羽を伸ばすのも悪くないと思ってな」

「宮中ほど退屈な場所はないのではなかったのか? 毎日ここで過ごすのは拷問のようなものだと、あれほど言っていたではないか」

「今回、帰ってきてみたら、宮中もさほど退屈な場所ではなかったよ」

「退屈ではない?」

「まあ、そういうことだ。ちょっと、気になることもあるしな」

「まさか、お前まで先ほどの娘のことを調べるつもりではないだろうな?」

昊《ヨン》は冗談のつもりで言ったが、ビョンヨンはばつが悪そうに無言で盃《さかずき》を傾けた。

「こいつは本当に、あの娘を見つけるかもしれないぞ」

「夜中に少し顔を見ただけで、どうやって捜すと言うのだ。無理に決まっている」

「だが、こいつが言うように、あの娘を知る者がいないとは限らないではないか」

「一人二人ならまだしも、何百人もいるのだぞ。仮にあの娘の特徴を覚えていたとして、見つけられるはずがあるまい。絶対に無理だ」


「どんな顔立ちでしたか？」

翌朝、ラオンとチャン内官はいつものように資善堂《チャソンダン》の前に座って話していた。チャン内官は毎朝訪ねて来ては、こうして内班院《ネバンウォン》からの指示や生活に必要な物を届けてくれている。いつもはチャン内官に呼ばれてから顔を出すのだが、今日はラオンの方が先に外に出てチャン内官が来るのを待っていた。楼閣で泣いていた少女を捜すには、自称、宮中一の情報通であるチャン内官に聞くのが早いと考えたためだ。

「暗くてよく見えませんでしたが、背丈は、私の肩くらいだったから、これくらいかな？　目がとても大きくて、顔の半分くらいもありました。澄んだ瞳をしていて、鼻も高く、唇はさくらんぼのように愛らしい……」

話しているうちに、ラオンは自分が情けなくなってきた。暗がりでもわかるほど目が大きく、鼻が高くて、唇がさくらんぼのように愛らしいあの少女は、確かに十人並み以上の美人だった。だがそれはあくまで雲従街《ウンジョンガ》での話であって、そのくらいの美人ならこの宮中にあふれ返っている。こんな説明では見つかるはずがない。ラオンは肩を落とした。

ところが、それを聞いたチャン内官は一言、

「医女《イニョ》のウォルヒですね」

と言った。それも、あまりにしれっと言うので、ラオンは思わず溜息を途中で止めて聞き返した。

「誰ですって?」

「ホン内官が見た娘は、内医女《ネイニョ》のウォルヒです」

「間違いありませんか?」

こんな説明だけで、どうしてわかったのだろう。

「目が顔の半分もあって、鼻筋が通っている娘といえば、医女《イニョ》のウォルヒしかいません」

チャン内官は立ち上がった。

「ちょうど内医院《ネイウォン》に用事があるので、これから一緒にまいりましょう。今時分なら、ウォルヒはきっと、内医院《ネイウォン》にいるはずです」

歩き出したチャン内官のあとを、ラオンは慌てて追いかけた。

半信半疑でついて来たが、内医院《ネイウォン》に近づくにつれ、やはり無理なのではないかという思いの方が大きくなった。チャン内官が断言するので少しは期待したが、内医院《ネイウォン》に向かう途中、目が大きく、

鼻筋が通っていて、唇の小さいウォルヒの特徴によく似た女官が何人も通り過ぎていった。温室の花の君様の言う通り、この広い宮中の、それも何百といる女官の中から昨日の少女を捜し出すのは、街でキムさんを捜すよりよほど難しく思える。あの時、無理やりにでも引き留めて事情を聞いておけばよかった。もっとも、今さら後悔したところで昨日の少女に会えるわけではないのだけれど。せめてもう一度、あの少女に会う方法はないだろうか。もう一度……。

ラオンは手掛かりになりそうなものを探そうと周囲を見渡して、目を見張った。乾燥させた薬草の籠を抱え、内医院《ネイウォン》の前を一人の少女が小走りで通り過ぎていく。間違いない。昨日の晩、資善堂《チャソンダン》の東の楼閣で泣いていたあの少女だ。

「ホン内官、あの娘ではありませんか?」

「そうです、あの方です!」

ラオンはウォルヒというその少女を見たまま言った。大きな瞳、可憐な顔立ち。間違いなく東の楼閣の少女だ。

ラオンは畏敬の眼差しでチャン内官を見て言った。

「チャン内官様は一体、どういうお方なのですか?」

すると、チャン内官は胸を張り、

「朝鮮の宦官です」

と言った。

「この国の宦官が全員、チャン内官のようにはできません。一体、どういう能力をお持ちなのですか？　特徴らしい特徴をお伝えしたわけでもないのに、なぜすぐにわかったのです？　宮廷の女官は何百人もいると聞きました」

「正確には五百九十六人です」

「その多くの女官の中から、なぜ私が捜しているのが医女《イニョ》のウォルヒ殿だとおわかりになったのかを、うかがっているのです」

「ホン内官は、大きくて澄んだ瞳を持つ少女とおっしゃいました」

「ええ、確かに言いました。しかし資善堂《チャソンダン》からここへ来る途中、目の大きな女官と何人もすれ違いました」

チャン内官は人差し指を立て、左右に揺らして言った。

「目が大きいからといって、すべて同じではありません。大きくて澄んだ瞳を持つ女官といえば、大妃殿《テビジョン》のユンドクか中宮殿《チュングンジョン》のヒャングム、それに医女《イニョ》のウォルヒくらいです。この三人のうち、ホン内官と同い年くらいで背丈が肩の高さほどの女官はウォルヒしかいないため、すぐにわかりました」

「チャン内官様……」

「ほかに、まだ何か？」

「もしかして、その五百九十六人の女官の顔と名前を、すべて覚えていらっしゃるのですか？」

「ええ、全員、覚えていますよ」

「まさか、宮中にいる人を全員、覚えていらっしゃるのですか？」

「それは違います」

チャン内官は得意気な表情を少し崩して言った。

「宮中の人のことはほとんど覚えていますが、入れ替わりの激しい奴婢の顔は、半分しか覚えられていません」

チャン内官は自らの力不足を嘆いたが、ラオンは口をあんぐりさせたまま閉じることができなかった。本人はまだまだと思っているのだろうが、言ってみれば宮中を行き交うほぼすべての人のことを覚えているということだ。覚えているだけではない。大まかな特徴を聞いただけで、すぐに誰のことかわかる類稀なる才能の持ち主でもある。もしかするとチャン内官は、宮中の影の実力者かもしれない。それとも、古参の宦官たちは皆、チャン内官と同じ能力を持っているのだろうか?

ラオンは無意識に拍手を送った。

「お見事です」

「いえ、それほどでも」

「本当に、お見それいたしました」

「それよりホン内官、なぜウォルヒを捜しておられるのです?」

チャン内官は一目惚れでもしたかと言いたそうで、ラオンは慌てて首を振った。

「そういうことではありません」

「そう恥ずかしがらずに。若い宦官が女官に恋心を抱くのは珍しいことではありません。恋でもしていないと、この退屈な宮中での生活を続けていくことはできませんから」

「断じて、断じてそのような理由でウォルヒ殿を捜していたのではありません」

「では、何のためです？」

「確かめたいことがあるのです」

「確かめたいこと？」

「昨日の晩、資善堂《チャソンダン》で泣いていた理由です」

「ウォルヒが泣いていたですって？　それも資善堂《チャソンダン》で？」

「ええ。夜更けに一人、資善堂《チャソンダン》の東の楼閣で、とても悲しそうに泣いていました」

「東の楼閣とはまさか、池のほとりにある、あの楼閣のことですか？」

「はい。そこで一人で髪を解いて泣いていました」

「東の楼閣で、髪を解いて泣いていた？」

「どうかしましたか？」

「やはり本当だったのですね」

「何がです？」

「女官の幽霊が出るという例のうわさですよ。きっと、ウォルヒに似た幽霊に違いない」

「幽霊ですって？」

ラオンはようやく合点がいった。チャン内官は毎朝欠かさず資善堂《チャソンダン》に来てくれるが、それ以外のことではなんとなく避けられているような気がしていた。気のせいかと思っていたが、やはり幽霊が原因だったのだ。

「チャン内官様、それでは、これまで私を避けていらっしゃったのはもしかして、資善堂《チャソンダン》に出るという幽霊のせいだったのですか？」

「出る？　やはり、うわさは本当だったのですね？」

「お待ちください、チャン内官様。私の話を……」

「幽霊が出たのですね？」

「資善堂《チャソンダン》に幽霊などいません」

「今、ホン内官がおっしゃったではありませんか。昨日の晩、医女《イニョ》のウォルヒにそっくりな幽霊が、資善堂《チャソンダン》の池のほとりの楼閣で泣いていたのでしょう？」

チャン内官は少しずつ後退りをし始めた。

「そうではありません。医女《イニョ》のウォルヒ殿にそっくりな幽霊ではなく、医女《イニョ》のウォルヒ殿が泣いていたのです」

ラオンは否定したが、チャン内官は青ざめた顔をして逃げていってしまった。チャン内官だけでなく、宮中の人たちの間では、資善堂《チャソンダン》にいる人はすべて幽霊ということになっているらしい。そのうち自分も幽霊扱いされそうで悲しくなる。

仕方なくウォルヒの様子をうかがうと、一晩中泣いていたのだろう。頬はやつれ、青白い顔をしている。同じ年頃の娘たちと比べて体が小さく痩せているせいか、薬草の籠がやけに重そうに見える。一人で運ぶのは大変そうで、ラオンは自分も内医院《ネイウォン》の中に入って手伝うことにした。

「ここにいたのか！」

するとそこへ巨漢の男が現れて、ラオンを追い抜いて内医院《ネイイウォン》の中へ入っていった。声も体も大きな男が突然現れたので、内医院《ネイイウォン》の人々は一斉に男の方に顔を向けた。青い武官服を着た男は、内医院《ネイウォン》の前庭を突っ切り、一目散にウォルヒのもとへ進んでいった。

「ここで何をしているのだ？」

男はウォルヒの頭上から、大きな声を浴びせた。

ウォルヒは驚いて、その拍子に抱えていた薬草の籠を落としてしまった。大きな瞳にみるみる涙が溜まっていく。だが、男はお構いなしに自分の顔をウォルヒの小さな顔に近づけて言った。

「巳の刻までに敦化門《トンファムン》に来るよう伝えたではないか」

「そ、それが……仕事が溜まっていたもので……」

ウォルヒは後退りをしながら震える声で答えた。両肩をすくめ、傍目にもわかるほど怯えている。ウォルヒはどうやら、この男に脅されているらしかった。男は顔つきからして荒々しい印象で、そのうえ巨漢だ。周囲はウォルヒをかばうこともできず、遠巻きに二人の様子を見ている。それをいいことに、男は嫌がるウォルヒの腕を無遠慮につかんだ。

「あの男！」

ラオンの堪忍袋の緒が切れた。

夜更けに人目を忍んで泣いていたのは、あの男のせいだったに違いない。質《たち》の悪い男に脅されて、庇ってくれる者もなく、か弱い少女は人知れず涙を流すしかなかったのだ。

ラオンは怒り、男に向かって勇ましく走り出した。ところが、男は怯えるウォルヒの手に何かを握らせると、顔を真っ赤にして逃げるように内医院《ネイウォン》から出ていった。

「あれ？　あの人……」

ラオンはしばらく男の後ろ姿とウォルヒを交互に見て、にやりと笑った。

「ははぁん、そういうことか」

大方の察しはついた。

「男って、どうしてこうなのだろう」

ラオンは改めてウォルヒのもとへ行こうとした。

「おい、そこのお前！」

だが、今度は後ろから呼び止められてしまった。男にしては甲高い耳障りな声。

ラオンは振り向いて、思わず息を呑んだ。

十一　世話が焼けるやつ

「お前は、この間の新参者ではないか」

ラオンが振り向くと、ソン内官は露骨に嫌な顔をした。大勢の宦官を引き連れてどこかへ行くところらしい。

「ここで何をしている？　当番以外は全員集まるようにという指示を聞いていないのか？　宮中に来たばかりだというのに、もう私の言うことを野良犬の遠吠え程度に捉えているらしい。一度、みっちり教えた方がよさそうだな」

ラオンは閉口した。指示など聞かされていないが、それをはなから嫌がらせをするつもりでいる相手に言ったところで、上役に逆らう生意気なやつだと余計に怒られるだけだ。

ラオンが黙っていると、ソン内官の後ろから丸々太った内官が耳打ちをした。

「あの者は資善堂《チャソンダン》の者にございます」

ソン内官はカッとなって太った内官を怒鳴りつけた。

「だから何だ！」

「私はただ、資善堂《チャソンダン》にはあの者しかいないため……」

当然、当番も一人でやらなければならない。ソン内官が恥をかかないよう気を遣ったつもりが、逆に怒りを買ってしまい、太った内官は涙目になってうつむいた。

内侍府《ネシブ》の人事はソン内官が決めている。ラオンを資善堂《チャソンダン》に飛ばしたのも、もちろんソン内官だ。それをうっかり忘れていたソン内官は、ばつが悪そうに何度か咳払いをして言った。

「ああ、少し行き違いがあったようだ」

そして、手を後ろに組んでさらに話を続けた。

「ところで、資善堂《チャソンダン》にいるべきお前が、なぜ内医院《ネイウォン》にいるのだ？」

「それは……」

「いや、結構。持ち場を離れているのは暇を持て余しているということだろう。ちょうどいい。こちらは人手が欲しいと思っていたところだ。お前もついて来い」

「今からですか？」

「誰に向かって口答えをするつもりだ？　お前は黙って私の言うことに従えばいいのだ」

ソン内官は頭ごなしにラオンを怒鳴りつけ、行き先も告げずに先に行ってしまった。その後ろを、大勢の宦官が列を作って続いていく。

「行き先を聞いただけで、どうして口答えになるの？」

それにしても、大勢でどこへ行くのだろうとラオンは首を傾げた。せめて何をしに行くのかだけでも教えてくれればいいのに。そう思った時、ウォルヒのことを思い出した。慌てて内医院《ネイウォン》の中を見回したが、ウォルヒの姿はどこにもなかった。

ラオンはがっかりして、仕方なくソン内官たちのあとを追った。少女の居場所がわかったのだから、事情はまた聞きに来よう。

紐でつながれた干物のように宦官たちが整列して向かった先は、中殿《チュンジョン》の実家、永安《ヨンアン》府院君《プウォングン》金祖《キムジョ》淳《スン》の屋敷だった。

門をくぐると、ソン内官は脇目も振らずに屋敷の奥へと突き進み、裏庭の方へ回った。裏庭に近づくにつれて軽妙な拍子を刻む包丁の音が段々と大きく聞こえてきた。そこで忙しく包丁を動かしているのは、宮廷の料理人たちだ。

「もっと火を強くしてくれ」

「食材はまだか？」

料理人たちが何か言うたびに、そばで補佐する男たちが手際よく応えていく。大きな釜に火が焚かれ、鍋に油を引きながら、大勢の料理人が腕を振るう姿はさながら戦場のようだ。そんな熱気あふれる裏庭に着くと、ソン内官は大袈裟なほど真剣な顔をして部下たちに命じた。

「今日は府院君《プウォングン》様の奥様のお誕生日だ。これよりお前たちには、祝いの宴の準備に取りかかってもらう。各々、料理人たちを手伝ってくれ。ホ内官たちはハン殿に付き、ト・ギ、お前はチェ殿を手伝え。お前たち五人は府院君《プウォングン》様のおそばに控え、何かあれば手伝って差し上げろ。いいな？」

「承知いたしました」

宦官たちはそれぞれの持ち場につき、一人残ったラオンは静かに手を挙げた。

「私は、何をすればいいのでしょうか？」

すると、ソン内官は今度も露骨に嫌な顔をして、くいとあごで指図した。

「お前は私について来い」

「どこへ行くのです？」

「お前には、特別に仕事を用意しておいた」

ソン内官は含みのある笑みを浮かべ、先に歩き出した。その顔に嫌な予感がしたが、ラオンは黙って従った。


ソン内官は裏庭から少し離れた小さな木の門の前で立ち止まり、にやついた顔でラオンに振り向いた。

「お前の仕事だ」

ソン内官はそう言うと、勢いよく木の門を開けた。

「うそ……」

門の向こうには思いもしない光景が広がっていた。小山があり、無数の鶏が餌を突いている。ざっと見ただけでも百羽はいるようだった。

「これは、何ですか？」

「見ての通り、鶏だ」

「でも、飛んでいますよ？」

姿形は確かに鶏だが、鶏なら木の上を飛んだりしないはずだ。もちろん、鳥のように空を飛ぶのではなく、枝と枝の間を移動するくらいだが、それでも飛んでいることには違いない。走り方を見ても、普通の鶏よりずいぶん速い。

「これは野鶏《やけい》と言ってな、家畜の鶏と違って野山で育つ。鍋に入れると、その肉の歯応えたるや、普通の鶏とは比べものにならん」

「そうですか。それで、私はここで何をすればいいのです？」

「捕まえるのだ」

「はい？」

「今日の祝いの席で、特別に野鶏《やけい》の参鶏湯《サムゲタン》をお出しするそうだ。その食材を、お前に用意させてやる」

要するに、自分たちを鳥と思い込んでいる鶏を捕まえろということらしい。ラオンは不安になり、ソン内官に尋ねた。

「ちなみに、どれくらいご用意すればいいのですか？」

「それほど多くはないが……」

ソン内官は指を一本、立てて見せた。

「一羽ですか？」

「まさか」

「では、十羽？」

「お見えになるお客様の人数を考えてみろ」

「まさか、百羽ではありませんよね？」

「その通り。いいか、ぴったり百羽、用意するのだ」

ソン内官は涼しい顔をしてそう言うと、手の平ほどの大きさの包丁をラオンに投げた。とっさに手を伸ばしてそれを受け取り、ラオンは改めて確かめた。

「今、百羽とおっしゃいましたか？」

「何度も言わせるな」

「百羽を全部、私が一人で捕まえるのですか？」

「ほかに誰がいる？」

ソン内官は肩をすくめ、悪魔のような笑顔を残して去っていった。そして少し進んだところで立ち止まり、思い出したようにラオンに言った。

「そうそう、言い忘れていたが、参鶏湯《サムゲタン》を作るには一刻から一刻半ほどかかるそうだ。つまり、食材の準備にかけられるのはせいぜい半刻。絶対に遅れないようにな」

「そんな、一人ではとても……」

「うるさい！　私の言うことに逆らうつもりか？　お前は黙って言われた通りにすればいいのだ。後ろ盾がある者たちは、そうやっていつも楽な仕事ばかりしようとする。だが、今日はそうはいかないぞ。半刻後に様子を見に来る。それまでに百羽用意できなければ、鞭打ち十回の罰を与えるから、そのつもりでいろ」

そう言って、ソン内官はほくそ笑んだ。資善堂《チャソンダン》に島流しにするだけでは気が済まなかったが、ちょうどいい。私に逆らったらどうなるか、篤《とく》と思い知らせてやる。今後、私に歯向かう者が出ないよう見せしめにするにもちょうどいい相手だ。

半刻後、罰を恐れて涙するラオンの姿が目に浮かび、ソン内官は笑いが止まらなかった。最後に厭《いや》らしい目でちらとラオンを見て、ソン内官は再び歩みを進めた。

「おや、どなたかと思ったら、ソン内官ではありませんか！」

すると、木の門の向こうから誰かが明るくソン内官を呼ぶ声がした。門の隙間から青葡萄色の礼服の裾が見え、続いて大きな漆塗りの笠を被った若い男が現れた。

「これはこれは。お帰りになったとうかがっておりましたが、お元気そうで何よりです」

ソン内官は急に善良な笑顔になって、まるで飼い主に尾を振る犬のように若い男に駆け寄り、恭しく頭を下げた。

「おかげさまで、この通り元気にしています。それはそうと、こんなところで何をしていらっしゃるのです？」

「ちょうど、お客様にお出しする野鶏《やけい》を捕まえるよう、下の者に命じていたところでございます」

「おお、そうでしたか。しかし、あいつらは手強いですよ。どれほど馴れた者でも捕まえるのは至難の業です」

「だからこそ、あの者を選んだ次第で」

ソン内官が平然とそう言うと、男はひょいと門の上から顔を出して、ソン内官の肩越しにラオンを見て言った。

「どう見ても適任とは思えませんが」

「見た目によらず頼りになる者です。ご心配には及びません」

ソン内官は男をラオンから引き離すように門の外へ連れ出した。

「そういえば、このところよく我が家にいらっしゃるそうですね。そのうち大妃殿《テビジョン》の薛里《ソルリ》ではなく、府院君《プウォングン》の薛里《ソルリ》と言われてしまいそうだ」

「何をおっしゃいます。そう他人行儀なことをおっしゃられては寂しゅうございます」

「ソン内官、もしや我が一族と姻戚なのではありませんか?」

「相変わらず、ご冗談がお上手ですね。そうではないことくらい、ご存じでいらっしゃるのに。わたくしは身内よりもずっと深く、府院君《プウォングン》様をお慕いしているのでございます。宮廷の方々に対するのと同じ気持ちで府院君《プウォングン》様にお仕えしていることを、どうかお忘れなきように」

「ソン内官のお心遣いには感謝しています。ですが、こういうことはやはり……」

二人の話し声は、徐々に遠ざかっていった。

「ああやって、生き残ってきたわけだ」

偉い人には媚びへつらう。ソン内官はごますりの達人だ。

「それにしても、野鶏《やけい》を百羽か」

気が遠くなる話だ。野山を自由に駆け回る野鶏《やけい》を見ていると、溜息しか出てこなかった。この分では鞭打ち十回の罰は免れそうにない。

ふと、このまま逃げてしまおうかという考えが頭をもたげたが、逃げてどうにかなることではないことくらい、よくわかっている。

ラオンは顔を上げ、背筋を伸ばして腕をまくった。

仕方がない。やれるだけのことはやってみよう。これまでも、そうやって体当たりで生きて来たのだし、これが私のやり方だ。

塀の向こうから、楽しそうな調べが聞こえてきた。その音が大きくなればなるほど、ラオンの溜息も大きくなった。時刻は半刻を優に過ぎている。その半刻の間、自分たちを鳥と思い込む野鶏《やけい》を相手に孤軍奮闘したが、捕まえられたのは一羽だけ。ラオンが鈍いと言うより、野鶏《やけい》の動きが俊敏過ぎるのだ。

野鶏《やけい》は普通、勢子《せこ》たちが網と罠を張り巡らせて捕らえるもので、ラオンが一人、それも包丁一本で捕まえるのは土台が無理な話だった。

「どうしよう」

このままでは百羽はおろか、十羽も用意できない。刻々と流れる時が恨めしい。

「ねえ、野鶏《やけい》さん。どうしたらあなたの兄弟を捕まえさせてくれる?」

唯一捕まえた野鶏《やけい》と目を合わせて、ラオンは真剣に聞いてみた。だが、野鶏《やけい》は目を半開きにして、とぼけた鳴き声を返すばかり。まるでお前なんぞに身内を売れるかと言っているようだ。

「仕方がない」

ラオンは再び野生の鶏の群れに向かい合った。

「やれるだけやってみよう」

このうえは、死ぬか倒れるかだ。

野鶏《やけい》を散々追いかけ回し、すでに手や顔まで傷だらけだ。それでも、一羽でも多く捕まえようと、ラオンは草むらに伏して機会をうかがった。

しばらくそうしていると、すぐそこに一羽の野鶏《やけい》が近づいてきた。野鶏《やけい》は完全に警戒心を緩めている。その野鶏《やけい》に狙いを定め、ラオンは息を殺して目で追いかけた。

もう少し近くに、近くに来い。

そうやって辛抱強く待っていると、野鶏《やけい》は目と鼻の先まで近づいてきた。ラオンは胸を落ち着かせ、全神経を集中させて大きく息を吸った。

一。

ココッ、コココッ。

二。

ココココッ。

三！

頭の中で三つ数え、ラオンは野鶏《やけい》に飛びかかった。だが、すんでのところで逃げられ、渾身の力を込めて飛んだラオンは、うつ伏せの大の字で地面に転がった。

ラオンはそのまま、しばらく動かなかった。と言うより、動けなかった。

「もう無理だ。殺すと脅されても動けない」

ここまで来ると自棄《やけ》になってきた。ラオンは仰向けになり、空に向かって叫んだ。

「鞭打ち十回が何だと言うの。十回くらいで死にはしない。どうってことないわ」

だが、言ったそばから心細くなった。

「死にはしなくても、すごく痛いだろうな」

こんな時、どんな願いも叶えてくれる魔法の杖があればどんなにいいだろう。

「誰か、百羽捕まえてくれないかな。捕まえてくれたら、魂と交換したっていい」

ラオンは涙が出そうになり、両腕で目を覆った。

「本当か？」

何、この声。

「百羽捕まえたら、魂を売ってもいいというのは本当なのか？」

まさか。ラオンはゆっくりと腕を下ろした。

「キム兄貴！」

そこから見るビョンヨンの姿は、後光が差して見えた。

「それなら、お前の魂はもう俺のものというわけだ」

ビョンヨンはぶっきらぼうにそう言って、肩にかけていた黒い袋をラオンに向かって投げた。黒い袋の中で、何かがうごめいている。ラオンには、それが何かすぐにわかった。ラオンを弄《もてあそ》ぶように逃げ回っていた鳥、もとい、自分たちを鳥と思い込んでいる野鶏《やけい》だ。

「キム兄貴！」

ラオンは飛び起きてビョンヨンの手を握った。折れかけた心にみるみる生気が蘇り、ラオンは笑顔になった。その笑顔は太陽のように眩しくて、ビョンヨンは目を逸らさずにはいられなかった。しばらく呆然とラオンに手を握られていたビョンヨンだったが、ふと我に返り、慌ててラオンの手を払った。

「世話が焼けるやつだ」

ビョンヨンは最後にそう言って去っていった。

十二　何をしていらっしゃるのです？

府院君金祖淳《プウォングンキムジョスン》の屋敷には、朝早くから中殿《チュンジョン》の母青陽府夫人《チョンヤンプブイン》の誕生日の祝い客が引っ切りなしに訪れた。もっとも、それは表向きであって、訪れた顔ぶれを見ると、近年一大勢力に成長した安東《アンドン》金氏《キムシ》一族や、府院君《プウォングン》に取り入りたい者たちばかりだった。間仕切りを外して作られた広い宴席では、皆、先を競うように府院君金祖淳《プウォングンキムジョスン》にごまをすった。内班院《ネバンウォン》を取り仕切るソン内官がその一人であることは言うまでもない。

「府院君《プウォングン》様と府夫人《プブイン》様の末永い健康を祝しまして」

ソン内官はさっそく府院君《プウォングン》に酒を注いだ。

「ありがとう。それより、聞いたぞ、ソン内官。料理はすべて宮廷の者たちが用意したそうだな」

「府夫人《プブイン》様のお誕生日のお祝いですから、当然でございます。わたくし、家族を思う気持ちで、真心を込めてご用意させていただきました。府院君《プウォングン》様にもご満足いただければ何よりですが」

「満足も何も、ソン内官の格別な心遣いに感謝している」

金祖淳《キムジョスン》は満足した様子で盃《さかずき》を空け、ソン内官に言った。

「ところで、先ほど、息子のソンから聞いたのだが、私の屋敷で妙ないたずらをしたそうだな」

すると、それを聞いた参列者の目が一斉にソン内官に注がれた。ソン内官は内心、狼狽しながらも、努めて落ち着いた声で言った。

「いたずらなど、滅相もございません。府院君《プウォングン》様のお屋敷で、そのようなことができるはずがございません」

府院君《プウォングン》は、あえていたずらっぽい表情を浮かべて頭を振った。

「若い内官に、野鶏《やけい》を捕まえさせていたそうではないか。あれは私の聞き間違いだったかな?」

「そのことでございましたか」

ソン内官は、ほっと胸を撫で下ろして笑った。

「府院君《プウォングン》様のおっしゃる通り、少々意地悪ないたずらをいたしました」

府院君《プウォングン》は笑い出した。

「あの野鶏《やけい》は、私が一年かけて大切に育てた選りすぐりの一級品でな、もうすぐ朝鮮を訪れる清国の使臣をもてなすため、全国津々浦々に人を送り、やっと手に入れた代物だ。腕のいい勢子も手を焼くほど動きが俊敏で気性が荒い。ソン内官が選んだというその者では一羽も捕まえられんだろう」

「それほど貴重なものとは露知らず、かの者に任せた罪は重うございます。どうかお許しくださいませ」

ソン内官がわざとらしく詫びて見せると、府院君《プウォングン》はいやいやと顔を振った。

「構わん。確かに高くついたが、今日のようなめでたい日には、一、二羽くらい出してもいいだろう」

「あの青二才に、一羽も捕まえられますやら」

「それはそうと、どうしてそのような意地悪なことをしたのだ?」

「申し上げにくいことでございますが、あの者は前の判内侍府事《パンネシブサ》の推挙で宮中に来た者にございます。後ろ盾があるためか、謙虚さに欠ける節がありますため、後々のことも考え入って間もない今のうちに悪い癖を直しておこうと考えたのでございます。そうでもしなければ、ほかの者たちに示しがつきません」

なるほど、と府院君《プウォングン》は神妙な顔つきになった。

「察するに、その者は上の者に対する礼儀作法を心得ていないようだ。今も昔も、それだけは守らねばならん。この機に性根を叩き直してやるがいい」

「ええ、それで先ほど野鶏《やけい》を百羽、捕まえるよう命じたのでございます」

「十羽でもなく、百羽だと？　その若者も、気の毒なことだ」

「いくら世間知らずで無作法な若者も、今日をもって宮中の厳しさを思い知りましょう」

「思い知るどころか、疲れ果てて起き上がれなくなるのではないか？」

府院君《プウォングン》はそう言って豪快に笑い、周りの者たちも次々に笑った。笑い声は宴席に小鍋が運び込まれてくるまで続いた。

「おや、それは何だ？」

府院君《プウォングン》は下男に尋ねた。

「参鶏湯《サムゲタン》でございます」

「参鶏湯《サムゲタン》だと？」

府院君《プウォングン》ははて、という顔をした。参鶏湯《サムゲタン》を用意するよう命じた覚えはない。

「ソン内官様のご指示だそうで、若い宦官が山ほど持ってまいりました」

「若い宦官が？」

府院君《プウォングン》は小鍋の中をのぞき込んだ。参鶏湯《サムゲタン》の鶏は身が赤く、艶があり、大きくて肉づきもいい。

府院君《プウォングン》が清の使臣をもてなすため手塩にかけて育てた野鶏《やけい》であることは聞かなくてもわかった。

「これは驚いた。例の若い内官が何羽か仕留めたらしい」

すると、下男は首を振った。

「何羽ではありません」

「何羽ではない？」

「はい、ちょうど百羽、捕まえてまいりました。そのせいで台所はてんやわんやの大騒ぎでございます。宮中からいらした料理人の方々は、今も大急ぎで野鶏《やけい》をさばき、参鶏湯《サムゲタン》を作っておられます」

「何だと？」

府院君《プウォングン》の顔から血の気が引いていった。

「う、うそだ！」

ソン内官は撥ねるように立ち上がり、下男を怒鳴りつけた。

「ほ、本当に、百羽、捕まえてきたというのか？」

「はい、間違いありません」

藪から棒に怒鳴りつけられ、下男は戸惑いつつも、やはり腰を屈めたまま恭しく答えた。

「そんなはずはない。ちゃんと確かめたのか？」

「私が数えたので間違いありません。ぴったり百羽でした」

「そんな……」

ソン内官はいよいよ青くなった。府院君《プウォングン》がどれほど苦労して手に入れたか、たった今聞かされたばかりだ。その鶏を、一羽でも十羽でもなく、百羽も仕留めたという。百羽といえば、裏の野山にいた野鶏《やけい》のほぼ全部だ。

「ソン内官」

府院君《プウォングン》の声は、先ほどとは打って変わって、ぞっとするほど冷たかった。

「府院君《プウォングン》様……」

ソン内官は平伏した。その姿を見下ろす府院君《プウォングン》の顔は、例えようのない怒りで恐ろしく歪んでいる。府院君《プウォングン》は鍋の中の鶏を見つめ拳を握った。野鶏《やけい》は通常の鶏よりはるかに肉づきがよく、今日の祝い客はもちろん、屋敷で働く者たち全員の分を賄《まかな》えるだろう。手に入れるまでの苦労を考えると、腸《はらわた》が煮えくり返る思いがした。

「世間知らずで、軟弱な若者と言ったな?」

不意に、府院君《プウォングン》は大声で笑い出し、その声にソン内官は震え上がった。

「宮中には、なかなか有能な若者がいるようだ。なあ、ソン内官?」

「府院君《プウォングン》様……」

府院君《プウォングン》は震えるソン内官に参鶏湯《サムゲタン》を勧めた。

「食べてみろ。私が特別に用意した野鶏《やけい》で作った参鶏湯《サムゲタン》だ」

「府院君《プウォングン》様……」

「冷めないうちに、さあ、早く」

府院君《プウォングン》の声は冷たく、ソン内官は青ざめた顔で膳を受け取ったが、手が震えて汁が周りに飛び散ってしまった。府院君《プウォングン》は冷酷な眼差しでそれを見て、がらりと顔色を変えて座中の者たちに言った。

「皆さんも熱いうちにどうぞ。せっかくの貴重な野鶏《やけい》ですから、冷めてしまってはもったいない」

人々は互いに顔を見合わせながら匙《さじ》を取った。賑やかだった宴席は水を打ったように静かになり、皆が参鶏湯《サムゲタン》を食べ終わるまで咳の音さえ聞こえなかった。その重々しい静けさに、ソン内官はじわじわと首を絞められていくようだった。

「わたくしめは、これで失礼いたします」

参鶏湯《サムゲタン》を食べ終え、ソン内官は深々と頭を下げた。だが、府院君《プウォングン》は見向きもしなかった。ソン内官はそのまま、後ろ歩きで宴席を出た。これまで尽くしてきた苦労が水の泡になってしまった。

ソン内官が表に出ると、一人の宦官が近づいてきた。目つきの鋭い、ソン内官の手足として知られるハン内官だ。

「ソン内官様、胸中お察しします」

「ホン・ラオン、あの馬鹿はどこにいる！」

するとハン内官はこうなるのを待っていたように、ソン内官にさらにぴたりと寄って言った。

「先ほど、裏庭にいるのを見かけました」

府院君《プウォングン》様の目の前で大恥をかかされた。あやつをただでは置かん！」

ソン内官は怒りを露わにして裏庭に向かった。ところが、裏庭に着くなり、ソン内官はハン内官に振り向いて怪訝そうな顔をした。

「あれは何だ？」

ハン内官が見ると、ラオンは裏庭の片隅で六、七人の料理人に囲まれ、何やら話をしていた。ハン内官はソン内官の顔色をうかがいながら、躊躇《ためら》いがちに言った。

「それが……悩み相談をしているようなのです」

「悩み相談だと？」

「はい。ホン内官は野鶏《やけい》を捕り終えると、参鶏湯《サムゲタン》を作っていた料理人たちと二言三言、話をし始めたのですが、そのうち料理人のチョン殿が、つい先日、奥様と夫婦喧嘩をしたことを話し始めましたところ、生意気にあの若造が助言をし始めたのです。すると、不思議なことに、それから徐々に人が集まり出し、あのようなことになったのでございます」

「何から何まで気に入らないやつだ」

ソン内官は獲物を見る蛇のような目でラオンを凝視した。

「こちらへ呼びましょうか？」

「いや、放っておけ」

その一言に、ハン内官は耳を疑った。ソン内官といえば、人から受けた恩は忘れても、自分がやられたことは倍にして返さないと気が済まない卑劣で陰湿な人間だ。そのソン内官が、自分に一泡吹かせた相手を放っておくとは信じられない。まさか、許すつもりなのだろうか。いや、それは陽が西から昇るよりもあり得ない話だ。

「あいつはまだ資善堂《チャソンダン》にいるのか？」

「はい。ほかの者たちは二日ともちませんでしたが、あの資善堂《チャソンダン》で今なお、役目を務めております。今、宮中はあの者のうわさで持ち切りでございます」

「明日から日課に参加させろ」

最後に挨拶をした時、こちらに見向きもしなかった府院君《プウォングン》の姿を思い出し、ソン内官は奥歯を噛みしめた。

「私の考えが甘かった。あの幽霊屋敷に放り込めば、すぐに泣きついて来るだろうと思ったが、あいつにはそれでは足りなかったらしい。これからは、本当の宦官の世界を教えてやろう。それがどれほどつらく惨いものか、嫌というほど教えてやる」

ソン内官の頭の中は、ラオンをどう痛めつけるかでいっぱいだった。

宴が終わると、ソン内官は部下の宦官たちと共に府院君《プウォングン》の屋敷に残り、後片付けの一切を買って出た。そうすることで、少しでも今日の失敗を挽回したかった。そのため、すべてを終えて王宮に戻った時には、辺りはすっかり暗くなっていた。

ラオンも皆と一緒に王宮に戻り、まっすぐ資善堂《チャソンダン》に向かった。空を見上げると、昨日より痩せた月が浮かんでいた。今日一日で一年分、働いたみたいだ。

くたくたになった体に鞭打って広い王宮を歩き続け、ようやく資善堂《チャソンダン》の門をくぐると、中から灯りが漏れていた。

「キム兄貴も帰ってるんだ」

野鶏《やけい》を捕まえたあと、すぐにいなくなってしまったので、ろくにお礼も言えなかった。早く顔を見て、昼間の礼を言いたい。ラオンは駆け足で部屋に入った。

「遅かったな」

ところが、ラオンを迎えたのはビョンヨンではなかった。

「温室の花の君様でしたか」

ラオンは軽く会釈をしたが、顔には落胆の色がありありと浮かんでいた。

「お前のキム兄貴でなくて、悪かったな」

「今日は、どうなさったのです？」

「見ての通り、本を読んでいる。そう言うお前は、一日中どこへ行っていたのだ？」

「お勤めです」

すると、昊《ヨン》はラオンの姿をじっと見て、

「どこかで鶏と追いかけっこでもしてきたような恰好だな」

と言った。

「わかります？　もしかして、臭いですか？　おかしいな、しっかり洗ってきたのに」

ラオンは自分の体のあちこちを嗅いで確かめた。

「まるで、鳥の行水だな。鶏の羽をつけたまま、どこを洗ったと言うのだ？」

「鶏の羽？　どこ、どこです？」

慌てるラオンを見かねて、昊《ヨン》は長い腕を伸ばし、襟元についた羽を取ってやった。すると、ラオンは疲れ切った顔をして、尻餅をつくように床に座り込んだ。

「聞いてください。今日、府院《プウォングン》君様のお屋敷で野鶏《やけい》を捕まえたのです。それも百羽！」

「野鶏《やけい》を捕まえた？　お前が、百羽も？」

「もちろん私が捕まえたわけではありません。私には百羽なんてとても。一日中、追いかけても一、二羽が限界ですよ。キム兄貴が現れて、百羽、全部捕まえてくれました」

にわかには信じられず、昊《ヨン》は聞き返した。

「あいつが捕まえたのか？」

「はい」

「自分から、頼まれてもいないのに？　何の見返りも求めず？」

「温室の花の君様が思う以上に、キム兄貴は優しい方なのです。私が独り言で『魂を売ってもいい』

と言った途端に現れたのは、少し気になるところではありますが」

「………」

魂を売る？　何を言ってるのだ？

「キム兄貴は見返りを求めるような方ではありませんよ」

そう言うと、ラオンは大きなあくびをして、眠そうに目をこすった。すぐにでも床に転がりたかったが、昊《ヨン》がいてはそれもできない。ラオンは疎ましそうに昊《ヨン》に言った。

「まだお帰りにならないのですか？」

「ほかに用事がないのでな」

「でしたら、用事があるふりをするとか」

「今日は用事のないふりをすると決めたのだ」

昊《ヨン》は本に視線を戻し、自分の隣の床を手で叩いた。

「眠いなら、ここで寝ろ」

ラオンは思わず身構えた。初対面の相手に自分のものになれと言い、王宮の中まで追いかけてきた男だ。そんな男の隣で眠ったら、何をされるかわからない。今日はくたくたに疲れているし、このまま眠ったが最後、完全に無防備な状態になって、気づいた時にはもう、あんなことや、こんなことや、もっとひどいことをされるかも！

妄想が妄想を呼び、ラオンは自分の胸元を押さえて叫ぶように言った。

「いいえ！　全然、眠くありません！」

だが、言ったそばからあくびが出て、一番大きく口を開けた時に昊《ヨン》と目が合ってしまった。

「………！」

ラオンは慌てて口を閉じ、何事もなかったように装った。だが、その後もあくびは止まらず、目は泣き腫らしたように真っ赤になった。昊《ヨン》はくすりと笑い、ラオンに言った。

「顔に眠いと書いてあるぞ。そう意地を張らずに、横になったらどうだ？」

「寝ません。だって、寝られません」

「どうして？」

「こう見えて、私はとても繊細なのです。ほかの人がいるところでは眠れません」

「昨日は友と呼んでおいて、今日はほかの人か」

「そ、それは……」

言われてみれば、確かに矛盾している。ラオンはばつが悪そうに言った。

「温室の花の君様とは、言うなれば、ちょっと気を遣う友と申しましょうか」

「気を遣う友？　そんな言葉は初めて聞くぞ」

「気の置けない友と言うには、まだ少し距離があるということです。だって、考えてみてください。私と温室の花の君様はまだ、寝顔を見せ合えるほど親しくなっていないではありませんか」

「昨日の晩、僕の肩によだれを垂らして寝ていたのは誰だったかな？」

「よだれを？　私が？」

「いびきもかいていたぞ」

「いびきも？　う、うそです！　私はいびきなどかきません。温室の花の君様、ご冗談がきついですね」

すると、昊《ヨン》は真顔で言った。

「僕は冗談など言わない」

その顔を見る限り、よだれを垂らして寝ていたのも、いびきをかいたというのも本当らしかった。出会って間もない男の前で、何たる不覚。いくら男の恰好をしていても、私は女なのに。ラオンは穴があれば入りたい心境だった。

「お前に恥をかかせるために言ったのではない。そういう姿まで見ているのだから、安心して寝ろという意味で言ったのだ」

「そういうことでしたら、ありがとうございます。しかし、そのお話を聞いて余計に寝られなくなりました」

「どうして？」

「よだれを垂らして、いびきまでかいたのですよ？　そんなひどい姿を、まだちょっと距離のある友に二度も見せるわけにはいきません」

「言うほどひどくはなかったぞ」

本当は可愛くさえあったが、そんなことを言えばあらぬ誤解を招きかねないので、それは黙っておくことにした。

すると、ラオンは激しく頭《かぶり》を振り、小さな丸い顔を上げて言った。

「お忘れください」

「何？」

「昨日見たことは、きれいさっぱりお忘れください。あれは不慮の事故のようなものですので」

「事故？」

「そうです。酒のせいで起きた突発的な出来事とでも言いましょうか。とにかく、昨晩のことはなかったことにしてください」

「そこまで気にしなくても」

「します」

「どうして？」

「温室の花の君様と、そのような遠慮のない間柄になりたくありません」

これ以上関係が近くなれば、望ましからぬ気持ちを抱かれかねない。

自分がとんでもない誤解しているとは露ほども思わず、ラオンは旲《ヨン》が入り込むわずかな隙間も与えまいとした。

そのあまりに頑なな姿に、旲《ヨン》はむっとして少し強めの拳骨を見舞った。

「痛い、何をなさいます！　私の祖父はよく言っていました。だめな男ほど、自分より弱い者に手を上げるのだそうです」

「恩を仇で返す恩知らずの若造には、拳骨がいい薬になるという例えもあるぞ」

睨むラオンを横目に、旲《ヨン》はこれみよがしに居住まいを正し、読みかけの本に視線を戻した。そして再びラオンを見て聞いた。

「本当に寝ないつもりか？」

すると、ラオンは無理やり目を開けて、やはりきっぱりと言った。

「まったく眠くありません！」


遠くから子の刻（午後十一時から午前一時）を告げる鐘の音が聞こえてきた。旲《ヨン》は最後の一枚を読み終えて本を閉じ、軽く肩を叩いた。

「もうこんな時刻か」

旲《ヨン》が立ち上がろうとすると、後ろから何かが落ちる音がして、官帽が足下に転がってきた。眠くないと言っていたが、ラオンはしっかり舟を漕いでいる。

「小さいくせに、頑固なやつだ」

昨日は人の肩によだれまで垂らして寝ていたくせに、いまさらほかの人だの、まだ距離のある友だの、勝手なやつだ。

旲《ヨン》は呆れつつ、昨晩のことを思い返した。少しだけ肩を貸すつもりが、気づけば寅の刻（午前三時から五時）になっていた。起こそうと思えばいつでも起こせたが、あまりによく眠っていたので、そのままにしておいた。

「昨日は肩が痺れるまで貸してやったのに、何が気を遣う間柄だ」

言っているとことがめちゃくちゃだ。

昊《ヨン》は眠っているラオンを、少しきつめに睨んだ。まつ毛が豊かな閉じた目に、淡く赤みを帯びた両頬、小さく澄ました唇。改めて見ると、女のように整った顔立ちをしている。

去勢したせいかとも思ったが、ほかの宦官たちと比べると、去勢をしたすべての男が女のような風貌になるわけではなさそうだ。きっとラオンが特別に、そうなのだろう。もしかしたら、そのせいで普通の人生を歩めなかったのかもしれない。

ラオンを見つめる昊《ヨン》の眼差しが、次第に優しく、悲しそうになっていった。ふと、ラオンの顔に小さな傷ができているのが目についた。痕にならない程度の小さなかすり傷だが、まだかさぶたになる前の傷を見て、昊《ヨン》はなぜだか腹が立った。

「血が出ているではないか。いくら忙しくても傷の手当てくらいできるだろう。この小さな顔に、どうしてこんな傷が」

昊《ヨン》はぶつぶつ言いながら、ほかに傷がないか確かめようと、ラオンの寝顔に近づいた。すると、ラオンは寝苦しそうに腰を伸ばした。その拍子に壁にもたれていた頭の向きが変わり、昊《ヨン》の唇に柔らかいものが触れた。

雛の羽のように柔らかく、芽吹いたばかりの芽のように爽やかで甘い感触。ラオンは夢を見ているのだと思った。全身を優しく包み込むような温かい夢……にしては、その感触はあまりにはっきりしていた。ラオンは何だろうと思い、目を開けた。

「…………！」

目の前に、冷たい氷のような黒い瞳があった。はるか遠くを眺めるようなその瞳の中に、自分の顔が映っている。高い鼻が頬をくすぐり、唇が重なっている。

まさか、これが話に聞いていた、せ、接吻？

ラオンは気が動転し、思い切り昊《ヨン》を突き飛ばした。

「何をなさるのです！」

十三　感慕如在図《カムモヨジェド》

それは一瞬の出来事だった。軒先から雨露が落ちるくらい、乾いた空に稲妻が走るくらいの短い間に起きたこと。だが、それでも接吻には変わらない。いつか出会うであろう愛する人のために、これまで大事に取っておいた生まれて初めてのくちづけだ。

それを、よりによって、好きでもない男に奪われてしまった。ラオンは悲しさと悔しさが一気に込み上げて、思い切り旲《ヨン》を睨んだ。

「今、何をなさったのですか？」

「お前の顔の傷を見ようとしただけだ」

「うそです！」

「うそではない」

「やましい気持ちがあったのではありませんか？」

ラオンは無意識に胸元を隠した。

「まさか、この僕が、お前に悪さをしようとしたとでも思っているのか？」

「違うのですか？」

なおも警戒するラオンに旲《ヨン》は呆れ、

「僕にも好みがある！」

と、つい大声で言ってしまった。それを聞いて、ラオンは別の意味で腹が立った。私は好みではないと言いたいのかと言いそうになるのを飲み込んで、ラオンは言った。

「でしたら、この状況はどう説明するのです？」

「事故だ」

「事故？」

「そう。予期せぬ事故だ。僕はただ、お前の顔の傷を見ようとしただけだ。そうしたら、ちょうどお前がこちらに顔を向けたのだ」

「そうなることを狙ったのではありませんか？」

「僕が何を狙ったと言うのだ？」

「それは、ですから、その……」

あなたが私にご執心なのはわかっています、とはとても言えず、ラオンは押し黙った。とはいえ、気持ちはとてもではないが収まらない。

すると、聞く耳を持たないラオンに旲《ヨン》も腹を立てて背中を向けてしまった。

「この程度のことでがたがた騒ぐとは、見た目ばかりかやることまで女みたいだな」

「…………」

「愉快なことでないのはこちらも同じだ。自分だけ被害を受けたような顔をしないでくれ」

「ひどい！」

誰のせいでこんなことになったのだと言い返したかったが、これ以上追及してもし自分の正体がばれてしまったら、もっと大事になりかねず、ラオンは仕方なく口をつぐんだ。だが、どうにも腹が立って仕方がない。

初めてのくちづけは、好きな人としたかった。男を愛する温室の花の君様は、絶対に私を好きになることはない。そんな人に唇を奪われて、悲しくて、悔しくて……それなのにどうして私はこんなにどきどきしているの！

機嫌の直らないラオンに背を向けて、昊《ヨン》は東の窓の外を見ながら手の甲で唇を拭いた。昊《ヨン》にとっても不本意なくちづけには違いなかった。こんな突拍子もない事故は二度とご免だ。

「それなのに、どうして」

嫌ではないのだろう。自分でも説明のつかない感情に、昊《ヨン》は戸惑った。だが、それをラオンに言うわけにもいかず、ただ黙って夜空に視線を泳がせた。

しばらくして気持ちが落ち着いてくると、今度は気まずい雰囲気が流れた。唇に、かすかに触れた昊《ヨン》の唇の感触が残っている。ラオンは頬が火照り、気恥ずかしさをごまかそうと咳払いをした。すると、それまで窓の外を見ていた昊《ヨン》が振り向いて言った。

「また来たぞ」

「何のことです？」

「東の楼閣で泣いていた、あの娘だ」

ラオンは首を伸ばし、昊《ヨン》の指さす方に目を凝らした。すると、東の楼閣の方にぼんやり白いものが動いているのが見えた。

「あの少女に間違いありませんか？」

少女の方に首を伸ばしたままラオンが尋ねると、昊《ヨン》は無言でうなずいた。ラオンは渡りに船とばかりに部屋を出た。

「どこへ行く？」

「泣いていた理由を知りたければ、自分で確かめろとおっしゃったのは温室の花の君様です。ですから、今からそれを確かめに行くのです」

ラオンは足音をしのばせて、白い喪服姿のウォルヒのあとをつけた。行き先は、先日と同じ古い東の楼閣だ。ラオンは今度も草むらの中に身を潜め、ウォルヒの様子をじっと見守った。昨晩は逃げるように去ってしまったので、ここにはもう現れないと思っていたが、ウォルヒは意外にも今夜も姿を現した。

ウォルヒは流星雨のような白い月明りを浴びながら、周囲に人がいないのを確かめると、抱えてきた物を大事そうに欄干の上に置いた。よく見ると、置かれたのは水の入った器だった。その器の角度を入念に確かめて、ウォルヒは器に張った水に月を映した。白い喪服についた埃を払い居住まいを正して座り、ウォルヒは泣き出した。大きな瞳から次々と涙が流れる。子どもが儀式をしているようで、思わずくすりとなりそうなところもあるが、ウォルヒはそうやって泣くための準備をしていたらしい。

ラオンはしばらく、ウォルヒが泣くのを見守った。真夜中に一人静かに涙を流すウォルヒ。

『月夜に白い喪服姿で、人目を忍んで泣いている理由といえば一つしかない』

温室の花の君様は、最初からわかっていたのだ。ウォルヒ殿が、亡くなった人を偲んでいたことを。

ラオンは改めて旲《ヨン》の人柄を思った。

ウォルヒは相変わらず小さい体を震わせて泣いている。その姿はまるで風に吹かれ落ちかける木の葉のようだった。

ダニはどうしているだろう……。

ラオンはウォルヒに妹のダニを重ね、胸の中でウォルヒの肩を抱き寄せた。

泣かないで。一人で悲しまないで。

「泣かないで」

気づけば、ラオンはウォルヒのそばで声をかけていた。

「一人で泣かないでください」

さめざめと泣くウォルヒに、ラオンはもう一度、はっきりと言った。

ウォルヒはぴたりと泣き止んで、泣き濡れた顔でラオンに振り向いた。

「あなたは……」

驚きと警戒が入り混じる目で、ウォルヒはラオンを見つめた。

「心配には及びません。ウォルヒ殿」

「……………」

「私は資善堂《チャソンダン》のホン・ラオンと申します。うわさの幽霊ではありません。夜更けに見回りをしに来たのでもありませんから、どうかご安心ください」

戸惑い、立ち去ることさえできずにいるウォルヒに、ラオンは白い歯を見せて笑った。


二人は並んで腰かけて座った。ウォルヒは鼻をすすりながらラオンに言った。

「ホン内官様のおうわさは、うかがっております」

「私のことを、ご存じなのですか？」

「宮中では有名ですから」

「そうなのですか？」

「実は今、ホン内官様を巡って、女官たちの間である賭けが行われているのです」

「賭けですって？」

「はい。みんな、ホン内官様の死期を当てようと夢中で……」

ウォルヒは口を覆い、大きな目でラオンを見て言った。

「今の、聞こえました？」

「全部、聞こえました」

「お気を悪くなさったのでは……」

「いいえ、ちっとも」

皆が自分を避けていた理由がわかり、ラオンは笑いが出た。すると、ウォルヒは申し訳なさそうに言った。

「あまり、お気になさらないでください。宮中の人たちにとって、資善堂《チャソンダン》はそれくらい恐ろしいところなのです。ここで幽霊を見たという人は数知れず、その霊に取り憑かれて亡くなった人もいるという話もあります。幼い見習い女官を叱る時に、資善堂《チャソンダン》に送られたいのか、なんて言うくらいですから」

「それは知りませんでした。しかし、ウォルヒ殿、そのような恐ろしいところで、どうして泣いていらっしゃるのです？」

「理由を言ったら、笑われてしまいそう」

「何を聞いても笑いません。話していただけませんか？」

「実は……」

ウォルヒは少し迷ったが、事情を打ち明けることにした。

「誰の目も気にせずに泣ける場所が、ここしかなかったのです」

「どうしてです？　もしかして、誰かにいじめられているのですか？」

「そうではありません」

「ではなぜ？」

するとウォルヒはまた涙目になった。

「祖母が亡くなったのです」

「お祖母様が？　それは、さぞおつらいでしょう。ここでこうしているより、一刻も早くお帰りになった方がいいのではありませんか？」

「それが、できないのです」

「どうして？」

「祖母が亡くなったのは、一年も前だからです」

「何か、事情がおありのようですね。差し支えなければ、わけを聞かせていただけませんか？」

「それが……」

ウォルヒは重い口を開いた。

「私は、密陽《ミリャン》で生まれ育ちました。両親は私が生まれて間もなく流行り病で亡くなり、私は祖母の手で育てられました。祖母は幼い私を連れて市場で野菜を売り、何とか生計を立てていました。そんなある日、偶然知り合った医者の家で私は医術を習うことになり、運がいいというのか、こうして内医院《ネイウォン》に召し抱えられることになったのです」

「そうでしたか」

「ところが、去年の夏、故郷の村が突然の豪雨に襲われ、その時に祖母も……」

「………」

「川は氾濫し、多くの村人の命が奪われました。でも、家族は私しかいない祖母を捜す人はおらず、亡くなったという知らせが届いた時には、すでに村の合同の葬儀も終わって、ずいぶん経っていました」

「そんなことが……」

「優しかった祖母が、亡くなる時にそばで泣いてくれる人さえいなかったことを思うと、とても耐えられないのです。あんなに苦労して育ててくれたのに、私は孝行の一つもできず、お墓参りにすら行ってあげられません」

「そんな」

「ここから密陽《ミリャン》まで百里はあります。どれほど急いでも、私の足では十日はかかります。私のような見習いの医女《イニョ》が、十日もお暇をいただくなんて、お許しいただけるはずがありません」

「それで、ここで泣いていたのですか？」

「誰にも見取られることなく、たった一人で逝くしかなかった祖母を思って……向こうで、少しでも寂しい思いをしないようにと」

「では、この器はそのための？」

「立派なお供え物を用意してあげたいのですが、私には、そんなお金はありません。ですから、きれいなお水にお月様を映して、せめてもの供養をと思ったのです」

幼いウォルヒが抱える事情を知り、ラオンは胸が痛んだ。ふと、昼間に見た府夫人《プブイン》の誕生祝いの宴の様子が、器の中の月の上に重なった。世の中には、大切な人への供え物も買えない人たちがいる。孤独な人生を送った人は、死んでもなお寂しさを抱え、食べたくても満足に食べることができなかった人は、死んでもなお飢え続けると言われる。不公平で不条理な世の中を、思い切り蹴り飛ばしたくなる。

「ちょっと、待っていてください」

ラオンはそう言うと、ウォルヒを置いて走り出した。


息を切らして資善堂《チャソンダン》に戻ったラオンは、脇目も振らずに押入れの中を探した。

「どうした？　探し物か？」

旲《ヨン》が尋ねると、ラオンは押入れの奥から紙と筆を取り出して見せた。

「紙と筆？　何に使うのだ？」

「お供え物です」

「供え物？」

「温室の花の君様のおっしゃる通りでした」

「何のことだ？」

「ウォルヒ殿が着ていたのは、やはり白い喪服でした。去年の夏、生まれ故郷の村で洪水が起き、多くの村人が亡くなったそうです。その洪水に巻き込まれ、ウォルヒ殿のお祖母さんも……。でも、ウォルヒ殿はすでに宮中に仕えていて、お祖母さんを見送ることもできなかったそうです。それで今、お祖母さんの命日に合わせて、一年前にできなかったお別れをしているのだと言っていました」

「なるほど。しかし、その紙と筆を供えてどうするのだ？」

「今のウォルヒ殿にできることは、お祖母さんのために祈ることだけです。それなのに、供えられるものが何もないのです。力になりたくても、私もこの通りお金がありません。ですから、せめてこれだけでもと思いまして」

ラオンは努めて明るく言ったが、目が赤くなっていた。それを手で拭い、ラオンは床の上に紙を広げて供え物の絵を描き始めた。白い紙の上の方に社《やしろ》を描き、その前に大きな卓子を、卓子の両脇には二本の蝋燭を灯した。

白い紙いっぱいに描かれたラオンの絵を見て、旲《ヨン》はすぐにそれが『感慕如在図《カムモヨジェド》』であることに気がついた。家の中に祠堂《しどう》がない両班《ヤンバン》や、他所《よそ》にいて法事ができない人が、供え物を絵に描いて供養の代わりにすることがある。満足に供え物も買えない幼い女官のために、この絵を思いつくとはなかなかだと、旲《ヨン》はラオンを見直した。

「それは、もしかして、りんごのつもりか?」

「そうです」

「では、その隣にあるのは、焼き魚?」

「はい」

旲《ヨン》は我が目を疑った。達筆なので期待して見ていたが、絵の方はまったくお話にならなかった。出来栄えより気持ちが大事という言葉でかばうにも限界がある。りんごは柿と区別がつかないし、魚は食べ散らかされたあとのようだ。一番頑張って描いた鶏料理に至っては、絵の下に『鶏料理』と書き添えなければ、誰も気づかないだろう。

「貸せ」

旲《ヨン》は見かねて、ラオンから筆を奪った。

「急に何です?」

「柿といい鶏肉といい、全部ぐちゃぐちゃで、何が何だかわからないではないか。これでは供養される人も何を食べているのかわからないぞ」

旲《ヨン》は心を込めて一つひとつ、供え物を描いていった。

「すごい!」

白い紙の上に、あっという間においしそうな供え物が現れた。ラオンは思わず生唾を呑み、神妙な面持ちで言った。

「やっとわかりました」

「何を？」

「温室の花の君様が、宮中で何をなさっている方か、やっとわかりました」

「ほう？」

旲《ヨン》は筆を置き、ラオンに顔を向けた。

「僕が何をしているのか、わかったか？」

「ええ」

「絵の腕前から察するに、絵師ですね。そうですよね？」

「違う」

ラオンは確信を持って言ったが、あっさり外れてしまった。

「違う？　こんなに絵が上手なのに？」

「絵だけではない。字もうまいぞ」

「では、字もうまい絵師ですか？」

「…………」

「絵師でないなら、何なのです？」

「知りたいか？」

「はい、とても」

「そこまで言うなら……」

旲《ヨン》はじっとラオンを見つめた。一体、何を言うのか、ラオンは期待しながら旲《ヨン》の唇を凝視した。

「自分で調べろ」

「はい？」

「そんなに知りたければ、自分で調べろと言っているのだ」

「ですから、こうして聞いているのではありませんか」

「僕は答えるつもりはない。どうしてもと言うのなら、その頭を使って調べることだ」

旲《ヨン》はそう言って再び絵に戻った。

「けち。もういいです。もう知りたくありません」

「そうか」

旲《ヨン》は黙々と絵を仕上げ、

「あとは祝詞《のりと》がいるな」

とつぶやいて、ラオンに言った。

「祝詞《のりと》は、お前が書け」

「私がですか？」

「お前ではない。お前の後ろにいる、あいつだ」

ラオンはきょとんとして後ろを向き、ぱっと顔を明らめた。

「キム兄貴！」

いつの間に帰ったのか、ビョンヨンが壁に寄りかかってこちらを見ていた。

「書いてみないか?」

「………」

もう一度聞いたが、ビョンヨンは返事をする代わりに目を伏せた。

「こいつ」

昊《ヨン》は仕方なく、自ら祝詞《のりと》を書いた。


「お祖母さんに喜んでいただければいいのですが」

楼閣に戻り、ラオンはさっそく、昊《ヨン》が描いてくれた絵を差し出した。今さらながら自分が差し出がましいことをしたのではないかと心配になったが、それを見たウォルヒは深く頭を下げ、声を震わせた。

「ホン内官様のおかげで、祖母にやっと……やっとお腹一杯、食べさせてあげられます」

唇を噛んで涙を堪えるウォルヒに、ラオンは何も言わず、屏風のように絵を広げた。

後ろで物音がして振り向くと、楼閣の隅に大きな包みを置いて立ち去る男の後ろ姿が見えた。

「キム兄貴!」

ラオンは呼んだが、ビョンヨンは振り向かなかった。その代わり、いつもと同じ愛想のない声が返ってきた。

「酒が抜けているぞ」

「酒？」

絵を確かめると、ビョンヨンの言う通り、酒が描かれていなかった。うっかりしていたと反省しながら、ラオンはビョンヨンが置いていった包みを開けた。中には酒と、木箱が入っていた。下の木箱には、焼き物や野菜の和え物がぎっしり詰め込まれ、色とりどりの菓子や肉づきのいい鶏が丸ごと一羽入っていた。月明りの美しい夜。きっと、またここで酒を酌み交わそうと思っていたに違いない。

「キム兄貴！」

先ほどよりもっと大きな声で呼ばれ、ビョンヨンは立ち止まった。

「ありがとうございます！」

ラオンは声の限りに礼を言い、深く頭を下げた。その姿を見て、ビョンヨンはつぶやいた。

「世話が焼けるやつ」


資善堂《チャソンダン》に戻ると、昊《ヨン》は窓の外を眺めていた。ビョンヨンはその隣に並び、二人は幼い医女《イニョ》のために甲斐甲斐しく働くラオンを見守った。

「お前の言う通り、あいつを見ていると退屈しないな」

昊《ヨン》はラオンから視線を外し、ビョンヨンを見て言った。

「おかげで、珍しいものも見られたしな」

「…………」

ビョンヨンは照れくさそうに昊《ヨン》から目を逸らした。

「一日中、どこへ行っていた？　あんまり姿を見せないから、またどこかへ行ったのかと思ったぞ」

「ちょっと野暮用でな」

「野暮用？　どんな？」

「大したことではない」

昊《ヨン》はそれ以上は聞かず、ビョンヨンから目を逸らして独り言のようにつぶやいた。

「どこかで鶏でも捕まえていたような顔だな」

するとビョンヨンの肩がびくりとなったので、昊《ヨン》はにやりと笑った。

「生涯をかけて磨き上げた武術を、愛弟子のお前が鶏を捕まえるために使ったと知ったら、亡くなった師匠は棺桶を蹴破って飛んでくるだろうな」

「…………」

愉快に笑う昊《ヨン》を避けるように、ビョンヨンは遠くへ視線を逸らした。

しばらくして昊《ヨン》の笑い声がやむと、資善堂《チャソンダン》はまたしんとなった。ラオンがいる時の賑やかさはない。ひんやりとした沈黙が続き、不意にビョンヨンが言った。

「世子《セジャ》様はどう思う？」

「何を？」

「あの幼い女官の身の上話を聞いてさ」

「宮中の決まりなら、仕方あるまい」

「………」

昊《ヨン》の答えが気に入らなかったのか、ビョンヨンは黙って目を逸らした。

「しかし、今日以降、幼くして両親を亡くし、唯一の肉親まで亡くした者には、葬儀が済むまで暇を認める新たな決まりができるかもな」

昊《ヨン》はそれだけ言うと、資善堂《チャソンダン》を出ていった。ビョンヨンは一瞬微笑んで、すぐにいつもの不愛想な顔に戻った。そして、窓の縁に腰かけて、月明りに照らされた楼閣をいつまでも眺めていた。


「ホン内官、ホン内官！　起きてください！」

翌朝、この日もラオンはチャン内官の呼ぶ声で目を覚ました。遅くまで起きていたせいで、眠くてたまらない。

「チャン内官様」

疲れと眠気で重い体を引きずるようにして表に出たラオンと違い、チャン内官は朝から元気いっぱいだった。

「ホン内官、今日はいい知らせを持ってきました」

「いい知らせ？　何です？」

　すると、チャン内官はラオンの手を取った。

「今日から、ホン内官も日課に参加するようにというお達しが出ました」

「日課？」

「我々と一緒に仕事ができるのですよ。内侍府《ネシブ》の一員として認められたということです。おめでとうございます、ホン内官。いやあ、めでたい、めでたい」

　我がことのように喜ぶチャン内官に、ラオンはぎこちなく笑って応えた。いい知らせというより、何かが起こりそうな嫌な予感がしてならなかった。

十四　彼らの生きる道（上）

一、怠けるべからず
一、欲をかくべからず
一、情を交わすべからず
一、荒々しい言葉を使うべからず
一、目を瞑るべからず
一、目を開くべからず
一、笑うべからず
一、泣くべからず
一、怒るべからず
一、心に感じ想うべからず

重熙堂《チュンフィダン》の東の低い塀に沿って歩いていくと、あまり目立たない地味な中門が現れた。

「ここかな？」

背伸びをして門の中をのぞくと、官服姿の若い宦官たちが集まっているのが見えた。ここで間違いないようだ。ラオンは門を開け、行廊棟《ヘンランチェ》と呼ばれる門屋にコの字に囲まれた広い庭に入った。

内班院《ネバンウォン》付属のここは、まだ宦籍に名前が載っていない、小宦と呼ばれる宦官たちの学び舎《や》だ。数えで十九歳になる前の宦官たちは、ここで寝起きを共にし、正式に宦官になるための教育を受ける。

ラオンが中に入ると、三々五々集まっておしゃべりをしていた小宦たちが一斉に視線を向けた。どの顔にも、好奇心や警戒心が浮かんでいる。

「おはようございます」

ラオンは皆に向かって挨拶をしたが、返事をする者は誰もいなかった。自分だけ場違いなところに来てしまった気がして、ラオンはぎこちなく笑いながら隅の方に移った。

それから間もなくして、授業の始まりを告げる銅鑼の音が鳴り、小宦たちはおしゃべりをやめて整列し始めた。まだ正式に宦官になったわけではないが、小宦たちの中にも序列は存在していた。宮中に来た順番や年齢、仕える主の権力の大きさが、そのまま彼らの序列に反映される。

二列に並ぶ小宦たち様子をうかがいながら、ラオンは列の一番後ろに並んだ。

準備が整うと、皆の前に初老の宦官が現れ、小宦たちは深々と頭を下げた。だが、何も知らないラオンは戸惑うばかりで、何をしたらいいのかわからない。

「頭を下げてください」

すると、隣にいたぽっちゃりした小宦が、お辞儀をするよう手で合図をしてきた。

「腰を曲げて、ほら、頭を下げるのです」

ラオンは言われるままに慌てて頭を下げた。初老の宦官は、小宦の教育を担うジン内官と呼ばれる宦官で、二列にずらりと並んだ小宦たちを厳しい目で見渡して、

「及《きゅう》!」

と、突然、大きな声で聞き慣れない言葉を発した。低いが明瞭でよく通る声だ。

ジン内官に『及』と言われた小宦は、誇らしそうな顔をしてジン内官の後ろに立った。その後も、ラオンには意味のわからない言葉が続いた。

「略《りゃく》!」

「粗《そ》!」

「落《らく》!」

『略』と『粗』をもらった者たちも、ジン内官の後ろに並んだが、『落』を言い渡された者たちは額に紙を貼られ、直立不動でその場に残った。そんなことがしばらく続き、いよいよラオンの番になった。

「ホン・ラオンというのはお前か?」

「はい」

ラオンが返事をすると、小宦たちの間でざわめきが起きた。資善堂《チャソンダン》のホン・ラオンを知らない者は、今やこの宮中にはいなかった。幽霊が出ると言われる呪われた資善堂《チャソンダン》に仕えるラオンのことは、もちろんジン内官の耳にも入っていた。

「静かに!」

ジン内官は睨みを利かせて小宦たちを黙らせると、再びラオンに視線を戻した。そして、眉間にしわを寄せて、

「身だしなみ、落！　姿勢、落！　視線、落！」

と、大声で『落』と書かれた紙を三枚、ラオンの額に次々に貼りつけた。小宦たちの笑い声が漏れ聞こえてきたが、ジン内官がひと睨みすると再び静かになった。ジン内官は小宦たちに向き直り、抑揚のない声で言った。

「宦官とは、王室の朝を開き、夜を仕切る者たちだ。我々は王様や王族の皆様にもっとも信頼される従者であり、王様のご命令はもちろん、王室のあらゆる秘密に触れなければならない。王室の財や安寧《あんねい》は言うまでもなく、側室の方々をお守りし、女官たちを管理監督するのもまた、我々宦官の務めである」

ジン内官は額に『落』が貼られた小宦一人ひとりの顔を見ながら話を続けた。

「すなわち、宦官とは王宮を率いる者たちである。ゆえに、我々がまず学ぶべきは統制であり、自らを律することである。ところが、お前たちはそのもっとも基本的なこともできていない。特に、お前！」

ジン内官はラオンを指さした。ラオンが驚いて顔を上げると、ジン内官はすかさず、

「馬鹿者！」

と、怒声を浴びせた。

「宦官たる者、絶対に腰を伸ばしてはならん！」

その権幕に、ラオンは慌てて腰を丸めた。

「我々は王様と王族の方々の影として仕える者たちだ。影は腰を常に屈め、顔を上げてはならないことを片時も忘れるな。それから、歩く時に足音を立てるのは禁物だ。視線は常に爪先に固定し、歩幅は一定に保つこと。わかったか！」

「はい」

「よろしい。では、『落』の者たちは基本姿勢で庭を回れ。『落』一枚につき五十周！　ほかの者は私について来なさい」

ジン内官はそう言って、行廊棟《ヘンランチェ》の中に入っていった。その後ろを、『落』以外の小宦たちが足音もなくついて行く。皆、判で押したように同じ姿勢、同じ歩幅で建物の中に消えていった。


「ふう……」

ジン内官がいなくなると、ラオンは深い溜息を吐いた。宦官は大事なところを切り落とすだけでなれるものではなかった。内侍府《ネシブ》には延べ二百人の宦官がいるが、そのうち宦籍に名前が載り、職位をもらえるのはわずか六十二人。職位のない者たちは小宦と呼ばれ、内侍府《ネシブ》の試験に受からなければ正式な宦官として認めてもらうことはできない。小宦たちはその試験に合格するまで、日々の日課に取りかかる前に、毎日こうして宦官としての姿勢や心構えはもちろん、資質向上のため『四《し》書《しょ》』や『小学《しょうがく》』、『三綱行実図《さんこうこうじつず》』を学ぶ。中でも、もっとも重視されているのが宦官としての心構えだ。

内侍府《ネシブ》史上、もっとも厳しいことで知られるジン内官は、毎朝欠かさず小宦一人ひとりの居住まいを厳しく確認している。及、略、粗、落の四段階で小宦たちを評価し、落を言い渡された者たちは、宦官としての基本姿勢が身につくまで、その先の授業を受けることはできない。

ジン内官率いる優等生たちが去ったあと、庭には落ちこぼれの小宦たちが残った。馴染みの顔が三々五々集まる中、ラオンは一人ぽつんと佇んでいた。周囲はひそひそとラオンの様子をうかがうばかりで、誰も話しかける者はいない。だが、しばらくすると、ぽっちゃりした小宦がラオンに近づいて声をかけた。

「あなたがホン内官だったのですね」

先ほど頭を下げるよう教えてくれた、あの小宦である。

「ト・ギです。歳は今年、数えで十八になりました」

「ホン・ラオンです。私は十七です」

「おや、そうでしたか。てっきり、もっと年下かと思っていました」

ト・ギは、ははは、と笑った。

「ということは、俺の方が先輩だから、敬語を使わなくてもいいかな?」

ラオンの歳を知ると、ト・ギは急に先輩然として言った。

「ええ、はい。構いません」

「実を言うと、内侍府《ネシブ》は今、ホン内官の話で持ち切りなのだ」

「そうなのですか？」

「そりゃそうさ。何しろ、小宦なのに資善堂《チャソンダン》に送られたのだからな。時にホン内官、資善堂《チャソンダン》がどんなところか、知っているのか？」

「もしかして、池に落ちて溺れ死んだ女官が四人もいるという、あのお話ですか？」

「四人？　六人じゃなかったのか？」

ト・ギは首を傾げたが、死んだ女官の数が聞くたびに増えていくなとラオンは思った。

「とにかく、あんな恐ろしいところでよく頑張れるよ。女みたいな顔をしているが、度胸があるというか、その辺の男よりよっぽど肝《きも》が据わっている」

「皆さんがおっしゃるほど、資善堂《チャソンダン》は怖いところではありませんよ」

「そうか？」

「ええ、一度いらしていただければ、ただのうわさとおわかりになるはずです」

するとト・ギは笑いながら言った。

「いいや、それは遠慮しておくよ。ホン内官が言うなら、そうなのだろう。わざわざ確かめるまでもないさ。ところで、ホン内官、聞けば新参礼《シンチャムネ》の準備をしていないそうだな」

「…………」

「どうして準備をしなかったのだ？　世の中、人脈がすべてだ。特に宮中のように上下関係の厳しいところでは、誰につくかで今後の人生が決まる」

「そうですか？」

「そうだとも。先輩として忠告するが、今からでも新参礼《シンチャムネ》をした方がいい。内侍府《ネシブ》の上の方々に睨まれて、いいことは一つもないからな」

「あいにく、私には新参礼《シンチャムネ》ができるほどの余裕がないのです」

自分の現実を思い、ラオンは力なく笑った。

「いいか、ホン内官。そう意地を張ってもどうにもならないのだよ。俺たちだって余裕があって新参礼《シンチャムネ》をしたわけではない。内侍府《ネシブ》の慣例と言われて、嫌でも従うしかなかったのだ」

「いくら慣例とはいえ、無理を強《し》いてまでやらせるべきことなのでしょうか。そもそも、新参礼《シンチャムネ》はそんなに大事な行事なのですか？」

ト・ギは渋い顔つきになり、分厚い二重あごを掻きながら言った。

「聞かれたので答えるが、本来、新参礼《シンチャムネ》は官職をいただいた者たちが行う、ある種の通過儀礼だった。それが今では宦籍に名前が載っていない小宦たちにまで強要されるようになった」

「それならなおさら、正しいこととは思えません」

「無論、正しいことではない。では、なぜ誰もその不当な強要に異を唱えようとしないのか」

「なぜなのです？」

「上に歯向かって睨まれたくないからだ」

「どういうことですか？」

「一度、上役に睨まれたら、起死回生が利かないのが宮中というところだ」

「本当に恐ろしいところですね」

「もう一度言うが、宮中で生き抜くために大事なのは、一にも二にも、誰に取り入るかだ。それを見誤れば、一生を小宦のまま終えることだってあり得る」

「たとえ小宦のまま終わることになっても、私にはとても新参礼《シンチャムネ》などできません」

「話のわからんお人だ。頭が固いにもほどがあるぞ」

融通の利かないラオンにト・ギは苛立ったが、不意に何か閃いたような顔をした。

「もしかして、頼りになる後ろ盾でもあるのか？」

「後ろ盾？」

「ホン内官は、前の判内侍府事《パンネシブサ》の推薦で王宮に召し抱えられたそうではないか」

「それを言うなら、推薦ではなく詐欺です」

「詐欺？」

「話せば長くなります」

「だったら、どうしてそこまで強く出られるのだ？　ホン内官、まさか……」

ト・ギは人に聞かれないよう、声を潜めて言った。

「ほかに、もっとすごい後ろ盾があるのか？」

「もっとすごい後ろ盾とは、誰のことですか？」

「そういう人がいるのかと聞いているのだ」

「そういう人とおっしゃいますと？」

ト・ギは手で胸を押さえ、苛立ちを鎮めて言った。

「王宮の中に、頼りになる人がいるのかと聞いているのだ」

「そういう意味だったのですね。そういう人なら、いるにはいますが」

「やはりそうか」

ト・ギは目を輝かせ、ラオンのあごの下にぐっと顔を近づけた。

「どなただ？　どんな官職に就いていらっしゃる？」

「温室の花の君様と、キム兄貴という方です。どのような官職に就いていらっしゃるのかは、私にもわかりません。ただ、宮中で一番お世話になっている方たちです」

「相手の官職がわからない？　では、何をしているかはわかるか？」

「一人は一日中、梁の上で寝ていて、もう一人は特に仕事があるわけではなさそうなのに、いつも忙しい忙しいと口癖のように言っています」

「梁の上？　特に仕事もなさそう？」

ト・ギは肩を落とした。

「要するに、何の役にも立たない人たちということだな」

「そういう方、宮中には多いのですか？」

「時々な。正妻の子でない武官や、出世街道から外れた田舎官吏の中には、暇な職務に退いて、無為徒食に走る者たちがいる」

「なるほど」

どうりで、とラオンは思った。キム兄貴も温室の花の君様も、私と同じ、うまく上の人に取り入ることができなかった人たちらしい。あの二人を見るたびに、どことなく同病相憐れむ感じがしたのは、そのためだったのだ。

するとト・ギは指を三本突き立てて言った。

「宮中に、目立った能力も後ろ盾もない我々のような小宦が注意しなければならない人物が三人いる。一人は明温公主《ミョンオンコンジュ》だ。王様と世子《セジャ》様が溺愛する姫君さ。とても気難しく、一度でも睨まれたが最後……」

想像するだけで、ト・ギは身震いした。

「王宮で平穏無事に過ごしたければ、絶対に明温公主《ミョンオンコンジュ》の気に障《さわ》ることをしてはならない。もう一人は、大妃殿《テビジョン》のソン内官だ」

ラオンは奈落の底に吸い込まれていくようだった。自分は絶対に嫌われてはいけない二人目の人物に嫌われたのか。

「そして最後の一人が……」

「そこの二人、何をしている！」

ラオンとト・ギは突然の怒鳴り声に思わず身をすくめた。

「基本姿勢で『落』一枚、五十周というのが聞こえなかったのか！」

すると、ト・ギは急いでラオンに耳打ちした。

「あいつだ。小宦の指導役のマ内官。三人目の要注意人物さ。名前はマ・ジョンジャ、あんまり根性が汚いものだから、裏では呼び捨てにしているのだ。触らぬ神に祟《たた》りなし、お前も気をつけろよ」

ト・ギはそれだけ言うと、マ内官から一番、離れたところまで基本姿勢で走っていった。

「そこのお前、初日からさぼるつもりか」

マ内官はラオンの目の前までやって来て、鬼の形相で睨みつけた。

「…………」

日課に出て一日目、どうやら三人目の要注意人物にも目をつけられてしまったらしい。

ラオンは腰を屈め、爪先を見ながら刻み足で庭を回り始めた。


宦官とは、王室の朝を開き、夜を仕切る者たちであるというジン内官の言葉通り、つらい日課は朝早くから王宮の門に門がされるまで続いた。疲れ切って資善堂《チャソンダン》に戻ると、梁の上から相変わらず愛想のない声が聞こえてきた。

「遅かったな」

「はい」

ラオンは弱々しく返事をして、尻餅をつくように床に座った。

「キム兄貴」

「…………」

「キム兄貴も、新参礼《シンチャムネ》をしなかったせいで目をつけられたのですか?」

「何の話だ？」

「もしかして、お妾さんの子どもですか？」

「どこで何を聞いてきたのだ？」

「いえ、そうではなく、気になっただけです。キム兄貴が、どうしてこのような廃墟にいらっしゃるのか」

だが、返事はなかった。しばらく沈黙が流れたが、やはり言いたくないのだろうと諦めて、ラオンはむくんだ足を揉み始めた。

「俺みたいな人間には、ここがお似合いだ」

ラオンは手を止め、梁を見上げた。

「キム兄貴みたいな方って、どんな方ですか？」

「…………」

「キム兄貴」

「もう寝る。話しかけるな」

ビョンヨンはそう言って、ラオンに背を向けてしまった。

「キム兄貴」

ラオンは呼んだが、もう返事はなかった。ビョンヨンとの間に見えない壁ができた気がして、ラオンはそれ以上、何も聞くことができなかった。

小宦たちの朝は、空に星が残っているうちから始まる。早朝の薄暗い学び舎《や》には、今日も朗々とした声が響き渡る。

「落！　落！」

額に貼られた二枚の『落』の紙。ラオンはにんまりした。昨日より一枚減ったので、今日は百周で済む。五十周も減った。

「うれしいか」

喜ぶラオンに呆れ、ジン内官は昨日と同様に優等生らを引き連れて行廊棟《ヘンランチェ》の中に入っていった。

一行を見送り、ラオンは視線を爪先に下げて基本姿勢になった。

「腰を屈め、視線は爪先に。歩幅は常に一定に保ち、絶対に足音を立てないこと」

言われたことを確かめながら、ラオンは庭を回り始めた。だが、すぐに背後からト・ギや小宦たちの話し声が聞こえてきた。中宮殿《チュングンジョン》のヒャングムという女官と敦化門《トンファムン》の門番ができているという話に始まり、誰と誰が両思いで、誰が誰に片思いをしているのか、さらにはもっと色濃い内情にまで話題は及んだ。すると、おしゃべりのト・ギがいっそう明るい表情である話題を持ち出した。

「ところでサンヨル、あのうわさは聞いたか？」

「うわさ？」

「明温公主《ミョンオンコンジュ》の病状が、かなり深刻だっていううわささ」

「おいおい、いつの話をしているのだ？　公主様《コンジュ》が床に伏されたのは昨日今日のことではない」

「知っていたのか？」

「当たり前だ。何の病かも知っているよ」

「そこまで？」

「あ、いや、何でもない。聞かなかったことにしてくれ」

「そこまで言いかけておいて、それはないだろう」

「むやみに口に出せることではないのだ」

「サンヨルよ、この俺が誰か忘れたのか？　ト・ギだ、お前と一番仲のいい親友のト・ギ」

「誰が相手でも、言えないものは言えない」

「水くさいぞ」

「わかった。絶対にほかには言うなよ。いいな、絶対に秘密だからな」

サンヨルは周囲に人がいないのを確かめて、声をぎりぎりまで潜めて言った。

「公主様《コンジュ》は恋の病を患っておられるのだ」

「恋の病？」

「しっ！　声が大きい！」

「す、すまん。驚いてつい。だって、公主様《コンジュ》は男を男とも思わない勝気なお方だぞ。その方が恋煩いとは、どうにも信じられん。相手はどんな男だ？」

「そこまではわからない。何しろ公主様《コンジュ》は貝のように口を閉ざしておられるらしいからな。誰も知らないはずだ。とにかく、このことは絶対に秘密にしてくれよ」

「安心しろ。俺の口が堅いことは、お前が一番よく知っているだろう?」

ラオンは思わず笑ってしまった。昨日会ったばかりだが、ト・ギがおしゃべりなのはすぐにわかった。ト・ギに知られた以上、明日には宮中の全員が公主様《コンジュ》の病を知ることになるだろう。

それにしても、王様と世子様《セジャ》に溺愛される公主様《コンジュ》の心を奪うなんて、一体どんな人なのだろう。高貴な身分と男勝りの性格を持ち合わせる公主様《コンジュ》が寝込んでしまうほど好きになるのなら、かなりの大物に違いない。ラオンは公主《コンジュ》の恋の相手が気になって仕方がなかった。

その後もしばらく、ト・ギとサンヨルのうわさ話は続いた。最近、清から入ってきたという白粉の話や、機嫌を取るのが至難の業という世子《セジャ》の気難しい性格まで、小宦たちの話は尽きることがなく、ラオンは庭を周りながら舌を巻いた。チャン内官も、この二人の比ではない。おかげで中庭を百周する間、退屈せずに済んだが、話が終わったあとも耳の中で蜂の群れがぶんぶん飛んでいるような感じが抜けなかった。

ようやく百周し終えたラオンは、くたくたになって行廊棟《ヘンランチェ》の縁側に腰を下ろした。すると、その時を待っていたように誰かが近づいてきた。三人目の要注意人物、マ・ジョンジャだ。何が気に入らないのか、不機嫌そうな顔をしていきなりラオンを怒鳴りつけた。

「ホン・ラオン!」

「はい」

「今朝の世子様《セジャ》の寝所の掃除は、お前にやらせるよう、ソン内官様から直々の言い付けがあった」

周囲の小宦たちはぴたりと話をやめ、息を呑んでラオンを見つめた。

「…………」

この異様な視線。どの小宦も、まるでこれから調理される子牛を見るような目をしている。一体なぜそんな目で見られるのか、ラオンは不安でたまらなかった。

十五　彼らの生きる道（中）

マ内官に連れられて、ラオンは東宮殿《トングンジョン》に向かった。

「わあ……」

東宮殿《トングンジョン》の中に足を踏み入れた瞬間、ラオンは息を呑んだ。東宮殿《トングンジョン》に配属されているものの、ここに来るのは初めてだった。正殿とはまた別の完璧なまでに整えられた世界だ。

一国の基、次代の国王が御座す東宮殿《トングンジョン》。透き通る朝の陽射しを羽衣のようにまとったそこは王宮の格式を物語り、赤い漆が塗られた柱はほかの殿閣とは一線を画した威厳を漂わせている。東西南北の四方にそれぞれある置物は、どれも魂が宿っているのではないかと思うほど品がよく、優雅で格の違いを感じさせる。まるでこの世ではない場所に来たような気分だ。門番に立つ宦官や、馬に乗るための踏み台の傍らに屈む幼い女官たちの顔にも次の国王に仕える者の誇らしさが滲んでいる。

ラオンはそのすべてに圧倒されながら、マ内官のあとを追って誠正閣《ソンジョンガク》の裏手に回った。

世子《セジャ》の寝所に到着すると、中年の尚宮《サングン》が二人を出迎えた。

「今日の担当はこの者か？」

東宮殿《トングンジョン》のハン尚宮《サングン》はラオンを露骨に怪しみ、上から下まで舐めるように見てきた。

「ソン内官より、直々に指名された者にございます」

「ソン内官が?」

ハン尚宮《サングン》は事情を解したようにうなずくと、急に冷たい目でラオンを見て言った。

「世子《セジャ》様の御訓育が終わる辰の上刻(午前七時)までに掃除を終えておかなければならない。急ぎなさい」

ハン尚宮《サングン》はそれだけ言って、マ内官と共に回廊の向こうに行ってしまった。女官たちも二人のあとに続いて行ってしまい、寝所にはラオンだけが残った。どこからどう手をつければいいかもわからずに途方に暮れていると、後ろから声をけられた。

「ホン内官!」

振り向くと、チャン内官が手を振っていた。

「チャン内官様!」

チャン内官に会って、これほどうれしく思う日が来るとは思わなかった。まるで他郷で同郷の人に会った時のような喜びを感じる。

「チャン内官様、どうなさったのです?」

「前に言ったではありませんか。私もここ、東宮殿《トングンジョン》に仕えているのですよ」

すっかり忘れていたが、チャン内官は東宮殿《トングンジョン》に唯一、五年も勤め続ける宦官だ。以前、長く仕えるコツは絶対に世子《セジャ》様の目につかないことだと教えてくれた。その言葉通り、同じ部屋にいながら気配すら感じず、声をかけられるまでチャン内官の存在に気がつきもしなかった。

「ホン内官こそ、どうなさったのです？」

「世子《セジャ》様の寝所を掃除するよう命じられました」

「ホン内官が？」

チャン内官は首を傾げた。

「おかしいな、そんなはずはないのに」

「何か、問題でも？」

「本来、世子《セジャ》様の寝所の掃除は誰にでもできるものではないのです。いえ、ホン内官に任せられないという意味ではありませんよ。ただ、宮中に来たばかりの人に任せるなんて、聞いたことがないもので」

チャン内官はそれからしばらく考えて、なるほどという顔をした。

「さてはホン内官、何か大きな失態を犯しましたね？」

ええ、ええ、初日からソン内官に目をつけられたせいでしょうよと、ラオンは胸の中で独りごち、チャン内官に尋ねた。

「世子《セジャ》様の寝所の掃除と、大きな失態を犯したことと、何の関係があるのです？」

「前にも言った通り、世子《セジャ》様は何事にもこだわりの強い方です。寝所の掃除も例外ではありません。あの方の気に入るように掃除ができる宦官は、この宮中のどこを探してもいないでしょう」

「そんなにお厳しいのですか？」

単なる部屋掃除と思っていたが、これは大変なことになってしまった。世子《セジャ》の寝所の掃除を言い付けられた時、小宦たちが憐れむような視線を向けてきた理由はこれだったのか。

ラオンが頭を抱えていると、自らを処世術の達人と自負するチャン内官が胸と声を張って言った。

「でも、安心してください。五年も東宮殿《トングンジョン》に仕えてきた、このチャン内官がいるではありませんか。いいですか、これより私の言う通りにしてください」

「どこまでもついて行きます！」

ラオンは覚悟を決め、チャン内官に従った。

「まず、すべての窓を開けて空気の入れ替えをします」

ラオンは言われるままに窓を開け、チャン内官に尋ねた。

「置いてある物の位置も、覚えておいた方がいいですか？」

世子《セジャ》が杓子定規な性格なら、部屋に置かれた物にも定位置があるはず。きっと少しのずれも見逃さないだろう。

ところが、チャン内官はかすかに笑みを浮かべてそれを否定した。

「そう言うと思いました。寝所の掃除をしてこっぴどく叱られた人たちは、みんなそう言うのです。物の位置をすべて覚えておいて、埃を叩いたら元の位置に戻せばいいと安易に考えてしまうのでしょうね」

「それでは、いけないということですか？」

「当然です。大事なのは、物の配置が理に適《かな》い、調和をなしているかどうかです」

「調和？」

ラオンには、チャン内官の言うことがまるで理解できなかった。たかが部屋掃除に、なぜ理や調和が出てくるのか。

「詳しいことは、やりながら説明します。まず覚えなければならないのは、世子《セジャ》様が寝所にいらっしゃる時刻です」

「まさか、時刻によって物の位置を変えるのですか？」

「その通りです。朝と夜で使う物が違えば、当然、置き場所も変わってきます」

確かに、言われてみればその通りだ。

「時刻だけではありません。季節やその日の天候にも気を配らなければなりません」

チャン内官が言う理と調和の意味が、ラオンにも少しずつわかってきた。チャン内官の話に耳を傾けながら、ラオンは脳裏に刻みつけるように部屋の中を見渡した。厚みのある敷物や、その後ろに広げられた十長生《シプチャンセン》という不老長寿の象徴が描かれた屏風。部屋の中の物すべてが、絶妙な調和をなしている。

ラオンはそこで、ある違和感を覚えた。チャン内官をはじめ、宮中の宦官たちは、世子《セジャ》は何事にも完璧を求め、融通の利かない性格をしていて、宮中の格式から少しでも外れれば容赦なく雷を落とし、決して妥協を許さない方だと口をそろえる。だが、この部屋からはそんな人物像とはかけ離れた人間らしさを感じる。それに、かすかに漂う残り香は、皆が言う世子《セジャ》の人物像とはどこか違う感じがした。

その時、急に表が騒がしくなり、ラオンは文箱の下の埃を払う手を止めた。先ほどいなくなった女官や尚宮《サングン》たちが乱れた足音を立てて戻ってきて、ずっとそこにいたかのような涼しい顔をしてそれぞれの持ち場についた。穏やかだった空気が一変し、事情のわからないラオンが戸惑っていると、

「世子《セジャ》様のお成り！」

という中禁《チュングム》の声が聞こえてきた。

宮中の死神と恐れられ、この完璧な世界に君臨する世子《セジャ》が戻ってきた。とても現実とは思えず、ラオンは一糸不乱に動く尚宮《サングン》や内官らの様子を、ただ茫然と傍観者のように眺めていた。

すると、それに気づいたハン尚宮《サングン》が声を荒げた。

「何をしている！　早くそこへ並ばぬか！」

その声に我に返って見ると、チャン内官をはじめ、そこにいる全員が平伏していた。ラオンも慌ててチャン内官の隣に跪《ひざまず》き、見よう見真似で平伏した。

間もなくして大きく門が開かれ、朝の風が世子《セジャ》の寝所の中に吹き込んだ。重々しい足音と、絹の服の裾が風になびく音が聞こえてくる。やがて白い足袋がラオンの目の前を通り過ぎ、寝所の中に入っていった。

「ここにあったか」

ぴんと張りつめた空気の中、感情のない声が響いた。世子《セジャ》はどうやら忘れ物を取りに来たらしかった。再び部屋から出てくる足音がして、ラオンは世子《セジャ》が通り過ぎるのを伏したまま横目で見届けた。

ところが、一度は通り過ぎた足音が、勢いよく引き返してきた。ほかにも忘れ物があるようだ

と思った矢先、白い足袋がラオンの目の前で立ち止まった。


凍りつくラオンの鼻先に、芳《かぐわ》しい夏の花の香りが漂ってきた。あまりにいい香りで、一瞬、ここがどこかを忘れそうになるほどだった。すると、そんなラオンの頭上で世子《セジャ》の声がした。

「文箱が左にずれている」

ラオンの顔から一気に血の気が引いた。世子《セジャ》の追及はさらに続いた。

「何か理由があってのことのようだが、申してみよ」

伏したまま、うなじに氷柱を落とされたような気分だった。

「お部屋の中には、すべての物がもっとも理に適った位置に置かれていました。あるべき場所に、あるべき物が置いてあるようでした」

ラオンは頭が真っ白になり、自分が何を言っているのかわからなかった。

「あるべき場所？　あの文箱は、あの位置にあるべきだということか？」

「そう思いました」

「ほう？」

世子《セジャ》の声は、そこで途切れた。もう終わりだ。宮中の死神と恐れられる世子《セジャ》様に睨まれてしまった。この足で宮中を追い出されるかもしれない。自分なりに理に適い、調和をなす配置を考えたつもりだったが、世子《セジャ》様のお気に召さなかったらしい。ここへ来た初日、東宮殿《トングンジョン》の外に放り出されたソン内官の姿が思い出され、ラオンは思わずぎゅっと目をつぶった。

ところが、白い足袋はラオンの前を通り過ぎて行ってしまった。放り出されるどころか、怒鳴られもしなかった。

ラオンは顔を上げ、今しがた世子《セジャ》が通ったであろう門の方を見ながら、聞いていた人物像とはやはり違う気がした。

「それに、あの声……」

世子《セジャ》の声に、聞き覚えがあるような気がした。


青黒色の翼善冠《イクソングァン》を頭に被り、胸に黄金の金繍四爪円 龍補《クムスサジョウォンリョンボ》が刺繍された袞龍袍《コンリョンポ》を着て、旲《ヨン》は肘を突いてぼうっと考え事をしていた。誠正閣《ソンジョンガク》での講義の最中も、頭の中はラオンがいた寝所から離れなかった。

なぜあいつが、あそこにいたのだろう。朝の掃除を任されていたようだが、入ったばかりで、もうそこまで信頼されているというのか？

世子《セジャ》の寝所に出入りできるのは、少なくとも東宮殿《トングンジョン》の薛里《ソルリ》が信頼する者だけのはず。王宮に来て間もないラオンが、そのような大役を任されたのは気になるところだが、理由はどうあれ、思わぬところでラオンに会えた。なんだか、心がうきうきしてくる。

昊《ヨン》はにやにやとだらしなく口を半開きにして、指先で唇を撫でていた。そして、そんな自分に驚いて、慌てていつもの無表情に戻った。

ラオンのことを思い出すたび、指先で唇を撫でるのが癖になっていた。唇に、あの日の感触がはっきりと残っている。単なる事故だと気にしないようにして、あの日以来、資善堂《チャソンダン》にも行っていない。足が無意識に資善堂《チャソンダン》の方に向いていることもあるが、そのたびに意識的に引き返していた。それもあって、寝所でラオンを見かけた時は、思わず名前を呼びそうになるほどうれしかった。そんな自分が情けなくもあり、昊《ヨン》は気を取り直して教科書に視線を戻した。

ところが、次の瞬間にはもうラオンのことで頭がいっぱいになった。誰もが恐れる自分を、屈託のない笑顔で温室の花の君などとふざけたあだ名で呼ぶラオンの姿がちらついて、勉強が手につかない。

会いたいと思う一方で、自分の正体を知られるのが怖くもある。自分が世子《セジャ》であることを知ったら、きっとほかの者たちと同じように僕に接するだろう。僕を恐れ、従順な家臣になるに違いない。そうなるのは嫌だった。想像するだけで気持ちが沈む。不躾で礼儀に欠けるが、今のままでいてくれる方が百倍ましだ。

昊《ヨン》はふと、含みのある笑みを浮かべた。

ホン・ラオン。あいつの困る顔が見たい。

「……様、……子様、世子様《セジャ》」

世子《セジャ》への講義を担う左副賓客《チャブピンゲク》チョ・ジュンマンに呼ばれ、旲《ヨン》は我に返った。

「何だ」

旲《ヨン》はいつもの無表情に戻り、チョ・ジュンマンを見返した。目を合わせるだけで、相手の心臓を凍らせてしまいそうな冷たい目に、チョ・ジュンマンは慌てて頭を下げた。

「今日は、以上です」

「もうそんな時刻か」

旲《ヨン》は心底、驚いた。天下の李旲《イヨン》が、時が経つのも忘れて誰かのことを思っていたというのか。新参者の小宦のことで頭がいっぱいで、『経書《けいしょ》』の内容が何一つ入ってこなかった。

旲《ヨン》は放心したように、チョ・ジュンマンが部屋を出て行くのをぼんやりと見送った。

すると、チョ・ジュンマンと入れ替わりに、老年の宦官が入ってきた。東宮殿《トングンジョン》の古参、チェ内官である。

「世子《セジャ》様、なつめ茶でございます」

チェ内官は松の実を浮かべた赤いなつめ茶を旲《ヨン》の前に置いた。なつめの赤い色で邪気を払い、ほのかな甘味で神経を鎮め、心地よい眠りにつけるようにという年老いた内官の思いやりが一杯の茶に込められている。その茶をすすり、旲《ヨン》は何気なさそうに聞いた。

「あの件はどうなった?」

チェ内官は聞き返すことなく答えた。

「此度もまた……」

「やはりそうか。もとより容易に解決できるとは思っていない。だが、すっぱりと諦められることでもない。もう一度、使いを送ってくれ」

「かしこまりました」

「それから」

「はい、世子様《セジャ》」

「女官の待遇を改めようと思う」

「女官の待遇でございますか?」

旲《ヨン》があまりに唐突に言うので、チェ内官は思わず聞き返した。

「近しい親族に不幸があった場合には、半月の暇を与え、葬儀費用を融通できるよう方法を考えてくれ」

「かしこまりました」

「女官に限らず、宦官に対してもだ」

「ありがたきお言葉にございます」

世子《セジャ》が執政に携わるようになってすでに久しく、旲《ヨン》の命令は即ち王の命令でもあった。

「もう一つ!」

「…………」

「内侍府《ネシブ》では今も新参礼《シンチャムネ》を行っているのか?」

旲《ヨン》に射貫くように見据えられ、チェ内官はさらに深く頭を下げて言った。

「下の者たちを厳しく指導してはおりますが……申し訳ございません」

「今日をもって、新入りから米粒一つでも取り上げる者は官位取り上げ、鞭打ち百回を申し渡す」

「しかと心得ましてございます」

チェ内官はひとまずそう言ったものの、違和感を覚えずにはいられなかった。世子《セジャ》の声はいつも通り抑揚がなく、温かさもない。ところが、命令にはどこか人の情が感じられた。誰も目を向けることのなかった女官や宦官の待遇を突然、改善すると言い出して、世子《セジャ》様に一体、何があったのだろう。

東宮殿《トングンジョン》の至密尚宮《チミルサングン》の話では、最近はよく一人で微笑んでおられるそうだが、氷のように冷徹な世子《セジャ》様が急に丸くなられたのだから、何か大変な理由があるに違いない。

ふと、チェ内官の脳裏に子どもの頃の旲《ヨン》の姿が浮かんだ。あの頃はよくお笑いになり、ここまで冷たい方ではなかった。

年老いた内官は、主を案じて顔を曇らせた。

旲《ヨン》は茶を飲み干すと、席を立って誠正閣《ソンジョンガク》を出ていった。そして不意に、チェ内官を振り向いて言った。

「これから、僕の寝所の掃除は今日と同じ者に任せたい」

「はい?」

「なかなか、いい勘をしている」

旲《ヨン》は、あるべき場所に、あるべき物を置いたと言った時のラオンの姿を思い浮かべた。ラオンはほかの宦官とは違う。周りの者たちのように、ただ命じられた通りに動くだけでなく、自分で考えて動いている。

旲《ヨン》はラオンを朝の掃除係にするようチェ内官に命じ、清々しい気持ちで誠正閣《ソンジョンガク》を出た。

「……かしこまりました」

チェ内官は当惑しつつも、世子《セジャ》の命令を承った。青黒い袞龍袍《コンリョンポ》をなびかせて去っていく君主の後ろ姿はまるで別人のようで、チェ内官は目をしばたかせた。長いこと世子《セジャ》に仕えてきたが、世子《セジャ》が自ら人や物に関心を示すのは初めてだった。それだけでなく、どことなく人間味が漂っているような気がしたが……。

「もしや！」


翌朝、旲《ヨン》は講義のため誠正閣《ソンジョンガク》に向かう途中、またも寝所に引き返した。忘れ物を取りに行くふりをして、今日もラオンに会おうと考えたのだ。今頃は掃除に勤しんでいるであろうラオンの姿を思い浮かべ、旲《ヨン》は駆け出したくなる気持ちを抑えて門を開けた。寝所の中で、人影が動いているのが見える。

今日はどうやって驚かせよう。

旲《ヨン》はこれからいたずらを仕掛ける子どものような笑みを浮かべた。

すると、寝所の中で動いていた人影が、旲《ヨン》に気づいて振り向いた。

「お前は……」

旲《ヨン》は目を見張った。

「誰だ？」

そこにいたのは、ラオンではなかった。旲《ヨン》には見覚えのないその宦官は、慌てて頭を下げた。

「チャン内官でございます」

「どういうことだ？」

「はい？」

「どうしてお前がここにいる？」

「覚えていらっしゃいませんか？　わたくしは昨日、世子《セジャ》様が直々にご指名をくださった——」

チャン内官は両手の指を大きく開いて見せた。

「黄金の手を持つ、チャン内官でございます」

石のように固まる旲《ヨン》に、チャン内官は晴れやかに笑った。

「一、二、三、四……」

灯りが灯る資善堂《チャソンダン》で、ラオンは指折り日にちを数え溜息を吐いた。温室の花の君様が資善堂《チャソンダン》に来なくなって七日も経っている。あの事故のようなくちづけを交わして以来、ぱったり姿を見せなくなった。何かあったのだろうか。それとも、温室の花の君様も、あの日のことを気にしているのだろうか。

ラオンは指先で唇に触れてみた。一瞬触れただけ、それも、くちづけとも呼べないくらい軽く触れただけだが、唇にはあの時の余韻がまだ残っている。

「考え事か？」

「いえ、何でもありません」

梁の上から急に話しかけられ、ラオンはわずかに動揺しながらビョンヨンを見上げた。

「話があるのではないか？」

「別に、そういうわけではありませんが……」

「ありませんが？」

「温室の花の君様がお見えにならないので、何かあったのかと思いまして」

「あいつなら、家のことで忙しいみたいだ」

「家のこと？」

「妹の具合が悪いらしい」

「そうだったのですか」

自分とのことが理由ではなかったと知り、ラオンは幾分、気持ちが軽くなった。

「温室の花の君様に妹がいらっしゃったのですね。あの方の妹さんなら、さぞかし美人だろうな」

「どうだかな。それより、あいつのことを聞くなんて珍しいな」

「このところお見えにならないので、気になっただけです」

「へえ、気になったねぇ」

ビョンヨンに怪しまれた気がして、ラオンは慌ててごまかした。

「どうしているかと思っただけです。ふと思い出して、ほんのちょっと、この埃くらい気になっただけです」

「…………」

「ほら、あれですよ。毎日見ていた近所のマルボクが、ある日突然いなくなった時に気になる、あのくらいの感じです」

ラオンは胸の中で、本当にそれくらいですと、自分に確かめるようにつぶやいた。

すると、ビョンヨンは思うところがあるような笑みを浮かべ、何も言わずに寝返りを打ってしまった。

「本当ですって。全然気になっていませんから！」

ラオンはむきになって言ったが、ビョンヨンは返事をしなかった。

「キム兄貴、本当です」

もう一度言うと、ビョンヨンは今度は振り向いて、

「ところで、マルボクって誰だ？」

と言った。

「昔、隣の家が飼っていた犬です」

「どうしてまた、マルボク《末伏》なんて名前をつけたのだ？」

ラオンは急に深刻な顔になった。

「そこには、あの犬にまつわる深いわけがありまして」

「わかった、もう寝ろ」

ビョンヨンはラオンの話を遮り、再び背を向けて寝てしまった。

「私も寝ようと思っていました」

自分から聞いておいてと、ラオンはふくれっ面で論語を開いた。


昌徳宮《チャンドックン》の重熙堂《チュンフィダン》では、今日も遅くまで灯りが消えることがなかった。世子李旲《セジャイヨン》が王を補佐して執

政に関わるようになってから、ここは世子《セジャ》の執務室として利用されている。そばに控えるチェ内官は、心配そうに世子《セジャ》の様子をうかがっていた。

時刻は子の正刻を優に過ぎている。子どもの頃から不眠に悩まされてきた世子《セジャ》だったが、この頃はさらにひどくなったように見える。このままでは体に障《さわ》ると思い、チェ内官は堪らず昊《ヨン》に声をかけた。

「世子様《セジャ》、ご就寝の時刻をだいぶ過ぎております」

本に見入っていた昊《ヨン》は、その声に顔を上げた。

「もうそんな時刻か」

「子の刻を過ぎたところでございます」

宦官や尚宮《サングン》たちは、腰を屈めた姿勢のまま薄暗い部屋の隅に控えている。君主につき合わされ、うつむく顔には眠気を湛えているに違いない。

誰を見てもラオンの姿が重なり、昊《ヨン》は長い溜息を吐いて本を閉じた。

「わかった」

「世子様《セジャ》」

今日はやけにすんなりお聞き入れくださるのですね、という言葉が思わず喉元まで出かかったが、チェ内官は慌てて飲み込んだ。それより世子《セジャ》の気が変わる前に、早く寝所へお連れしなければと、チェ内官は急いで重熙堂《チュンフィダン》の門を開けた。

間もなくして昊《ヨン》が門を出ると、その後ろから宦官や尚宮《サングン》たちの長い行列が続いた。ところが、い

くらも進まないうちに旲《ヨン》が立ち止まったので、チェ内官は心配になり、

「世子《セジャ》様、どうかなさいましたか?」

と声をかけた。だが、その声が耳に入らなかったのか、旲《ヨン》は返事もせずに資善堂《チャソンダン》のある方に顔を向け、何やら指折り数え始めた。
一、二、三、四……。資善堂《チャソンダン》に行かなくなって、もう七日が過ぎていた。妹のことや仕事の忙しさを理由にしていたが、本当はラオンと顔を合わせるのが気まずかった。それをなくそうと朝の掃除を言い付けたのだが、何の手違いか、ラオンではない別の宦官が送られてきてしまった。あれには拍子抜けしたが、かえってよかったかもしれない。ラオンを思い出すだけで胸の中がむずがゆくなり、自分でも戸惑うばかりなのに、そんな時に会ってもうまくいくとは思えない。もうしばらく、資善堂《チャソンダン》に行くのは控えよう。
旲《ヨン》は習慣のように指先で唇を撫で、またいつもの無表情に戻って寝所へ向かった。

ほかの宦官たちと同じく日課に参加するようになってから、ラオンはさらに忙しい日々を送っていた。毎日、寅の上刻(午前三時)に資善堂《チャソンダン》を出て、戻ってくるのは酉の下刻(午後七時)。仕事から帰ったら、今度は休む間もなく書机に向かい、『小学《しょうがく》』から『三綱行実図《さんこうこうじつず》』、『通鑑《つがん》』、さらには『四書《しょ》』まで勉強しなければならない。ほかの小宦たちが幼い頃から何年もかけて学んできたものを、

ラオンはあと数日で、それも独学で覚えなければならなかった。だが、一日中働いて、そのうえ遅くまで書机に向かっていると、さすがに大きなあくびが出てきた。

「もう寝たらどうだ」

ビョンヨンが声をかけたが、

「だめです。『経書《けいしょ》』の口述試験である講経《カンギョン》まで、あと数日ですから」

と言って、ラオンは本に向き直った。

「………」

「それにしても、キム兄貴。孔子様ときたら、口数が多すぎると思いませんか？　男でおしゃべりなのは宦官だけかと思っていましたが、かの賢人たちも決して負けてはいませんね。孔子曰く、孟子曰く、曰く、曰く、曰く。あちこちから色んなことを言われて、頭がおかしくなりそうです」

すると、梁の上から笑いを堪えるような声が聞こえてきたので、ラオンは驚いて耳をそばだてた。だが、何も聞こえてこなかった。やはり、キム兄貴が笑うはずないか。

ラオンは再び本に視線を戻した。本は孔子の教えで埋め尽くされているが、どれも何を言っているのかさっぱりわからない。ラオンは諦めてビョンヨンに教えを乞うことにした。

「キム兄貴、『子、曰く、巧言令色鮮し仁《こうげんれいしょくすくなしじん》』って、どういう意味かわかります？」

「………」

「キム兄貴？」

「うるさいな、寝かかっていたのに！」

ビョンヨンは怒りながらも梁の上から降りてきて、ラオンから少し離れた壁に寄りかかって座った。

「私がうかがいたいのは、『巧言令色鮮《こうげんれいしょくすくな》し仁《じん》』の意味です」

「………」

聞く相手を間違えたようだ。宮中の人が全員、『経書』を習っているわけではないだろうに。こんな時、温室の花の君様ならすぐに答えてくれただろう。ウォルヒ殿のために見事な『感《カム》慕《モ》如《ヨ》在《ジェ》図《ド》』に祝詞《のりと》まで書いてくれた温室の花の君様だ。物語ではこういう時、うそのように現れてくれるものだが、これは現実、自分で解決するしかない。ただ、一人より二人の方が知恵も倍になる。ラオンは再びビョンヨンに尋ねた。

「キム兄貴、これってもしかして、言葉巧みに意思の疎通を図り、誰に対してもいい顔をしろという意味ですか？」

「………」

ビョンヨンは黙ってそっぽを向いてしまった。

違うのかな？

ラオンは頭を掻き、細筆を口にくわえてさらに意味を考えた。

「では、これはどうです？　誰にでもいい顔をしてうまいことを言う人に限って、信用できない！」

すると、ビョンヨンがぼそっと、

「まあ、そんなところだろう」

と言った。ラオンの顔がぱっと明るくなった。キム兄貴もそう思うなら、あながち間違いではなさそうだ。ラオンはさっそく、余白に意味を書き込んだ。

「キム兄貴、これはどうです？　子曰く……」

「キム兄貴、孔子様の教えでは……」

「キム兄貴……」

その後も、ラオンは次々に質問を投げかけ、ビョンヨンは目を閉じたまま黙ってそっぽを向いたり、短く答えたりした。今のラオンにとっては、それだけでもありがたかった。一人で勉強するよりずっと頭が働くし、話しながら意味を解いていくのは思いのほか楽しく、ラオンは夢中で解釈を書き込んでいった。

ところが、しばらくするとラオンの質問が聞こえなくなった。様子が気になって、ビョンヨンが目を開けて見てみると、ラオンは細筆を握ったまま机に突っ伏して眠っていた。ビョンヨンはそっと細筆を抜き取り、先ほどまでラオンが意味を書き込んでいた本を見た。だいぶ進んだが、本はまだまだ先が残っていた。これくらいなら今夜のうちにすべて解くこともできるが……。

ビョンヨンは思案した末に、机の上に細筆を置いた。この手で筆を執るなど、許されるはずがない。

「世話が焼けるやつだ」

ラオンに自分の上着をかけてやり、ビョンヨンは外に出た。

白露の季節になり、朝夕と葉に雫《しずく》がつき始めたと思ったら、もう風が冷たくなった。

「落！　落！」

今日も学び舎《や》には朝からジン内官の声が鳴り響いた。ジン内官はいつも通り、厳しい目でラオンを見据えた。なかなか見込みはあるが、すべてにおいて周囲に劣ってしまう。もっとも、周りは皆、十歳になる前に宮中に上がり、宦官になるための教育を受けてきた者たちだ。それを、十七歳で召し抱えられ、初めて教育を受けるのだからついて来るのも大変な苦労だろう。

「そのままでは百年経っても小宦のままだぞ」

ジン内官はラオンの額に『落』の紙を貼り付けた。

「頑張ります」

ラオンは言ったたが、それはもちろん、正式な宦官になるためではなく、借金を返済し終えるまでの三年間は頑張るという意味だった。貴人のお爺さんに前借りした分を返済したら、その足でここを出よう。それまでの辛抱だ。

ジン内官がいなくなると、代わりにマ・ジョンジャが我が物顔で声を張った。

「『落』の者たちは、私について来い」

「今日は罰はないのですか?」

ト・ギは作り笑いを浮かべて言った。

「お前たちは、これから兵曹《ピョンジョ》の応援に行ってもらう」

マ・ジョンジャはそれだけ言うと、先に歩き出した。その後ろを、肩を落とした小宦たちがぞろぞろとついて行った。

「俺たちも行こう」

ト・ギに言われ、ラオンもついて行くことにした。ところが、その矢先、先に出発した小宦たちを追い越して、大勢の男がどこかへ向かっていくのが見えた。男たちのただならぬ様子に、小宦たちは避けるように端に寄って道を開けている。

「あの人たちは何です？」

「聞いていないのか？」

「ええ、何も」

すると、ト・ギは声を潜めた。

「ホン内官だから言うが、この話は誰にも言わないでくれよ」

ト・ギが言う話なら、もはや秘密ではないことをラオンは心得ている。だが、その顔があまりに真剣だったので、ラオンも真剣な顔をしてうなずいた。

「あれは、明温公主《ミョンオンコンジュ》様の御付きの者たちだ」

「公主《コンジュ》様の？」

「ああ」

「ただごとではなさそうな雰囲気でしたが、何かあったのでしょうか？」

「実は、公主様《コンジュ》は、さる名家の子息と文《ふみ》を交わしていたそうなのだ」

「名家のご子息と、文《ふみ》を？」

「それが突然、ぷつりと返事が途絶えたらしい。そのせいで初心《うぶ》な公主様《コンジュ》は恋の病にかかり、床に伏してしまわれたというわけだ」

恋の病で床に伏しているという話は以前にも聞いていたが、ト・ギはさらに新しい話を聞かせた。

「諦めきれない公主様《コンジュ》は先日、相手の家に使いを出されたそうなのだが」

「どうなったのですか？」

「公主様《コンジュ》に文《ふみ》を書いていたのは、実は本人ではなく、別の人物だったことがわかった。要するに、文《ふみ》の代書をしていた者がいたのだよ」

「………」

ラオンは言葉が見つからなかった。短い間だが代書で口に糊していた者として、他人事とは思えなかった。

「これには当然、公主様《コンジュ》もお怒りになり、公主《コンジュ》である自分を愚弄した者を必ず捜し出すようにと命じられたそうだ」

「どなたかは存じ上げませんが、その方もずいぶん大胆なことをしましたね。よりによって公主様《コンジュ》を騙すなんて」

「まったくだ」

「その代書をした人ですが、もし捕まったらどうなるのです？」

「さあ、それはわからんが、恐らく二つに一つだろうな」

「二つに一つとは？」

「絞首刑か、斬首刑かのどちらかだ」

「お気の毒ですね」

首を絞められて死ぬか、刎《は》ねられて死ぬか。いずれにせよ命はないということだ。我が身もさることながら、その代書をした人も本当にツイてないなと、ラオンは同情した。

十七　チャン内官の悩み

マ・ジョンジャが小宦たちを連れて訪れたのは、兵曹《ピョンジョ》の武器庫だった。武器庫の前にはすでに荷車が十台ほどあり、槍が山ほど積まれていた。その量に圧倒され、立ち尽くす小宦たちに、マ・ジョンジャは大声で言った。

「お前たち、何をぼうっとしている！　一刻後までに武器庫の中を片付けて、その槍をすべて運び入れておけ」

宮中のあらゆる雑務をこなすのが宦官の務めであることは百も承知だが、その中でも特にきつく、危険で汚い仕事は『落』を言い渡された落ちこぼれの小宦たちに回された。昨日はそれぞれの殿閣の鶏の糞を片づけ、今日は武器庫を掃除して新しい槍を運び入れろという。埃だらけの武器庫の中を見渡して、小宦たちは途方に暮れた。すると、マ・ジョンジャは嫌味ったらしく、

「何だ、その顔は？　それが嫌なら、お前たちも『及』をもらえばいいではないか」

と言って、今度はラオンを睨んだ。

「さぼったら容赦はしない。一刻後に見に来るから、それまでに終わらせておけ。でなければ全員に厳しい罰を与える。覚悟して励めよ」

マ・ジョンジャはそう言って、わざわざラオンの肩にぶつかって去っていった。

「あの野郎！」

ト・ギはマ・ジョンジャの後ろ姿に吐き捨てるように言い、痛そうに肩を押さえるラオンに向き直った。

「大丈夫か？」

「何ともありません。それより、早くやってしまいましょう。一刻のうちに終わらせられなければ、また何をされるかわかりません」

ラオンは袖をまくり、さっそく掃除に取りかかった。そして、皆で武器庫の中の掃除を終え、新たに届いた槍を運び入れている時だった。

「お前、サムノムじゃねえか？」

一人の男がラオンに声をかけてきた。懐かしい名前を呼ばれ、最初は聞き間違いかと思ったが、

「やっぱりそうだ。おい、サムノム！」

男に強めに肩を叩かれて振り向くと、そこには茫々に髭を生やした大柄の男が立っていた。

「もしかして、チョンさん？」

男は成均館《ソンギュンガン》にほど近い泮村《パンチョン》で鍛冶《かじ》職人をしている熊の旦那ことチョンだった。

「本当に、チョンさんですか？」

「お前こそ、雲従街《ウンジョンガ》の、あのサムノムか？」

チョンは熊のような厚みのある手で目をこすり、ラオンの顔を確かめた。

「そうです、サムノムです」

「久しぶりだな、おい。急にいなくなったんで、雲従街《ウンジョンガ》のみんながどんなに寂しがっているか。少し見ねえ間に、宦官になっていたのか？」

「まあ、そういうことになりました。それより、お元気でしたか？」

「俺は相変わらずさ。お前はよ、元気にやっていたのか？」

チョンはそう言って、もともと悪い人相をさらに険しくして睨みを利かせ、

「ここで意地悪するやつはいねえか？」

と、わざと周りに聞こえるように言った。

「そんな人、いませんよ」

ふと、ソン内官やマ・ジョンジャの顔が浮かんだが、正直に言えば相手の胸倉をつかみかねないので、ラオンは慌ててチョンを静かな場所に連れていった。それに、折り入ってチョンに尋ねたいことがあった。

「チョンさん、うちの母に会ったことはありますか？」

もしかしたらという期待を込めて聞いたのだが、チョンは意外なことを言った。

「会ったどころじゃねえやな」

「うちの母に、会ったことがあるのですか？」

「サムノムよ、お前の母さんは、先月からク爺さんの煙草屋で働き始めたんだ」

「母が、ク爺さんの煙草屋に？　そこで何をしているのです？　いえ、それよりダニは？　母は病気の妹を置いて働きに出ているのですか？　ダニの様子はどうです？　治療はうまくいっています

か？」

「ちょ、ちょっと待ってくれ。そんな一遍に聞かれても答えられねえよ」

とはいえ、家族を案じるラオンの気持ちは痛いほどわかり、チョンはラオンに聞かれたことを一つひとつ、親切に答えた。

「お前が急にいなくなってから、雲従街《ウンジョンガ》のみんなは毎日のようにク爺さんの店に行って、お前を捜せ、捜せと大騒ぎだったんだ。ク爺さんは仕方なくお前の家を訪ねたんだが、そこで、お前の母さんから妹さんの治療費のことを聞いたらしい。その時の家の中の様子を見て、暮らし向きが苦しいのを察したク爺さんは、お前の母さんを雇うことにしたんだ」

「ク爺さんが？」

ラオンは涙ぐんだ。

「ありがとうございます。このご恩は絶対に忘れないと、ク爺さんにお伝えください」

「礼には及ばねえだろう。お前さんのおかげで、あの店もかなり繁盛していたようだからな。気にすることたあねえよ」

「チョンさん、それで、妹のダニのことは何か聞いていませんか？」

「聞いているも何も、お前の母さんと一緒に、ク爺さんの煙草屋にいるのを何度か見かけたよ」

「ダニがお店に？　では、ダニは外に出られるくらい、元気になったのですか？」

「そこまではわからねえが、サンノム、こんな話、お前にしていいかわからねえんだが」

「構いません。言ってください」

「お前の妹さんだが」

「ダニがどうかしたのですか？」

「どうも様子がおかしいんだ」

「どうおかしいのです？」

「今に倒れちまうんじゃないかっていうくらい顔色が悪くてよ。体もがりがりに痩せちまって、あれじゃ普通の人の生活なんてできないだろうって、俺の女房も言っていたよ」

「ダニが、そんなに……」

　ラオンは頭がふらついて、立っているのもつらくなった。神医のもとで治療を受ければ、病気は治るものと思っていた。チョンの話はその後も続いたが、ラオンの耳には何も聞こえてこなかった。

王宮を囲む高い塀の向こうを見つめ、ラオンはチョンに向き直り、まっすぐに見て言った。

「チョンさん、一つ、頼まれていただけませんか？」

「命はやれねえが、サムノムの頼みなら何だって聞いてやるよ」

「うちの母に、私は元気だから、何も心配はいらないとお伝えください」

「任せとけ。言われなくても伝えるさ」

「それから、今度、宮中へいらっしゃる時は、妹の様子を教えてください」

するとチョンは困った顔をして頭を掻きながら言った。

「それは、ちょっと難しい相談だな」

「なぜです？」

「今日は調子が悪くなったやつがいて、代わりに来ただけなんだよ。王宮は、俺みてえなやつが易々と出入りできるようなところじゃねえからなあ。そんな事情で、この次のことは約束できねえんだ」

いつも兵曹《ピョンジョ》に槍を納めている男が、今日は腹痛で身動きが取れず、チョンに代わりに届けるよう頼んだということだった。

「そうですか……」

「そんなに気になるなら、お前が行って見て来ればいいじゃねえか」

「私が行って？」

「宦官だからって、王宮を出られないわけじゃないようだぜ。聞けば宦官が住む村があって、そこに暮らすやつらはてめえの家から王宮に通っているそうだ」

「そんなことが、できるのですか？」

「誰か、詳しい人間に聞いてみろ。王宮の外に出る方法を教えてくれるだろうよ」

「ありがとうございます。さっそく聞いてみます」

ラオンは、方法を知っているであろう人物の顔を思い浮かべた。

東宮殿《トングンジョン》から后苑《フウォン》に向かう道すがら、鬱蒼と茂る木々の間の小道を、ラオンはきょろきょろしながら進んだ。

「おかしいな、この辺のはずなのに」

ぶつぶつ言いながらしばらく歩いていると、大きな岩の後ろで人影が動いているのが見え、ラオンは足を急がせた。

「チャン内官様！」

ラオンが声をかけると、岩の後ろで地面に何かを書いたり消したりしていたチャン内官は、驚いて尻餅をついてしまった。

「なんだ、ホン内官でしたか」

「驚かせてしまってすみません。お怪我はありませんか？」

「いえ、大丈夫です」

チャン内官は起き上がり、足元の文字を爪先で掃き消した。何を書いていたのか気になったが、チャン内官の様子を見る限り、聞かない方がよさそうな気がした。

「こんなところまで何のご用です？　もしかして、私を捜しにいらしたのですか？」

「実は、チャン内官様に折り入ってうかがいたいことがあったのですが……」

ラオンはチャン内官が珍しく元気がないことに気がついた。

「チャン内官様、何かあったのですか？　ずいぶんお疲れのようですが」

このところ、チャン内官は毎朝の世子《セジャ》の寝所の掃除を任されている。気難しい世子《セジャ》が掃除係に指名したという話は瞬く間に広がり、宮中はつい先日までその話題で持ち切りだった。中にはそれを面白く思わない者もいたが、チャン内官はそんなやっかみをものともせず、立派に仕事をこなしている。そう、思っていたのだが、今日のチャン内官には、いつもの明るさはなく、うつむいて溜息を吐いてばかりいる。ラオンは岩の上に腰かけて、まずはチャン内官に事情を尋ねることにした。

「もしかして、世子《セジャ》様に叱られたのですか？」

チャン内官は下を向いたまま首を振り、ラオンの隣に座った。

「では、どうして元気がないのです？」

「心配なのです」

「何がです？」

「世子《セジャ》様のせいで、気持ちが落ち着きません」

「世子《セジャ》様に何かされたのですか？」

「私を見るたびに溜息ばかり吐かれるのです」

「溜息を？」

「ええ。それだけならまだいいのですが」

「ほかにも何か？」

「私のことを、色々とお尋ねになるのです」

「なぜでしょうか」

「私にもわかりません。でも、誰と仲がいいのか、朝は誰と会ったのか、資善堂《チャソンダン》には毎日行っているのかと、とにかく色々、それはもう、色々お聞きになるのです」

チャン内官はまた溜息を吐き、疲れ果てた様子で言った。

「こんなはずではなかったのです。こんなはずでは。目立たず静かに、平穏に過ごしたかったのに、ここへ来て世子様《セジャ》のお心に触れてしまうとは」

チャン内官はひどく思い悩んでいるように見え、ラオンはできる限り明るく励ました。

「考えすぎはよくありません。それに、チャン内官様の思い過ごしということも、あるかもしれないではありませんか」

「私の勘がそう言っているのです。間違いありません」

「ではまさか、世子様《セジャ》は、チャン内官様のことを？」

「そのようです」

ラオンにはとても信じられなかった。

「世子様《セジャ》なら、ほかにいい人はいくらでも……何か、確信がおありなのですか？」

「一度や二度ならまだしも、毎日です。世子様《セジャ》の寝所の掃除を任されるようになってから毎日、私のすべてを知りたがるのです」

「相手が世子様《セジャ》では、むやみに相談することもできないですものね。それで、一人で抱え込んでしまったのですね」

「そうなのです。とても苦しんでいます。そもそも君主とは無恥なもの。昔から、君主が女に走れば国が傾き、宦官に入れ込めば歴史が変わると言われます。だから私は、目立たず、静かに、影のように生きてきたのです。それなのに、結局こうなってしまいました。ホン内官、私はこれから、どうしたらいいのでしょう」

チャン内官の話を聞いて、ラオンは温室の花の君のことを思い出した。

「わかります。実は私にも覚えがあります」

温室の花の君様も世子《セジャ》様も、男を愛する男。私が知らないだけで、この世にはありふれた恋の形なのかもしれない。

「それはそうと、ホン内官も顔色が優れないようですが」

「実は、チャン内官様にうかがいたいことがあって捜していたのです」

「何でしょう?」

「今朝、偶然かつての知り合いに会ったのです」

「おや、そんなことが」

「おかげで母と妹の近況を聞くことができました」

「ホン内官には確か、お年を召したお母上と、病気の妹さんがいらっしゃいましたね」

「はい。母も妹も、頼れるのは私しかいないものですから、今頃どうしているのか、心配でたまりません。それに、今朝聞いた話では、どうも妹の具合が芳《かんば》しくないそうで」

「心配なら、様子を見に行くことはできますが……」

「様子を見に、行けるのですか?」

ラオンは身を乗り出してチャン内官を見つめた。

「ええ。通符《トンプ》をもらえば、いつでも宮中と外を行き来できます。王宮の外に暮らす宦官たちが当番制で宮中の勤めに出られるのは、そのためです」

ラオンは胸が高鳴った。

「その通符《トンブ》があれば、自由に外に出られるのですか？」

「出ることは可能ですが……」

「どこへ行けばもらえますか？」

「ホン内官が使うのですか？」

「はい。家に帰って、家族の様子を見てきたいのです」

「そうですね……」

「私では無理でしょうか？」

「残念ながら、ホン内官のような小宦たちは、上からの命令がない限り外に出られないことになっています」

「上からの、命令？」

「そうです」

「では、上の人に存在を知られていない私では無理ですね」

もしかしたらと期待したが、その分、落胆は大きくなって返ってきた。

「そうがっかりすることはありません。通符《トンブ》をもらう方法は、ほかにもあります」

「ほかにも方法があるのですか？」

ラオンは再び目を輝かせた。

「難しいことではないので、安心してください」

「その、難しくない方法を教えてください」

「もうすぐ講経《カンギョン》が行われます」

「そのことなら、私も月末に開かれると聞きました」

「内侍府《ネシブ》の慣例で、その試験で首席になった小宦には通符《トンブ》が与えられ、一日だけ家に帰ることができるのです」

「……………」

それのどこが、そんなに難しくない方法なのだ。

「ほかに方法はありませんか？」

「それ以外はありません。ですから、家族のもとに帰りたければ、頑張って首席になるほかはないのです」

ラオンは、ならば首席になろうと考えた。お祖父様はいつも言っていた。精神一到何事か成らざらん。精神を集中してことに当たれば、いかなる困難にも打ち勝てる。

だが、実際に首席になる道程を考えると自ずと顔が下を向いた。今の私では無理に決まっている。うなだれるラオンの肩を、チャン内官はぽんと叩いて言った。

「そんなに案ずることはありません。頑張ると言っても、本に書いてあることを覚えるだけです。さほど難しいことではありませんよ」

「チャン内官様は、首席になったことがあるのですか？」

「私は……」

チャン内官はすっと立ち上がり、

「家より宮中の方が性に合っていますから」

と言って、喉の奥が見えるほど大きく笑った。ラオンはそっと、遠くの空を見上げた。


一方、旲《ヨン》は少し離れたところからそんな二人の様子を見ていた。

「どうしてここに？」

后苑《フウォン》を散歩中にラオンを見かけた時は、息が止まるかと思った。ここは宮中で、ラオンは宦官なので、どこにいても不思議はない。だが、今は困る。

ラオンを見ているだけで気持ちが明るくなる。だから、気がつくといつもラオンの姿を捜している。ラオンがそこにいるだけで自然と笑いが出てくるから、自分でも不思議なくらいだ。

だがそれでは自分を保つことはできない。情を断ち、冷徹にならなければ君主は務まらないのだ。

旲《ヨン》は引き返そうとして、ふと無意識に唇を撫でていることに気がついた。そして、そんな自分に愕然となり、堪らずユルを呼んだ。

「ユル」

静かに頭の中を整理したかったので、散策には護衛の翊衛司右翊衛《イギサウイギ》ハン・ユルだけを供に従えていた。赤い武官服姿のユルは、旲《ヨン》のそばに寄り頭を下げた。

「お前ならどうする？」

「何をでございますか？」

「顔を合わせるのが憚《はばか》られる相手ができたら、どうする？」

「私は……」

ユルは主君の真意を探るべく、顔を上げて昊《ヨン》の視線を辿った。

「それが戦うべき相手なら、最後まで戦います。それでもだめなら、抗わず、流れに任せるのではないかと」

「お前もそうか。いくら避けても目の前に現れてしまうのだから、ここは男らしく正面からぶつかる方がよさそうだ」

昊《ヨン》はユルに顔を向け、吹っ切れたような表情で言った。心にかかっていたもやが一気に晴れた気分だった。避けてもだめなら、いっそ避けるのをやめてみよう。それでもだめなら……。

その時は、流れに身を任せてみるのも悪くない。

昊《ヨン》は晴れやかな顔をして、東宮殿《トングンジョン》に引き返した。


一日が終わり、資善堂《チャソンダン》に戻るなりラオンはビョンヨンを捜した。

「キム兄貴！　キム兄貴！」

だが、ビョンヨンは梁の上にもいなかった。

「どこに行ったのだろう?」

ビョンヨンがいないのがわかると、抱えてきた本がやけに重く感じられた。ラオンは気を取り直して机に向かった。講経《カンギョン》まであと五日。まずは急いで意味を解こう。意味がわかれば、覚えるのがずっと楽になるはずだ。

「キム兄貴が来たら手伝ってもらおう。意味を解くのに三日。残る二日で暗記する。チャン内官が言うように、書かれていることをすべて覚えれば首席だって夢じゃない。頑張れラオン、頑張れ私!」

ラオンは自分で自分を励ました。ところが、遠くで通行禁止を知らせる鐘の音が聞こえても、ビョンヨンは帰らなかった。文字でびっしり埋め尽くされた本を机の上に開いたまま、ラオンは深い溜息を吐いた。この意味を解くのは気が遠くなる作業だ。

「とにかく、できるところまでやってみよう」

ラオンは自分を奮い立たせるようにつぶやいて、また一頁、本をめくった。

だが、それから何頁かめくったところで、ラオンは舟を漕ぎ始めた。一日中、働きづめの体は疲れ果てていた。そして、とうとう本に突っ伏した時、誰かが資善堂《チャソンダン》の門を開けて入ってきた。

十八　不思議なこと

竹林の中を一陣の風が吹き抜けていく。頬を撫でる風は清々しく、ラオンは目を閉じ、うっすらと微笑んで体中で風を感じた。いい気持ちだ。

すると、風の中にかすかに匂いがした。麝香《じゃこう》のような、夏の野花のようないい匂いだ。

誰の匂いだろう？

ラオンは香りのする方へ顔を向けた。すると、辺りの風景ががらりと変り、品のいい立派な部屋が現れた。見覚えのあるその部屋に驚いていると、

「ホン内官、何をしているのです！　早く跪《ひざまず》いて！」

と、誰かが言った。振り向くと、チャン内官が平伏したまま、手振りで合図を送っている。さらに門の外からは、

「世子《セジャ》様のお成り！」

という朗々とした声が聞こえてきて、ラオン慌てて平伏した。

門が開き、重々しい足音が聞こえてきた。その足音が通り過ぎる時、風が吹いた。

この匂いは、さっきの……。

そっと目を閉じ、胸いっぱいにその匂いを吸い込んだ。とても好きな匂いだ。心を包み込むよう

な、どこか懐かしい感じがする。気難しく、皆に恐れられる世子《セジャ》様の匂いに温もりまで感じるのは妙な気分だ。

　でもこの匂い、どこかで嗅いだことがあるような……。

　思い出そうとしていると、

「面《おもて》を上げよ」

　と、世子《セジャ》が言った。

「恐れ多いことにございます」

　すると、世子《セジャ》はもう一度命じた。

「面を上げよ」

　二度も言われては断れない。思い切って顔を上げると、信じられないことに、目の前にいるのは世子《セジャ》ではなく温室の花の君、旲《ヨン》だった。

「温室の花の君様……ここで何をしていらっしゃるのです?」

　旲《ヨン》は笑いかけてきた。いつもの冷徹な表情とは違って、見たこともない穏やかで親しみのある笑顔だ。旲《ヨン》は子どものように屈託のない顔で笑い、指先を唇に押し当ててきた。そして、その指先を今度は自分の唇に押し当てた。

「何をなさるのです!」

　思わず大声で言うと、旲《ヨン》は、

「忘れたのか?」

と言った。

「あのことなら、ただの事故です。温室の花の君様も、そうおっしゃったではありませんか」

すると、旲《ヨン》は悲しそうに、

「本当に覚えていないのだな」

と言って、霧のように消えてしまった。

「温室の花の君様！」

とっさに呼び止めたが、再び風が吹いて今度は別の男が現れた。梁の上に座り、不機嫌そうにこちらを見下ろしている。

「世話が焼けるやつだ」

「キム兄貴！」

なぜ急にビョンヨンに変わったのかはわからないが、会えてうれしいことには変わりない。ところが、そこでまたしても風が吹き、ビョンヨンは砂となって消えてしまった。

「キム兄貴！」

消えたはずの旲《ヨン》とビョンヨンは、きらきらと輝く花びらとなって周囲を舞い始めた。


「キム兄貴！　温室の花の君様！」

ラオンは二人の名前を叫びながら目を覚ました。寝ぼけ眼で見上げると、梁の上にビョンヨンの姿はなく、自分を取り巻くように舞っていた眩《まばゆ》い花びらもなかった。

夢か。勉強の途中で眠ってしまったようだ。

ラオンは目をこすり、大きなあくびをしながら体を伸ばした。

「やっと起きたか」

すると、肩越しに白い顔が見えた。うっとりするほど美しいその顔をしばらく見つめ、ラオンは再び目をこすった。

「まだ夢を見ているのかな？」

「ずいぶん大きな寝言だ」

「温室の花の君様！」

これは夢ではないらしい。ラオンはようやく意識がはっきりしてきた。どうやら温室の花の君様は、私がごろ寝をしている間に来たらしい。

ラオンは今しがた、夢で見た昊《ヨン》の笑顔を思い浮かべた。

「お久しぶりです」

夢に出てきたこともあって、昊《ヨン》の顔が見れて素直にうれしかった。ただ、二人の名前を叫びながら飛び起きたのが気になった。

「温室の花の君様は、いつからここに？」

すると、昊《ヨン》は何食わぬ顔で答えた。

「お前がキム兄貴と僕を呼んだ時からだ」

「………………！」

何もその瞬間に居合わせなくても。穴があったら入りたい気分だ。

ラオンがうつむいていると、旲《ヨン》は机の上の本を指して言った。

「ここ」

「はい？」

「解釈が間違っている」

「どこですか？」

ラオンは試験勉強の途中だったことを思い出した。ビョンヨンがいなくて心細かったこともあり、机ごと旲《ヨン》のそばに移動して、ありがたく教えを乞うことにした。

「本当はどういう意味なのですか？」

旲《ヨン》は答えようとして、首筋にふと、ラオンの息を感じた。ラオンは答えを聞こうと、大きな瞳でじっと旲《ヨン》の唇を見つめている。旲《ヨン》が無表情で顔を強張らせていると、ラオンは本の中を指さして意味を尋ねた。

「温室の花の君様、この一文なのですが……」

旲《ヨン》は堪らず、

「男のくせに、べたべたするな！」

と言ってしまった。

すると、ラオンはばつが悪そうに笑い、

「すみません、近すぎましたか?」

と言って、少し離れて座り直した。

すると、昊《ヨン》は不満気に咳払いをした。首筋に息がかかるくらい近くにいられると、どうしていいかわからなくなる。だが、ラオンが離れて座るのは、それはそれで嫌だった。

昊《ヨン》は気難しそうに眉間にしわを寄せ、しばらくすると今度は自分からラオンに近寄った。

「何を勉強しているのだ?」

「講経《カンギョン》に向けた勉強です」

「試験勉強というわけか。これでは成均館《ソンギュンガン》の学生たちも顔負けだな。こんなに勉強して、試験でいい成績を取らないと誰かに叱られるのか?」

「落第になると、学び舎《や》の中庭を五十周しなければなりませんが、そのために勉強しているのではありません」

「では、何のためにそれほどまで勉強しているのだ?」

「首席になるためです」

「首席?」

昊《ヨン》は笑いを吹き出した。

「ろくに意味も読み解けないのに、ずいぶんとでかく出たな」

「芽吹いたばかりの、新米宦官の夢を踏みにじるようなことを言わないでください」

「芽吹いたばかりの新米？　饐《す》えた匂いのする黄ばんだ古株じゃなく？」

「私の祖父はよく言っていました。精神一到何事か成らざらん。何事も集中してことに当たれば、できないことはありません」

「いくら精神を集中させたところで、できないことはできないものだ」

「人のことは一寸先はわからないものです。念ずれば通ずで、私だって首席になれるかもしれないではありませんか」

「………」

「努力に勝るものはないそうですので、誰が何と言おうと、私は首席になります。首席になって、母と妹のダニに会いに行くのです」

それを聞いて、昊《ヨン》は顔色を変えた。

「では、お母上と妹に会うために必死で勉強していたのか？」

「はい」

「もしかして、宮中に来たのも同じ理由で？　家族のために？」

ラオンは答えなかったが、無言の返事がすべてを物語っていた。昊《ヨン》はラオンの横顔をまっすぐに見つめた。まだ数えで十七歳。この小さく細い肩に、想像もつかないほど重い荷を背負っているのだろう。

「そろそろ、その肩の荷を下ろしてもいいのではないか？」

「どういうことです？」

「お母上と妹のために宦官にまでなったのだから、もう十分だと言っているのだ。これからは家族のためではなく、お前自身のために生きても誰も文句は言うまい」

ラオンはじっと、昊《ヨン》の目を見返して言った。

「温室の花の君様には、家族は重荷なのですか？」

「…………」

「私にとって母と妹は、私が生きる理由そのものです。人生は、自分のためだけに頑張るには限界があります。母と妹がいるから私は頑張って生きていけるのです。重荷だなんて思ったことはありません」

昊《ヨン》は何も言わず、じっとラオンを見つめた。文句一つ言わず、自ら重い責任を背負って生きようとするラオンの姿は立派であり、不憫でもある。

昊《ヨン》はそっと席を立った。

「もうお帰りですか？」

部屋を出て行こうとする昊《ヨン》を、ラオンは引き留めるように言った。

「もう一度言うが、僕は忙しいのだ」

「そういえば、妹さんの具合はいかがです？」

「そのことなら、時が薬だ」

「時が薬？」

「大人になるための通過儀礼というか」

ラオンが意味を理解できずにいると、旲《ヨン》はあれ、という顔をした。

「僕の妹の具合が悪いことを、どうして知っているのだ？」

「キム兄貴が教えてくれました」

「あいつが自分からべらべら話すことはないだろうし、お前がしつこく聞いたのではないか？」

「…………」

「どうして？」

「どうしてって、別に……」

「しばらくここへ来なかったから、僕に会いたくなったのか？」

旲《ヨン》は冗談のつもりで言ったが、ラオンは意外にもむきになった。

「変なことを言わないでください！　別に理由なんて……そう、例えば毎日見ていたお隣さんのマルボクが、ある日、突然いなくなったら心配になるではありませんか。そんな、その程度の気持ちで聞いてみただけです」

ラオンは言ったそばから自分でも言いすぎたと思ったのか、慌てて本を読みだした。その姿を見て、旲《ヨン》は静かに微笑んだ。ラオンの反応が愛らしくさえ思える。だが、そんな自分に驚いて、旲《ヨン》はわざとらしいほど無表情になった。

いつもこうだ。ラオンを見ると、自然と笑いが出てしまう。これ以上長居をしたら、この得体の知れない魔術に永遠に操られてしまいそうで、旲《ヨン》は急いで部屋を出た。

資善堂《チャソンダン》の門を出ようとしたところで、塀の上から低い声が聞こえてきた。

「もう行くのか？」

ビョンヨンは無言で旲《ヨン》のそばに飛び下りた。

「帰ったなら、中に入って来ればいいのに」

旲《ヨン》が言うと、ビョンヨンは資善堂《チャソンダン》の中をくいとあごで指し、

「もうちょっといたらどうだ。あいつ、世子様《セジャ》が来るのをずっと待っているようだったぞ」

と言った。

「そうだったのか？」

先ほどむきになって否定したラオンの姿を思い出し、旲《ヨン》は微笑んだ。そしてふと思い出して、ビョンヨンに聞いた。

「ところで、マルボクって誰のことか知っているか？」

それを聞いて、ビョンヨンは笑い出した。

「どうして笑うのだ？　マルボクを知っているのか？」

「昔、隣の家が飼っていた犬の名前だそうだ」

「何、犬の名前？」

旲《ヨン》は唖然となった。世子《セジャ》である自分を犬に例えるとは信じられない所業だ。本当なら厳しく咎めるところだが、旲《ヨン》は自然と笑っていた。怖いもの知らずで、いつもどこか憎めない。なぜそう思うのか、旲《ヨン》は自分でも不思議だった。

ビョンヨンが昊《ヨン》を見送り、資善堂《チャソンダン》の中に入ったのは、それから一刻後のことだった。部屋に入ると、ラオンは机に突っ伏していた。

「ラオン」

ビョンヨンはラオンのそばに屈み、顔をのぞき込んだ。その眼差しは、いつもとは違ってどこかつらそうだった。先ほど、ラオンと昊《ヨン》が話すのを偶然、外で聞いたせいだった。夢も希望もないこの宮中で、一生懸命に生きようとするラオンが、今日は余計に不憫に思えた。

「おい、ラオン」

ビョンヨンはラオンの肩を優しく揺らした。

「ダニ、もうちょっと待っていてね。母さん、もう少しで会いに行くから……待っていてね……」

ラオンは寝言を言い、反対側を向いてしまった。

「首席になると豪語しておいて、もう寝ちまったのか」

人より小さい体で、朝から晩まで働きづめでは無理もない。最近は仕事が終わったあとも、夜更けまで机に向かっている。

ビョンヨンはラオンの本をのぞき、しばらく迷ったが、細筆を握った。昔はこの筆を自分の腕のように思っていたが、今は筆の感触に違和感を覚えるばかりだ。ラオンは夢でも見ているのか、楽しそうに笑っている。きっと夢の中で家族と会っているのだろう。ビョンヨンは微笑んだ。

こんな小さい体で家族を守ろうと力一杯戦っているのに、俺は何を躊躇《ためら》っているのだ。
ビョンヨンは筆先を墨に浸し、本の余白に易しく意味を書き込んでいった。

十九　世渡りの術

「キム兄貴、キム兄貴！」

翌日、早朝に目を覚ましたラオンは、起きがけに大きな声でビョンヨンを呼んだ。ビョンヨンが気怠そうに振り向くと、ラオンは目を輝かせ、本を見せながら尋ねた。

「キム兄貴が書いてくださったのですか？」

「何事かと思ったら、そんなことくらいで寝ている人間を起こすな」

「そんなことくらいではありません！　こんな、夢みたいなことが起きるなんて！」

キム兄貴は最高だという意味を込めて、ラオンは弾けそうな笑顔を見せた。

「世話が焼けるやつだ」

ビョンヨンは少し照れた様子で寝返りを打った。

「キム兄貴」

「…………」

「キム兄貴」

「何だ」

「大好きです」

「………」

ビョンヨンの肩がわずかに動いたのを見て、ラオンは資善堂《チャソンダン》が吹き飛ぶほどの大声で、

「私は、キム兄貴が大好きです！」

と言った。

「世話が焼けるうえに、なかなかの策士だな」

ビョンヨンは照れ隠しにそう言って、ラオンに振り向いた。

「うそ……」

「今度は何だ」

「キム兄貴、今、笑いましたね？」

この俺が、笑った？　まさか。

ビョンヨンは無理やり無表情を作った。

「無理に怖い顔をなさることないではありませんか。そんなに素敵な笑顔をしているなら、もっと笑えばいいのに」

「お世辞はほどほどにしておけよ」

「もったいないな」

「何が？」

「キム兄貴の笑顔を一人で見るなんて。街の娘たちが見たら、みんな黄色い悲鳴を上げて追いかけてきますよ」

「もうその辺にしておけ」

例のごとく冷たく突き放すようにビョンヨンが言うと、ラオンはすかさず人差し指を突き立てた。

「私の祖父はよく言っていました。人は幸せだから笑うのではなく、笑うから幸せになるのだと。だから私は――」

「………」

「キム兄貴には、笑って欲しいのです」

すると、ビョンヨンは急に暗い顔になった。

「俺は、幸せになる資格のない人間だ」

「そんなことありません。幸せになるのに、なぜ資格が必要なのです？」

ラオンはついむきになった。だが、ビョンヨンはそれ以上は何も答えなかった。

「キム兄貴……」

見慣れたはずの広い背中が、やけに寂しそうに見える。ラオンの目に、ビョンヨンがまとう影が、いつもよりはっきりと見える気がした。


「おはよう、ホン内官」

ラオンが学び舎《や》に着くと、同僚とおしゃべりをしていたト・ギが気づいて駆け寄ってきた。

「おはようございます、ト内官様」

「講経《カンギョン》の準備ははかどっているか？」

ラオンは返事をする代わりに『論語』を振って見せた。余白にびっしり意味が書き込まれていて、ト・ギは感心しっぱなしだった。

「これはすごい」

「でしょう？」

「でも、どうして『論語』を勉強しているのだ？」

「今回の講経《カンギョン》は、孔子から出題されるとうかがいましたので」

「誰から言われたのだ？」

「マ内官様から、そううかがいました」

ラオンはマ内官の方に顔を向けた。すると、ト・ギはいきなり怒り出した。

「マ・ジョンジャのやつ！」

「どうかなさいましたか？」

「前に言ったろう？　マ・ジョンジャは後ろ盾のない、立場の弱い小宦が警戒すべき要注意人物の一人だと。こうやって、新参の小宦たちをことごとくいじめるやつなのだ」

「いじめる？　それでは、マ内官様はうそをおっしゃったのですか？」

「今回の試験は、『論語』以外の『四書』から出題される」

「そんな！」

ラオンは信じられない思いでマ内官を見つめた。すると、その視線に気づいたマ内官が二人のもとへやって来た。

「その目は何だ？」

「マ内官様、先日私に、今回の講経《カンギョン》は『論語』から出題されるとおっしゃいましたよね？　あれはうそだったのですか？」

「私がいつそんなことを言った？　私はただ『論語』と言っただけで、講経《カンギョン》で出題されるとは言っていないぞ」

マ内官は悪びれる様子もなくそう言うと、悠々と立ち去った。ラオンは悔しさを噛みしめながら、その姿を見送るしかなかった。ほかの者たちにとっては宦官として正式に宦籍に名を載せるための試験だが、ラオンにとっては家族に会いにいくための唯一の希望だった。そのために頑張ってきたが、その希望はこれで断たれてしまった。

「マ内官様は、どうして私を憎んでいらっしゃるのでしょうか」

「憎んでいるわけじゃないさ」

「それなら、なぜこのような意地悪をなさるのか、私には理由がわかりません」

「もともとそういう人間なんだよ、マ・ジョンジャは」

ラオンは何も言わなかった。もともと悪い人などいない。いい人も意地悪な人も、そうなる理由があるはずだ。マ内官にも、他人にはわからない事情があるのかもしれない。だが、マ内官の理由のない嫌がらせのせいで、家族に会えなくなってしまった。何より、自分のために本一冊分、びっしり意味を書き込んでくれたビョンヨンの気持ちを無碍《むげ》にしてしまったことが申し訳なくて、ラオンは涙がこぼれそうになるのを必死で堪えた。


「キム兄貴！」

仕事を終え、資善堂《チャソンダン》に戻ると、ラオンは真っ先にビョンヨンを捜した。だが、この日も梁の上に気配はなかった。このところ、ビョンヨンが資善堂《チャソンダン》を空けることが多くなっている。用事があるのだろうが、誰もいない部屋に帰るのはとても寂しく、孤独を突きつけられる。ビョンヨンがいる時は、自分の本当の姿に気づかれるのではないかといつもひやひやするが、いない時はただでさえ広い資善堂《チャソンダン》が余計に広く感じられ、心細くなる。朝、目を覚ますと梁の上で寝ているので、毎晩ちゃんと帰ってきてはいるようだが。

「マ・ジョンジャの話を聞いて欲しかったのに」

ラオンはうつむき、すぐに顔を上げた。落ち込んでいる暇はない。マ・ジョンジャのために、今までの努力を無駄にするなんて馬鹿みたいだ。

ビョンヨンが書き込んでくれた内容を思い浮かべ、ラオンは自分を励まして部屋の片隅に積み上げられた本を手に取った。

『精神一到何事か成らざらん』の言葉を胸に、初めて開く本の内容を、一言一句、自分の脳裏に刻み込むように読み進めていく。

ラオンはその後も母さんと妹に会うのだという一心で机に向かい続け、勉強は子の刻を過ぎるまで続いた。

ふと、背後から誰かの溜息が聞こえた。てっきりビョンヨンが帰ってきたのだと思い、ラオンはうれしそうに振り向いた。だが、そこにいたのは見知らぬ老人だった。

「どちら様ですか?」

声をかけたが、老人は黙ってこちらを見ているだけだ。ラオンは次第に、老人の顔に見覚えがある気がしてきた。いつだったたか、どこかで会ったことがあるような……。

「あなたは、あの時の!」

ラオンは跳ねるように立ち上がった。老人は紛れもなく、四百両の大金を貸してくれた貴人だった。取るに足らない証文だと私を騙して、内侍府《ネシブ》の宦官に追いやった天下の大詐欺師!

「どうしてここにいらっしゃるのです? いえ、そんなことより、ちょうどよかった。あなた様にお尋ねしたいことがたくさんあります」

息巻くラオンを呆れた顔で見て、前判内侍府事《パンネシブサ》パク・トゥヨンは資善堂《チャソンダン》の中を見渡した。

「行くべきところへは行かず、ここで何をしているのだ?」

「はい?」

「まあ、いい」

パク・トゥヨンは懐《ふところ》から小さな帳面を取り出し、ぱらぱらとめくりながら、

「落、落、落。見事に落ばかりだ」

と言って、指でも挟みそうな勢いで帳面を閉じ、ラオンを見据えた。

「私の面子は丸潰れだ」

「はい？」

「来なさい。私が特別に指導してやる」

「え？」

「お前は『はい』か『え』しか言えんのか！」

「いえ、あの……」

突然現れて、この人は何を言っているのだろう。


「どうして私を騙したのですか？」

資善堂《チャソンダン》を出るなり、ラオンはパク・トゥヨンを問い質した。

「騙すとは何のことだ？」

「取るに足らない証文だと、目をつぶっていれば一瞬で終わるとおっしゃったではありませんか！　宦官になるのは、取るに足らないことなのですか？　目をつぶっていれば、一瞬でなれるものなのですか？」

「何だって？　最近は耳が遠くてかなわん」

パク・トゥヨンはとぼけた顔をして耳をほじり、ラオンの言うことに答えようともしない。

「ほかに、どんなうそをついたのです？」

「何のことだかさっぱり」

「先にいただいたお金を返したら、王宮を出られるのですよね？」

「……………」

「今ここで約束してください。三年後、お借りしたお金を返したら王宮を出ていいと、約束してください」

パク・トゥヨンはしばらく無言で考えて、大きくうなずいた。

「わかった。約束しよう。だが、その代わり」

パク・トゥヨンはラオンに座るよう手招きした。

「お前にも約束してもらう」

「約束？」

「宦官として、立派に務めを果たすという約束だ」

「そのために、今、頑張っています」

「頑張るだけではいかんのだ。立派な宦官になってもらわねば困る。だのにお前ときたら、姿勢、落。目線、落。歩き方、落。基本的素養も落。よくもここまで私の顔に泥を塗ってくれたものだ」

「では、これ以上、どうすればいいのですか？　ほかのみんなは物心ついた時から宦官としての教育を受けてきました。字を覚えると同時に、基本的素養を身につけるための講義を受けてきたのです。そんな人たちの中で、やり始めたばかりの私は競い合わなければならないのです。私だって、毎日毎日、必死で頑張っています」

「そんなやり方で、どう競うと言うのかな？」

「だったら、どんなやり方ならいいのですか！」

「宮中で生き残るには、世渡りの術を身につけなければいかん」

「世渡りの術？」

「まずは」

と、パク・トゥヨンは懐《ふところ》から一冊の本を取り出した。

「これを」

「何です？」

「過去三十年分の出題をまとめてある。我々の中では、族譜と呼ばれる、とても大事なものだ」

「族譜ですか？」

「さよう。これさえあれば、内侍府《ネシブ》の試験は朝飯前だ」

「しかし、それでは『四書』の真理を会得することにはなりません」

「四書の真理など、知ってどうする」

「どうするって」

「そのような真理の探究は、教育を司る集賢殿《チッピョンジョン》の者たちに任せておけばいい。我々は王様をはじめ、王族の方々のおっしゃることを聞き分けられればそれでいいのだ」

「そんな」

「考えてもみなさい。学問なら、この朝廷は秀才の集まりだ。我々の務めは、王室の安寧《あんねい》と平安を物心両面で支えること」

「ですが」

「まだあるのか?」

「これでは、ズルをすることになります」

「それは違うぞ」

パク・トゥヨンはきっぱりと首を振った。

「違う?」

「そうだ。これは決してズルではない」

ラオンは族譜を指さした。

「では、これは何なのです?」

「それこそを世渡りの術と言うのだ」

平然とそう言ってのける貴人に、ラオンは呆れてしまった。

「私には、どう見ても正当なやり方とは思えません」

出題を事前に知っていれば、有利になるのは当然だ。

ところが、パク・トゥヨンはむしろ、ラオンに呆れた。

「見た目は女泣かせのくせして、こうも堅物では話にならん。いいか、今は官職も金で買われる世の中だ。これしきのこと、ズルのうちにも入らん。宮中では、これができる者を世渡り上手と呼ぶのだ。そしてこの程度のことなら、ほかの者たちも当然やっておるわ」

「ではまさか、ほかの皆さんも、これを持っているということですか？」

「今さら何を言っているのだか」

「それでしたら、なおさら不要なことです」

「何だと？　またどうして？」

ここまで言えば大人しく受け取るだろうと思っていたが、ラオンが予想外のことを言うので、パク・トゥヨンは戸惑った。

「首席にならなければ、私には意味がないからです」

「何、首席だと？」

「講経《カンギョン》で首席になれば、小宦でも通符《トンブ》をいただいて、一日の外出が認められるそうなのです」

「ふむ、内侍府《ネシブ》に代々伝わる習わしだ」

「あなた様のおかげで、母と妹のそばを離れることになって早数ヵ月。この間、妹の病状は思うように快復していないそうで、ですから私は、何としてもこの試験で首席になって、母と妹に会いに行きたいのです。でも、ほかの方たちも族譜をお持ちなら、私がいただいたところで何の役にも立ちません」

皆と同じ条件なら、私には勝ち目がない。

「なるほど、そういうことか」

事情を知り、パク・トゥヨンは笑い出した。そしてふと笑いを引っ込めて、ラオンの前にぬっと顔を寄せて言った。

「よく聞くのだ。これはほかの者たちが持っている族譜とはわけが違う」

「何が違うのです?」

「この三十年の間、内侍府《ネシブ》の試験問題を作っていたのが誰か知っておるか?」

「知りませんよ、そんなこと」

「私だ」

ラオンは思わず、パク・トゥヨンを凝視した。その反応に満足し、パク・トゥヨンは会心の笑みを浮かべた。

「私の言いたいことが、ようやくわかったかな?」

「それでは……」

「ほかの者たちが知っているのは、せいぜいこの辺りから出るだろうという出題の範囲くらいだ。だがこの族譜には、実際に試験に出る問題が記されている。言い換えれば、ほかの者たちが五行覚える間に、お前は正解を一行覚えるだけで済むということだ」

「つまりその分、より多くの正解を覚えることができ、首席になる可能性も高まるということですね」

「さよう」

ラオンは今日一番の、満面の笑みを浮かべた。

「ありがとうございます、貴人！」

「よろしい」

「今度の講経《カンギョン》で、必ず首席になります」

「当然だ。それでなくては、お前を推挙した私の顔が立たん」

「まさに一石二鳥ですね」

二人はお互いに顔を見合わせ、大声で笑った。


ラオンに族譜を渡し終え、パク・トゥヨンは儲承殿《チョスンジョン》にほど近い、ある殿閣に向かった。殿閣の庭で膝を抱え、遠くを眺めていた老人は、パク・トゥヨンに気がつくとうれしそうに笑った。数十年来の朋友で、前の尚膳《サンソン》ハン・サンイクだ。

「どうだった？」

パク・トゥヨンはうなずき、

「無事、渡して来たよ」

と言った。すると、ハン・サンイクは立ち上がり、両手を袖の中に突っ込んで言った。

「果たして、あの子で務まるかどうか」

「我々は見守るほかあるまい」

「族譜があったところで、講経《カンギョン》で十の指に入るのは難儀であろう」

「そうだな」

パク・トゥヨンは再びうなずいた。

二十　王の返事

もうすぐ山の尾根が赤く染まり、野の穀物は黄に色づいて首《こうべ》を垂れ始める。嘉俳《カベ》（旧暦の八月十五日）と呼ばれる十五夜の祭りを数日先に控えた夏の終わり、講経《カンギョン》は三日後に迫っていた。

その日、ラオンは早朝からぶつぶつ唱えながら資善堂《チャソンダン》を出た。貴人から族譜をもらった日から、『四書』を丸暗記している。『論語』はもちろん除いてだ。族譜をもらえたのは幸運だったが、とにかく時間がなかった。そのため、ラオンは寝る間を惜しみ、さらに資善堂《チャソンダン》と学び舎《や》を行き来するわずかな間も、すべて勉強に充てていた。

学び舎《や》に到着すると、さっそくマ内官が近づいて来た。まるでラオンが来るのを待ち構えていたようだった。

「ホン・ラオン」

「はい」

今日はまた何を言うつもりだろうと身構えるラオンに、マ内官は厭《いや》らしい笑みを浮かべて言った。

「今日から、講義が終わり次第、淑儀殿《スギジョン》でお文婢子《クロルビジャ》をするようにというソン内官様からのご命令があった」

「淑儀殿《スギジョン》ですか？」

「そうだ。パク淑儀《スギ》様がいらっしゃる殿閣だ」

「淑儀《スギ》様なら、王様とともに湯治《とうじ》へ行かれたとうかがいましたが」

「淑儀《スギ》様は行かれてはいない。王様も昨夜、王宮にお戻りになった」

「わかりました。淑儀殿《スギジョン》へは、ほかに誰が行くのでしょう?」

いつも『落』をもらった落ちこぼれの小宦たちと一緒に動くので、淑儀殿《スギジョン》へも当然、一緒に行くものだと思ったが、マ内官は首を振った。

「淑儀殿《スギジョン》に行くのは、お前だけだ」

宮中から外へ文《ふみ》を届けるお文婢子《クロルビジャ》は、本来、女官の役目だ。その役目を宦官にさせる話など聞いたことがなく、ラオンは怪訝に思った。

「お文婢子《クロルビジャ》は女官の務めのはずです。淑儀《スギ》様にも御付きの女官がいるのに、どうしてそのお役目が私に来るのですか?」

生まれつき切り落とすものを持たない身とはいえ、仮にも宦官の端くれとして王宮に仕えている。

すると、マ内官は苦々しい顔をしてラオンに言った。

「この私が、お前なんぞに事細かく説明をしてやるのは癪《しゃく》だが、そんなに聞きたいなら教えてやろう。淑儀《スギ》様より、王様に文《ふみ》をお届けする宦官をよこすよう仰せつかったからだ。わかったら、つべこべ言わずに淑儀殿《スギジョン》へ行け!」

知りたいのは王様への文《ふみ》を宦官に託す理由だったが、これ以上はマ内官の怒りを買うだけなので、ラオンは黙って従うほかはなかった。

「わかりました」

釈然としないままラオンが引き受けると、マ内官はようやく満足したようだった。その笑顔がソン内官に重なり、ラオンは胸騒ぎがした。


『集福軒《チッポッコン》』と書かれた額を掲げる淑儀殿《スギジョン》は、つつじの花で染め上げたような濃い桃色の、こじんまりとした小さな殿閣だった。ラオンは門の中に入ろうとして、聞き慣れた声に呼び止められた。

「ホン内官！」

振り向くと、チャン内官が手を振って近づいてきた。

「チャン内官様、お久しぶりです。ここへは、どうなさったのです？」

「中殿《チュンジョン》様の中宮殿《チュングンジョン》まで、ちとお使いがありましてね」

「それでは、王様と一緒に湯治《とうじ》からお帰りになったのですね」

「影の形に随《したが》うが如しです」

「なるほど」

「そういうホン内官こそ、どうしてここにいるのです？」

「先ほど、淑儀《スギ》様のお文婢子《クロルビジャ》を命じられました」

チャン内官は顔色を変え、

「そんな！　では、今日から淑儀《スギ》様のお文婢子《クロルビジャ》を務めることになった宦官というのは、ホン内官のことだったのですか？」

と、ひどく驚いた。

「そうですが……チャン内官様、どうかなさいましたか？」

この展開には覚えがあった。資善堂《チャソンダン》に配属された時と同じだ。ラオンはもしかしてと思い、聞いてみることにした。

「もしや、ここでも誰か亡くなったのですか？」

「いいえ、そんなことでは」

「しかし、お顔が……」

ラオンがまじまじと顔を見ると、チャン内官は左右に首を振って言った。

「ホン内官、どうやら、誰かの強い恨みを買ってしまったようです」

「…………」

「ホン内官はご存じないでしょうが、淑儀殿《スギジョン》には長らくお文婢子《クロルビジャ》がいません。淑儀《スギ》様が必要な時に、内侍府《ネシブ》から宮中住まいの宦官を遣わして届けさせていたのです」

「どうりで。皆で互いに押しつけ合うあの感じは、そういうことだったのですね」

「さすがはホン内官、勘が鋭い。自分からそのお役目を引き受ける者など、内侍府《ネシブ》には一人もいませんよ」

「でも、どうしてです？　そうなるには何か理由がありそうですが」

ラオンはふと、深刻そうな顔をして言った。

「もしかして、淑儀《スギ》様が厳しいお方とか？　それとも、どなたかに負けないくらい気難しい方なのでしょうか？」

「いいえ、とんでもない。淑儀《スギ》様は宮中でも三本の指に入る穏やかで心根のお優しい方です」

「それなら、どうして嫌がるのです？」

「あえて言うとしたら、理由は二つです。一つは淑儀《スギ》様がほかならぬ王様の唯一のご側室だということです」

「王様がご側室を置かれるのは当然のこと、何もおかしなことではないはずですが」

「その通りです。多くの側室を抱え、子孫繁栄に努めるのもまた王様の務めです。しかしここで、我々は考えなければいけません。ホン内官、王様はどうして側室をお一人しか迎えていらっしゃらないのでしょう」

「中殿《チュンジョン》様を大切になさっているからでしょうか？」

チャン内官は大きく首を振って言った。

「その逆、中殿《チュンジョン》様を恐れておられるからです」

「そちらでしたか」

王様はつまり、恐妻家なのだなとラオンは思った。

「しかし、朝廷の大臣たちの強い勧めで、仕方なく側室を迎えた王様ならほかに何人もいらっしゃるのではないですか？」

「普通はそうなのですが、今の朝廷は、ほとんどが中殿《チュンジョン》様の後ろ盾を得て出世した外戚の方たちで成り立っています。その方たちが、側室を迎えて子孫繁栄に努めるべきなどと進言することはまずありません」

「確かに、それもそうですね」

「それに、中殿《チュンジョン》様は淑儀《スギ》様と王様がお会いになるのを快く思われていません。そのため、淑儀《スギ》様から王様に会いに行くことは叶わず、王様も次第に淑儀《スギ》様のもとをお訪ねになれなくなりました」

「それで文《ふみ》を送り合っていらっしゃるのですね」

「まあ、そんなところです」

「しかし、淑儀《スギ》様のお文婢子《クロルビジャ》を、どうして宦官にさせるのです？」

「それも中殿《チュンジョン》様を恐れてのことです。王様のいらっしゃる熙政堂《ヒジョンダン》に出入りできる女官は、中殿《チュンジョン》様のお許しをいただいた年配の女官だけです」

「そういう事情があるのですね。しかし、淑儀《スギ》様の殿閣にも宦官がいるのに、どうしてわざわざ内侍府《ネシブ》に頼まれるのです？」

「それこそが、宦官たちが淑儀《スギ》様のお文婢子《クロルビジャ》をしたがらない二つ目の理由です」

「どういうことですか？」

「それは、ホン内官にもすぐにわかりますよ」

チャン内官はそう言って、ラオンに同情の眼差しを向けた。やはり嫌な予感は外れないようで、ラオンは余計に不安になった。そしてふと、思い出したように聞いた。

「チャン内官様、ちなみに、淑儀《スギ》様が王様に会いたくなった時は、どうなさるのです？」

若い女官の立ち入りまで禁じる中殿《チュンジョン》様のことだ。王様と淑儀《スギ》様がお会いになるのを易々とお許しになるとはとても思えない。

「王様がお越しになるのを待つしかありません」

「待ってもいらっしゃらなかったら？」

「待つほかはありません。側室とは、そういう運命《さだめ》なのです」

「でも、待って待って、待ち続けてもお見えにならなかったら？」

「それで終わりです。凌霄花《のうぜんかずら》が霄花《ソファ》と呼ばれるゆえんですよ」

凌霄花《のうぜんかずら》にまつわる言い伝えなら、ラオンも聞いたことがある。夏になると大輪の、橙色《だいだいいろ》の花を咲かせる凌霄花《のうぜんかずら》。その昔、ある国に王のお伽《とぎ》をした霄花《ソファ》という女官がいた。それ以来、霄花《ソファ》は王を待ち続けたが、王が再び霄花《ソファ》のもとを訪れることはなく、霄花《ソファ》は次第に心を病んで、とうとう死んでしまう。

その年の夏、美しい橙色《だいだいいろ》の花が咲いた。その花は霄花《ソファ》に似ていて、人々は霄花《ソファ》の名にちなみ凌《のう》霄花《ぜんかずら》と名付けたという。

好きな人に自由に会えないなんて、王宮はなんて窮屈なのだろう。堅苦しくて息がつまる。

チャン内官はラオンをじっと見つめて言った。

「ホン内官、今は他人の心配をしている場合ではありませんよ」

「どういう意味ですか？」

だが、チャン内官はラオンの肩をぽんと叩き、

「ホン内官の無事を祈ります」

と言うだけだった。

「今のも、どういう意味ですか？　チャン内官様、教えてください」

「じきにわかりますよ」

チャン内官はそれだけ言って、中宮殿《チュングンジョン》に行ってしまった。ラオンは『集福軒《チッポッコン》』と書かれた額を見上げ、胸を落ち着かせた。

お文婢子《クロルビジャ》になれと言われた時は、ただ文《ふみ》を届けるだけの楽な仕事だと思ったが、チャン内官の話を聞く限り、色々な意味で骨の折れるお役目になりそうだ。

これから何が待ち受けているのか、聞いておきたいことは山ほどあるが、チャン内官に教えてもらえない以上、自分で確かめるしかない。

ラオンは覚悟を決め、門をくぐった。


「宮中に来たばかりだそうだな」

パク淑儀《スギ》の声は、落ち着いていて、とても聞き心地がよかった。声だけでなく、小さな顔に筆で描いたような目鼻立ちは、目立たないが形が整っていて品がよく、見れば見るほどその美しさに引

き込まれる。瞳は澄んで穢れがなく、数えで三十二歳の淑儀《スギ》に二十代の初めと見紛う初々しさを与えている。桃の花が鮮やかに刺繍された薄い桃色の唐衣《タンウィ》という上衣《チョゴリ》を着て、少女のように可憐な微笑みを湛える淑儀《スギ》に見つめられ、ラオンは伏して挨拶をした。

「ホン・ラオンと申します」

「ホン内官、よろしく頼む」

「恐れ多いお言葉でございます。必要なことがあれば何なりと、お申し付けくださいませ」

「ありがとう」

パク淑儀《スギ》はうなずいて礼を言い、ラオンの後ろに控える中年の尚宮《サングン》を呼んだ。

「オ尚宮《サングン》」

すると、尚宮《サングン》はラオンのそばに寄り、文《ふみ》を入れた封を渡した。

「大殿《テジョン》に届けなさい」

「お届けするだけでいいのですか?」

オ尚宮《サングン》はちらとパク淑儀《スギ》の方を見て、なぜか溜息を吐いて言った。

「お返事も、いただいて来なさい」

「王様のお返事ですね」

すると、パク淑儀《スギ》は念を押すように言った。

「必ず、いただいて来るのだぞ。いいな?」

「かしこまりました」

部屋を出て行くラオンを、パク淑儀《スギ》は穏やかに見送ったが、才尚宮《サングン》は浮かない顔をしていた。

後ろ歩きで淑儀《スギ》の部屋を出で、ラオンはふと異様な雰囲気に気がついた。集福軒《チッポッコン》には至るところに四季の移ろいを感じさせる絵や花が飾られていて、主の人柄に似た品のよさと温もりが行き渡っている。ところが、この殿閣に仕える女官や宦官たちの表情は皆一様に曇っていた。どの顔にも明るさがなく、微笑む者もいない。ここで笑顔を見せるのは、パク淑儀《スギ》しかいないようだった。陰鬱な表情を浮かべる皆を見ながら、ラオンは王のいる熙政堂《ヒジョンダン》へ向かった。

集福軒《チッポッコン》から茶の冷めない距離にある熙政堂《ヒジョンダン》は、その印象からして段違いだった。門番の視線は刃のようで怯みそうになったが、これは務めと自分に言い聞かせ、ラオンは声を張った。

「淑儀《スギ》様の文《ふみ》をお届けにまいりました」

「誰の文《ふみ》だって？」

門番は思い切り顔をしかめ、髭で埋もれた口を動かして、

と言った。

「またか」

「またか？」

ラオンが思わず聞き返すと、門番は面倒臭そうに傍らの若い兵士に耳打ちした。すると、若い兵

士は矢のように熙政堂《ヒジョンダン》の中へ駆けていった。

しばらくして、兵士は濃い緑色の官服を着た大殿《テジョン》の内官を連れて戻ってきた。

「淑儀《スギ》様の文《ふみ》を届けに来たというのはお前か?」

内官はつんと鼻を上げ、ラオンを上から見下ろしている。

「はい。パク淑儀《スギ》様より、王様への文《ふみ》をお預かりいたしました」

ラオンは懐《ふところ》に大事にしまっておいた白い封を手渡した。

「あいわかった」

内官は虫をつまむように淑儀《スギ》の文《ふみ》を受け取って、熙政堂《ヒジョンダン》の中に戻っていった。その背中に、ラオンは慌てて言った。

「王様のお返事をいただくようにと言付かっております」

すると、大殿《テジョン》の内官は振り向いて、苛立ちを露わにした。

「今、何と言った?」

「淑儀《スギ》様は、王様のお返事を必ずいただくようにとおっしゃいました」

「毎回、毎回」

大殿《テジョン》の内官はうんざりした様子でぶつぶつ言い、

「ここで待て」

と言って、立ち去った。

ラオンは深い溜息を吐いた。緊張のせいで自分が呼吸をしていたかどうかもわからない。王様に淑儀《スギ》様。ここに来る前は、どこか別の世界の話だと思っていた。夢の中の人たちのようなもので、実際には会うことのない雲の上の人たちだと。

だが今日、その高貴な方の一人と実際にお会いした。そしてもう一人の高貴な方へ文《ふみ》も届けた。家に帰ったら、母さんとダニに話してあげよう。ダニはこの手の話が好きだから、きっと喜ぶに違いない。

ところが、待てど暮らせど先ほどの内官は戻ってこない。そのまま一刻が過ぎ、もう一刻が過ぎ、門の前に立たされたまま気づけば半刻が過ぎていた。脚が疲れてきて、拳で太ももを叩いてみたが、それでも落ち着かず、ラオンは門の前を行ったり来たりし始めた。

するとそれが目障りだったのか、

「気忙しい！　あっちで待て！」

と、門番に追い払われてしまい、ラオンは仕方なく熙政堂《ヒジョンダン》の塀の下で内官が来るのを待つことにした。

それからさらに一刻が過ぎ、さすがにしびれを切らしたラオンは、髭で口が埋もれた先ほどの門番に尋ねた。

「内官様はうっかりお忘れになっているようです。中に入って、様子を見て来てもいいですか？」

「ここをどこだと思っているのだ？」

「それは、心得ておりますが……」

そこへ、ようやく大殿《テジョン》の内官が姿を現した。

「何を騒いでいるのだ？」

内官は嫌そうにラオンを睨み、恩着せがましく赤い封を押し渡した。

「持っていけ」

「ありがとうございます！」

待ちに待った王の返事だ。ラオンはそれを恭しく受け取り、頭を下げて礼を言った。その時、誰かがぼそっと、今日は日が暮れる前に返事をもらえてよかったなと言った。その言葉が気になりはしたが、王様から確かにお返事をいただいた。最初の務めを果たせた喜びで、淑儀殿《スギジョン》に向かうラオンの足取りは軽かった。


集福軒《チッポッコン》には、先ほどと変わらず陰鬱な空気が漂っていた。少しは笑ったらどうかと皆に言いたくなるほどだ。ここにいる人たちは、どうしてこんなに暗いのだろうと不思議に思いながら、ラオンは淑儀《スギ》の前に座った。

「お返事をいただけたか？」

さっそく、先ほど預かった王の返事を差し出すと、パク淑儀《スギ》は頬を赤らめて大事そうに両手で文《ふみ》を受け取り、それを胸に抱いてそっと目を閉じた。まるで、初めて恋文をもらった少女のようだった。

しばらくして、パク淑儀《スギ》はいよいよ封を開け文《ふみ》を広げた。淑儀《スギ》の黒々とした瞳が期待に満ちあふれているのがわかる。ラオンは自分が恋文をもらったような気持ちになり、胸が高鳴った。中身はきっと、甘い愛の言葉がしたためられているに違いない。王の返事を読みながらはにかむ淑儀《スギ》の顔が見たくて、ラオンは上目遣いで淑儀《スギ》の様子を盗み見た。

「王様……」

ところが、淑儀《スギ》は文《ふみ》を握る手を震わせ、あご先からは涙が滴り落ちている。ラオンが戸惑う中、オ尚宮《サングン》は泣き崩れ、淑儀《スギ》の名を呼びながら嗚咽を漏らした。すると、周りにいる女官たちはもちろん、部屋の外に控える宦官たちまで泣き崩れてしまった。淑儀《スギ》様、淑儀《スギ》様と泣く声は集福軒《チッポッコン》の小さな庭先にまで漏れ、その泣き声の中、パク淑儀《スギ》は静かに涙を流すばかりだ。

一体、何が起きたのか、事情を聞けそうな人を探したが、誰も彼も伏して泣いていて、ラオンは途方に暮れた。

淑儀《スギ》の部屋を出ると、外はすっかり暗くなっていた。

「困ったな……」

何が起きたのかわからないまま、ラオンは暗い気持ちで新たな文《ふみ》を見つめた。パク淑儀《スギ》から、明日の朝一番で王様に届けて欲しいと頼まれている。王と淑儀《スギ》、二人の間に何があるのだろうと思いながら門を出ようとしたところで、オ尚宮《サングン》に呼び止められた。

「ホン内官」

ラオンが振り向くと、才尚宮《サングン》は駆け寄って、思いもよらないことを言った。

「淑儀《スギ》様のその文《ふみ》だが、王様にお届けする必要はない」

「なぜですか？」

「何度、文《ふみ》をお送りしても、王様からのお返事は変わらない。無駄なことだ」

「しかし……」

ラオンが困惑しているのがわかり、才尚宮《サングン》は懐《ふところ》から赤い封を取り出した。

「読んでみなさい」

「こちらは？」

「四日前にいただいた、王様からのお返事だ」

「………」

戸惑うラオンに、才尚宮《サングン》はもう一つ、別の赤い封を差し出した。

「こちらは七日前に届いたお返事」

ラオンはあまりに恐れ多くて、二つの赤い封を代わる代わる見るばかりだ。

「読めばわかる」

「そのような罰当たりなことはできません」

「心配することはない」

才尚宮《サングン》がどういうつもりで読めと言っているのかわからなかったが、ここまで強く命じられては拒むこともできず、ラオンは半分、自棄になって文《ふみ》を開いた。だが、ラオンはすぐに顔色を変え、もう一通を開いた。

「何も書かれていない……」

王の返事は二通とも白紙で、名前すら書かれていなかった。

「ただいま帰りました」

疲れ切って資善堂《チャソンダン》に戻ると、敷布団の上に寝そべって本を読んでいた旲《ヨン》が、ようと手を挙げてラオンを迎えた。

「温室の花の君様！」

王の白紙の返事など一気に頭から吹き飛んだ。会うのはあのことが起きて以来で、ラオンは旲《ヨン》の顔を見ただけでうれしさがこみ上げてきた。この方は男を愛する男、私は恋愛対象になれないのだと言い聞かせても、旲《ヨン》の姿を見た途端、心臓が勝手に音を立て始めた。いっそ会わずにいられる相手ならいいのだが、そんなラオンの気持ちを知ってか知らずか、このところ旲《ヨン》は毎日のように資善《チャソン》堂《ダン》を訪れていた。ラオンは旲《ヨン》の視線を避けるように梁の上を見上げ、ビョンヨンに声をかけた。

「キム兄貴」

「帰ったのか」

相変わらずそっけない。だが、ビョンヨンのおかげで心がほっとした。すぐそばに絶対的な味方がいてくれる安心感。こちらに見向きもしない武骨な背中を見ていると、この人が本当の兄だったらと思えてきた。無論、叶うことのない願いなのだが。

ラオンは諦めのような、落胆のような溜息を吐き、床に腰を下ろした。すると、その様子を見て、旲《ヨン》が嫌味を言った。

「あいつを見る時と、僕を見る時と、目がまるで違うのだな」

言い方に、明らかに棘《とげ》があった。帰ってくるなり『キム兄貴、キム兄貴』とラオンがビョンヨンを呼ぶのが、なぜか気に入らなかった。

「そうですか？　今日は少し、気疲れしたせいかもしれません」

「気疲れ？　何かあったのか？」

「今日から淑儀《スギ》様のお文婢子《クロルビジャ》をすることになったのです」

「淑儀殿《スギジョン》の？」

すると、旲《ヨン》は体を起こして言った。

「骨折り損のくたびれ儲けだっただろう」

「どうしてわかるのです？」

「淑儀殿《スギジョン》のお文婢子《クロルビジャ》なら、王様に文《ふみ》をお届けするのが務めだ。だが、王様のお返事がどのようなものかは、宮中では公然の秘密になっている。それを届けるために行ったり来たりしたのだから、無駄足と言うほかあるまい」

ラオンは目を丸くした。

「皆さん、ご存じだったのですか？」

「言っただろう。お二人の間で交わされる文《ふみ》のことは、宮中では公然の秘密だ。うわさに疎いお前のような者を除いて、知らない者はいない」

「いくら宮中とはいえ、お二人しか知り得ないことが、公然の秘密になるはずがないでしょう」

「王様に届けられる書状はすべて、先に宦官が目を通すことになっている。宦官のくせに、そんなことも知らないのか？」

「公式の書状に関しては、そうしていると聞きました。しかしこれは王様個人のこと、極めて私的な文《ふみ》のやり取りです。そこまで宦官が入り込むのですか？」

「一国の君主ともなれば、個人の秘密などなくなるものだ」

「そんな」

「食事をしている時も、眠っている時も、王に私生活などありはしない。それが宮中だ。普通では考えられないだろうが、女人と情を交わす時だって……」

言いかけて、昊《ヨン》は口ごもった。

「そんな時まで誰かに見られなければならないなら……王様というのも、いいことばかりではなさそうですね」

ラオンは何とも言えない心境になり、急に思い出したように語気を強めて言った。

「だとしても、あれはひどすぎます！」

するとく、ビョンヨンが梁の上から飛び下りて、二人の会話に口を挟んだ。

「何がひどすぎるのだ？」

「王様は淑儀《スギ》様へのお返事として、毎回、白紙を送られるそうなのです。白紙ですよ、白紙。考えられますか？」

「今日も白紙だったのか？」

「そうですよ。一体全体、どういうつもりで白紙を送り続けていらっしゃるのでしょう」

「さあな」

ビョンヨンは壁にもたれて話を続けた。

「額面通りに受け取れば、特に言うことはないということだろうな」

「言いたいことがないとは、どういうことです？」

「気持ちがないから、伝えたい言葉もないということだ」

「つまり、王様はもう淑儀《スギ》様を何とも思っていらっしゃらないということですか？」

「………」

答える代わりに、ビョンヨンは押し黙った。

「そんなことは……」

否定しようとしたが、ラオンの脳裏に泣き濡れたパク淑儀《スギ》の姿がよぎった。

「そんなの嫌です。あって欲しくありません」

ラオンは何も書かれていない文《ふみ》を思い出して、涙ぐんだ。すると、昊《ヨン》は読んでいた本を端に寄せて言った。

「時というのは、波のように過ぎていくものだ。その波に流されているうちに、人の気持ちは変わっていく。誰かを愛した記憶さえ、時が過ぎれば色褪せるものだ。たとえ今は恋しい人であってもな」

そんな不条理なことがあっていいものか。ラオンは腹が立った。

「そんなこと、誰が決めたのですか！」

「誰がって」

「時が経てば、愛はなくなるものなのですか？　時の速さは人ぞれぞれのはずです。淑儀《スギ》様の時は止まったままです。王様にとっては色褪せた過去のことかもしれませんが、淑儀《スギ》様にとって、王様は、今も変わらず大切な方なのです」

ラオンは王の返事を受け取って、うれしそうに瞳を輝かせた淑儀《スギ》の姿を思い出していた。

「一度離れた心は二度と戻ることはない。男と女の情というのは、ある日突然、ふと湧いたかと思えば、何の前触れもなく消えてなくなることもある。その終わりが二人同時に訪れなかったとしても、どうにもできないのだ」

「でしたら、でしたらせめて一言、相手に伝えるべきではありませんか？　もう終わったのだと、だから待たないでくれと、ちゃんと言ってあげるべきではないですか？　たとえ一時でも好きになった相手に対する、それが最低限の礼儀ではないのですか？」

「お前は王様に対して礼儀を云々するつもりか？　君主には、そのような礼儀を守らなければならない義理も必要もない」

「君主は、王様は……男ではないというのですか?」

ラオンは感情が高ぶり、声が震えた。こんなのあんまりだ。雲の上の方たちにとって、人の気持ちはその程度のものなのか。

「しかし王様は、なぜ白紙をお送りになるのだろう」

ビョンヨンが首を傾げると、それには昊《ヨン》もうなずいた。

「確かに。もう気持ちが残っていないなら、普通は返事など出さないはずだ。それなのに、わざわざ白紙を送り続ける。どういうおつもりなのだ?」

ラオンは少し冷静になり、取り乱したことが恥ずかしくなったのか、慌てて目元を拭って言った。

「言われてみれば、妙ですね。王様は何を考えていらっしゃるのでしょう」

「気になるなら、自分で調べろ」

「……はい」

言うと思った、とラオンは胸の中で独りごちた。調べるのはお手のものだ。それに、今回はお文婢子《クロルビジャ》の自分が調べた方が早いだろう。ただ、今度は段違いに厄介な調べものになりそうだ。

二十一　どうして泣いているのだ？

「王様……」

パク淑儀《スギ》の涙が目の前にちらつき、朝から熙政堂《ヒジョンダン》に向かうラオンの足取りは重かった。集福軒《チッポッコン》のお文婢子《クロルビジャ》になってまだ二日目だが、無駄足と知りながら文《ふみ》を届けることに早くも虚しさを感じている。どうせまた白紙を返されると知りながら、なぜ淑儀《スギ》様は諦めないのか。明日に迫る試験のことを考えると、今日は一日中でも机にかじりついていたいのに……。それに、いくら考えても王様が白紙を返される理由がわからない。

ラオンは熙政堂《ヒジョンダン》の長い塀の陰にしゃがみ込んだ。心地よい秋風が、耳元の遅れ毛に吹いてくすぐったい。

「風が冷たくなってきた」

溜息交じりに独りごち、ラオンは塀にもたれて目を閉じた。秋の陽射しに、体ごと吸い込まれていくようだった。秋の日向は穏やかで、ついうとうととしてしまう。瞼《まぶた》の裏側に、昨日見た淑儀《スギ》の涙が浮かび、その顔の上に凌霄花《のうぜんかずら》の花が重なっていく。

一夜限りの契りを胸に死んでいった女官のように、パク淑儀《スギ》様もまた、命あるうちに王様に愛されることは二度とないのだろうか。限りある人生の中で出会う人との縁は、儚《はかな》い夢に似ている。その夢に命を賭け、涙を流すのが女であり、人間なのだろう。

そう思うと、なぜだか虚しくなって、このまま目を閉じていたくなる。淑儀《スギ》様の涙を思えば、何とか王様につないであげたいが、また白紙の返事を届けることになると思うと、胸の中に集福軒《チッポッコン》の陰鬱な雰囲気が広がるようだった。どうりで内侍府《ネシブ》の内官たちがこの仕事を嫌がるわけだ。真面目に務めを果たそうにも、白紙の返事を運ぶ仕事など何の甲斐があるだろう。

ラオンが落ち込んでいると、何かが肩を突いてきた。小鳥のくちばしかと思い、目を開けると、小さな女の子がラオンの顔をのぞき込んでいた。目鼻立ちがほどよく整ったその顔に見覚えがあるような気がして、ラオンは目をこすって少女の顔を確かめた。すると、女の子はラオンの手をつかんできた。

「どうしたの？」

ラオンが聞くと、少女は紅葉のような手を丸めて、ラオンの手の平に文字を書いた。

――ここで何をしているのだ？

ラオンが答えられずにいると、少女はさらに指で文字を書いた。

――母上の文《ふみ》を届けるのではなかったのか？

母上？

ラオンは、少女の言うことがすぐには理解できなかった。整った目鼻立ちに、はにかんだ笑顔。少女の顔は、パク淑儀《スギ》にそっくりだ。そういえば、淑儀《スギ》には十歳くらいの、口の利けない姫君がいると聞いていた。昔は話せたそうだが、いつからか完全に口を閉ざしてしまったと宦官たちがひそひそ話すのを小耳に挟んだことがある。

点と点がつながり、ラオンは目を見張った。まさか、この少女が？

「永温翁主様《ヨンオンオンジュ》でいらっしゃいますか？」

ラオンが慌てて居住まいを正したので、その少女、永温《ヨンオン》は驚いて後退りした。すると、ラオンは申し訳なさそうに笑い、頭を下げた。

「申し訳ございません、翁主《オンジュ》様。とても驚いたもので、つい……」

すると、そんなラオンの様子がおかしかったのか、永温《ヨンオン》は笑い出した。凌霄花《のうぜんかずら》に似た、儚《はかな》い笑顔
……このまま永温《ヨンオン》が消えてしまいそうで、ラオンはなぜだか胸が痛んだ。

すると、翁主《オンジュ》はラオンの手の平に再び文字を書き始めた。

——母上は、王様からのお返事を待ちわびていらっしゃる。

「翁主《オンジュ》様」

——早く行って、王様に母上の文《ふみ》を届けて。

「しかし……」

——わかっている。返事はまた同じであろう。

「…………」

——でも、もしかしたら今度は違うかもしれない。面倒をかけるが、どうか届けて欲しい。

永温《ヨンオン》は心から申し訳なさそうにラオンを見つめた。こういうことは初めてではないのだろう。王が暮らす大殿《テジョン》の、熙政堂《ヒジョンダン》の高い塀を見上げる永温《ヨンオン》の目には、幼い少女には似つかない寂しさが浮

かんでいる。

——きっと届けてくれると信じている。

永温《ヨンオン》は最後にそう書いて、ラオンの前から去っていった。ラオンは呆然と立ち尽くし、翁主《オンジュ》の後ろ姿を見送った。

捨てられたのは淑儀《スギ》様だけではなかった。王様が振り向いてくれるのを待っているのは、淑儀《スギ》様だけではなかったのだ。風が吹けば消えてしまいそうな小さな後ろ姿が涙で歪んだ。

「男ってどうしてこうなのだろう」

ラオンは無意識にそうつぶやいて、再び歩き出した。

その日の夕方、王の返事を開いたパク淑儀《スギ》の顔には、昨日と同じ大粒の涙が伝った。

「王様……」

ラオンはほかの尚宮《サングン》や内官たちと共に平伏していることしかできなかった。今度こそという希望が、絶望に変わった瞬間を見ているようだった。

王様からの返事は、やはり白紙だった。自分が悪いわけではないのだが、ラオンは自責の念に駆られ、目を赤らめた。淑儀《スギ》の顔の上に、橙《だいだい》色《いろ》の凌霄花《のうぜんかずら》と幼い永温《ヨンオン》の姿が重なって、鼻がつんとしてきた。

オ尚宮《サングン》をはじめ、淑儀《スギ》に仕える全員が泣いていた。ここで自分まで泣くのは違う気がして、ラオンは手で目元を拭い、努めて明るい声で淑儀《スギ》に言った。

「淑儀《スギ》様、また明日、熙政堂《ヒジョンダン》へ文《ふみ》をお届けいたします」

パク淑儀《スギ》の止まった時を動かすには、それしかないとラオンは思った。

ところが、淑儀《スギ》は絞り出すような声でそれを断った。

「もうよい」

「淑儀《スギ》様」

思いもしない淑儀《スギ》の言葉に、皆一様に淑儀《スギ》の顔を見た。その視線を避けるように、淑儀《スギ》は東の窓の外を見やった。

「明日からは来ずともよい。文《ふみ》を書くのは、これが最後だ」

淑儀《スギ》はそれ以上、何も言わなかった。淑儀《スギ》の中で、何かがぷつりと音を立てて切れてしまったようだった。

ふと、白い霧が立ち込めて、淑儀《スギ》を飲み込んでいくのが見えた。その霧が淑儀《スギ》をどこかへ連れていってしまいそうで、ラオンはしばらくその場を離れることができなかった。淑儀《スギ》の部屋を出てからも、ふと見えた白い霧のことが気になって、ラオンはいつまでも集福軒《チッポッコン》の門前に佇んでいた。


翌朝、ラオンは辺りが白み始めた頃に資善堂《チャソンダン》を出た。淑儀《スギ》のことが心配で、結局、一睡もできないまま講経《カンギョン》試験の日を迎えた。

本当ならまっすぐ学び舎《や》へ向かうところだが、ラオンは集福軒《チッポッコン》に向かった。到着してみると、早朝のためか門が閉まっていた。ラオンは集福軒《チッポッコン》の赤い門をじっと見つめた。

「王様が白紙のお返事をくださる本当の理由を、わたくしが確かめてまいります。ですから、今はまだ諦めないでください」

その声は淑儀《スギ》に聞こえるはずがない。たとえ聞こえていても、淑儀《スギ》の方から断られるかもしれない。悲しみに打ちひしがれた淑儀《スギ》の姿が目の前にちらつく中、ラオンは重い足取りで学び舎《や》に向かった。そして、ちょうど学び舎《や》に差しかかったところで、後ろから誰かが呼ぶ声がした。

「ホン内官！」

振り向くと、ト・ギが両頬を上下に揺らしながら駆けて来てた。

「ト内官様」

「ホン内官、遅いじゃないか。今日が何の日かわかっているのか？」

「はい」

「わかっていながら、どうしてもっと早く……」

そう言いかけて、ト・ギはラオンの顔色が悪いことに気がついた。

「ホン内官、何かあったのか？」

「いいえ」

ラオンはとっさに手の平で頬を撫で、いつもの明るい表情を作った。

「これから試験と思うと、緊張してしまって」

「しかしその顔色はどう見ても……いやいい。ホン内官が何でもないと言うなら、そうなのだろう」

「ト内官様こそ、顔色が冴えないようですが」

するとト・ギは溜息を吐いて言った。

「どうも胃の調子がよくないのだ。今日の試験の成績は、後々宦籍に載る時にも反映される。不安にならない方がおかしいだろう」

ト・ギだけでなく、試験を控える小宦たちは皆、暗い顔をしている。

正式な内官になるには、いくつかの要件を満たさなければならない。まず、年齢が十九歳以上であること。次に、体力が優れていること。万一の事態が起きた時に、王や王族を守る力が求められるためだ。そして最後に、小宦の時の試験の成績。この時の成績が優秀な者ほど、内官になる際に有利になるのは言うまでもない。最近では私的な縁故、つまり賂《まいない》を渡して官職に就く者があとを絶たないが、それができるほどの潤沢な資金も後ろ盾もない者たちにとって、一つひとつの試験がこの先の将来を左右する重要な意味を持つ。学び舎《や》に漂う異様な緊張感は、その裏返しだ。

ラオンはト・ギの後ろにいる落ちこぼれの小宦たちを見た。皆、膝の上に小さな本を開いて真剣に読み込んでいる。

「皆さん、何を読んでいるのです?」

ト・ギも後ろの小宦たちを見て言った。

「試験の前に読むものといえば、族譜しかあるまい」

「族譜?」

ラオンは目を凝らして確かめたが、やはり自分があげたものではなかった。

前判内侍府事《パンネシブサ》のパク・トゥヨンから族譜をもらった時は、これで望みをつなげられると喜んだ。だが、次第に皆に対して悪い気がしてきた。貴人のパク・トゥヨンは世渡りの術だと言ったが、同じ立場の小宦たちが必死に勉強している姿を見て、どうしても族譜を独り占めしておくことができなかった。ラオンは結局、ト・ギをはじめ、小宦たち全員に族譜を見せることにした。

その時は皆、蜂の群れのように集まって我先にと書き写していたが、今見ているのは貴人がくれた族譜とは明らかに別のものだった。

「これは嫡流の方の族譜だ」

「嫡流？」

ラオンは族譜にも血統があるのかと驚いた。

「昔から小宦の間に公然と伝わる族譜のことだよ。代々の小宦たちの手によって書き足され、受け継がれてきた。これまでその存在自体は知られていたが、俺たちではとても手に入れられる代物ではなかったのだ」

ト・ギは声を潜めてさらに話を続けた。

「それが先日、嫡流の族譜を、大枚をはたいて買ったやつがいたのだ。みんな、それを書き写したってわけさ」

それが嫡流と呼ばれる所以だった。要するに、小宦たちの間に代々伝わる問題集ということだ。ト・ギは申し訳なさそうにラオンに詫びた。

「ホン内官にも早く知らせるべきだったのに、すまない。淑儀殿《スギジョン》のお文婢子《クロルビジャ》になってから、なかなか顔を合わせることがなかったので、つい言いそびれてしまった」

「お互い忙しかったのですから、気にしないでください」

仮に嫡流の族譜をもらったとしても、これではきっと間に合わなかっただろう。族譜をもう一冊覚える暇などなかったし、たとえ十分な余裕があったとしても、わざわざ貴重な族譜を届けに来てくれた貴人の厚意を無碍にすることになる。その厚意を受け取った後ろめたさがあったのだが、これですっきりした。

すると、ト・ギは胸をぽんと叩いて言った。

「だが俺は、義理を守ったぞ」

「義理？」

「ほかのやつらのように、嫡流の族譜で勉強しなかったということだ。俺はこっち」

ト・ギは懐《ふところ》から一冊の本を取り出した。貴人がくれた族譜だ。

「これで勉強したからな」

すると、サンヨルが呆れて口を挟んだ。

「何が義理だよ。聞いて呆れるな。書き写すのが面倒だっただけなくせに」

ト・ギはきまり悪そうに咳払いをして、

「とにかく、俺はホン内官を裏切ってはいない。そこが重要なのだ」

と言って笑った。

「よくわかりました」

ラオンが笑顔でうなずくと、その顔をじっと見て、ト・ギは訝しんだ。

「おかしい。何かがおかしい」

「どうかしましたか？」

「さっきまでこの世の終わりみたいな顔をしていたのに、今は花が咲いたように笑っている」

「そうですか？　だとしたら、ト内官様のおかげです。ト内官様と話しているうちに、緊張が解れてきました」

「そう言ってくれるのはうれしいが、気を緩めてはいけないぞ。ある程度の緊張感がある方が、試験にはちょうどいいからな」

ト・ギは気をよくして言った。ラオンは首を振り、

「どうせ避けて通れないのなら、せめて気持ちだけでも楽しくいたいと思います」

と言って、心から滲み出るような明るい笑顔を見せた。

お祖父様はいつも言っていた。たとえつらく苦しいことでも、やるしかないのなら楽しんだ者勝ちだと。淑儀《スギ》様の悲しみはいつ癒えるかわからないし、試験の準備だって充分にできたわけではない。でも、落ち込んだって始まらないし、泣いて状況が変わるわけでもない。それなら、明るく笑っていた方がずっとましだ。

「だからそんなに笑ってばかりいるというわけか」

ト・ギはラオンが笑う理由を知り、

「せっかく試験を受けられるのだから、そう深刻にばかりなることはないかもしれないな」

と言って、大きな声で笑った。そのぎこちない笑い声に、二人は顔を見合わせてどちらともなく笑い出した。

ひとしきり笑うと、だいぶ緊張が解けた。ト・ギは腹を抱えて笑いながら、ふと、ラオンは本当に不思議なやつだと思った。

ラオンは太陽のようだった。そこにいるだけで、周囲の雰囲気を一瞬で明るくしてしまう。あまりに屈託なく笑うので、てっきり苦労を知らずに生きてきたのだろうと思った。

最初は、その明るさを羨ましいと思うこともあった。いつも楽しそうにしているラオンを見ていると、まるで光と影のようで、勝手にいじけた気持ちになったこともある。

だが、一緒にいるうちに、すぐにそれが自分の思い込みだったことに気がついた。ラオンが笑うのは恵まれているからではなく、人よりつらい思いをしてきたからだとわかった。見た目によらず肝が据わっているのも、本当の苦労を知っていて、大抵のことは平気に思えるためなのだろうと見直しもした。

不意に、誰かが舌打ちをするのが聞こえた。振り向くと、ソン内官とマ内官が肩で風を切って向かってきていた。ト・ギとラオンは慌てて頭を下げた。

「大成する者は若い時から周りと違うそうだが、試験の直前だというのに、緊張はおろか、へらへら笑えるとは見事なものだ。だめなやつらの典型だな」

二人を見るなり、ソン内官はきつく嫌味を言った。すると、マ内官も相槌を打った。

「もともと見込みのない者たちが勉強をして何になります？　本人たちも己の程度を悟って、諦めたのでしょう」

「愚かな者たちよ。この試験の結果が、今後の人生を左右することも知らずに。これだから、どこの馬の骨ともわからぬ者を入れたくなかったのだ」

ソン内官はラオンを睨みつけた。

「準備ははかどっているか？」

「最善は尽くしました」

「まあ、無駄に足掻《あが》いてみるのも悪くはあるまい」

ソン内官は鼻で笑い、

「せいぜい頑張ることだ。どの道、お前の行く先は泥沼か、肥溜めくらいしかないだろうがな」

と言って、マ内官と共に高笑いをして去っていった。ラオンは頭を下げたまま、静かに怒りを飲み込んだ。

「マ・ジョンジャの野郎、一昨日来やがれ！」

二人がいなくなると、ト・ギはそう言ってラオンを励ました。

「気にすることはないぞ、ホン内官」

ところが、当のラオンはあっけらかんとしていた。

「こんなの、屁でもありません。私の祖父はよく言っていました。天は自ら助くる者を助く。地道な努力はきっと……きっと、お天道様が見ていてくださいます」

試験の開始を知らせる鐘が鳴り、中庭の小宦たちが一斉に移動していった。

「俺たちも行こう」

ラオンはうなずいた。歩きながら、前を向いて、笑顔を作った。

笑おう。あんな人たちのために泣くなんて、涙がもったいない。どうしてここまで憎まれるのか理由はわからないけれど、この程度でだめになるほど私は弱くない。負けてたまるか。

ラオンは拳が白くなるほど強く握り、歩みを進めた。


未の下刻（午後三時）。温かい秋の夕日が皆の肩に降り注ぐ中、内侍府《ネシブ》の塀に講経《カンギョン》試験の結果が貼り出された。三々五々集まっていた小宦たちが、一斉に貼り紙の前に押し寄せた。ラオンもト・ギやほかの仲間たちと共に貼り紙の前に寄った。

落胆や泣き声にも似た溜息があちこちから漏れ聞こえる中、低い笑い声が響いた。見ると、ト・ギがこれまでにないほど明るい顔をして笑っていた。

「どうした？」

「そんなに成績がよかったのか？」

小宦たちが注目する中、ト・ギは胸を張った。

「当然だ。俺が本気になれば、こんなものさ」

小宦たちは今度は一斉に貼り紙を確かめた。

「本当だ！　前回よりずいぶん順位が上がっているぞ」

「一体、何があったのだ？」

サンヨルが尋ねると、ト・ギは誇らしそうにうなずいて懐《ふところ》から族譜を取り出し、揺らして見せた。

「これのおかげさ。問題はこの中から出されたからな」

「それだったのか！」

「しまった。そっちの族譜を見ればよかった」

再び、あちこちから落胆の声が漏れ、ト・ギは得意気に皆を見渡して、サンヨルに言った。

「サンヨルよ、そうがっかりすることはない。これで俺は落ちこぼれの汚名を返上することになったが、お前たちのことは忘れないからな」

ふとラオンを見ると、ラオンは貼り紙を見たまま、ぽろぽろと涙を流していた。同情するに余りある。マ・ジョンジャが淑儀殿《スギジョン》のお文婢子《クロルビジャ》を命じた時から予想していたことだが、やはりだめだったようだ。族譜があっても、朝から晩まで働きづめでは覚えられるわけがない。それにしても、あして泣いているのを見ると、よほど結果が悪かったらしい。

ト・ギはラオンの肩を叩いて労った。

「気を落とすことはない。試験はこれで終わりではないし、ホン内官だって、いつかはいい成績を収める日が来るさ。マ・ジョンジャのやつが、淑儀《スギ》様のお文婢子《クロルビジャ》なんかさせるからだ。もう過ぎたことは忘れて、今から次の機会に備えて……」

その時、サンヨルが悲鳴のような声を上げた。ト・ギの成績を見た時よりも目を大きく見開いて、貼り紙に釘付けになっている。その驚きは、瞬く間に皆に広がった。

「うそだろう?」

「信じられない」

ト・ギは何が起きたのだろうと、サンヨルの視線の先を見てみた。

「そんな!」

すると、今度はト・ギが驚いて、ラオンに言った。

「ホン内官、どうして泣いているのだ?」


パク・トゥヨンは、殿閣の縁側に腰かけて秋の訪れを感じていた。そこへ、ハン・サンイクがやって来て声をかけた。

「もう秋か」

「やけに寂しそうに言うではないか」

「この年になると、月日の流れが異様に早く感じられて嫌になる。瞬きをする間に春が来て、ちょっとうとうとしているうちに夏が過ぎて。季節の移ろいの早さには、ついて行けないよ」

「歳月人を待たずだ」

「それはそうだが、最近は早すぎて、この分ではあっという間にお迎えが来そうだ」

ハン・サンイクは寂しそうに頭を振った。すると、パク・トゥヨンは再び目を閉じた。

「会うは別れの始まり。人間はいつかは死ぬものだ。何を惜しむことがある？　お前は子ども時分から欲が張っていたが、この期に及んでまだその欲を捨てられないらしい。そんなことより、頼んだことはどうなった？」

ハン・サンイクは袖の中から一枚の紙を取り出して、パク・トゥヨンに手渡した。

「若いが、なかなか見込みのある子だ。族譜を渡しはしたが、まさか、ここまでしてくれるとは思わなかった」

パク・トゥヨンはそれを広げて入念に目を通した。紙には今日の講経《カンギョン》の結果が記されている。首席になると意気込んでいたラオンの名前を、パク・トゥヨンはかすむ目を凝らして探した。

しばらくして、パク・トゥヨンは笑顔になった。

「やりおった」

隣で、ハン・サンイクも笑っている。

「これには驚いたな。短い間に、よくぞここまでやってくれた。せいぜい中間くらいがいいところだと思っていたが」

「ほら見ろ、だから言ったではないか。あれはなかなかの逸材だ。何を聞いていたのやら」

「確かに見込みはありそうだが、ものになるかどうかは、もう少し見ないことにはわからんぞ」

ハン・サンイクはそう言って、パク・トゥヨンの隣に腰を下ろした。二人の老人は、秋の夕日を布団代わりに、しばしまどろみを楽しんだ。

二十二　ラオンからの贈り物

資善堂《チャソンダン》の草むらを、一陣の風が吹き抜けていく。波打つ群生に夜の帳《とばり》が降り始めたと思ったら、遠く尾根の上にもう上弦の月が浮かんでいる。煌々とした月明りの下、資善堂《チャソンダン》の夜は今日も静かに更けようとしていた。

東の古い楼閣にも月の光が注いでいる。結局、何人が溺れ死んだのか、いまだ謎の残る蓮池には白い月が浮かび、風が吹くたびに水面が揺れた。溜息が出るほど美しい景色の中、どこからかすすり泣く声が途切れ途切れに聞こえている。あまりに悲しそうに泣くので、風も気を遣ったのだろう、じきに吹くのをやめてしまった。

すると、楼閣に黒い影が現れた。その影は泣き声のする方へ向かって行く。

「どこに行ったのかと思ったら、ここにいたのか」

「どうしてここに？」

上弦の月の冷たさに似た声の主は、ほかならぬ昊《ヨン》だった。

振り向いたラオンの顔は涙と鼻水でぐしゃぐしゃに汚れていて、昊《ヨン》は思わず顔をしかめた。

「そんな顔をして泣くやつがあるか。何があったのだ？」

ラオンは慌てて袖口で顔を拭った。

「だ、誰が泣いていると言うのですか！」

「そういうことは、涙を拭き終えてから言うんだな」

昊《ヨン》はラオンに手拭いを投げた。

そんなにひどい顔をしているのだろうかと思いながらそれ受け取ったが、ラオンはなぜだか涙を拭こうとしなかった。

「どうした？　拭かないのか？」

「この手拭い……」

「どうかしたのか？」

「とても上等な絹でできていますね」

「それがどうした？」

「これで涙を拭くなんて、もったいなくてできません」

一体、いくらするのだろうと頭の中で数字を弾きながら、ラオンは手拭いをきれいに畳んで昊《ヨン》に返した。そして、何かに気づいたような顔をして改めて昊《ヨン》に向き直った。

「やっとわかりました。この手拭いは、普通では手に入らない代物です。そんな貴重なものをお持ちのところを見ると」

ついにこの時が来たと昊《ヨン》は思った。きっと、手拭いの端に刺繍された紋様に気がついたのだろう。心づもりはとうにできていた。昊《ヨン》は穏やかな心持ちでラオンの次の言葉を待った。

ところが、ラオンときたら、

「裕福な両班《ヤンバン》の庶子ですね？」

と真剣な顔をして言うので、昊《ヨン》は拍子抜けして、ラオンの額を軽く打った。

「この小さな頭の中がどうなっているのか、見てみたいものだ」

「違うのですか？」

「ああ、全然違う。でも、どうしてそう思ったのだ？」

「これほど高価な手拭いを普通にお使いになるのを見ると、お金持ちに違いありません。でも、毎日ふらふらして実に悠々自適の生活をしていらっしゃるので、きっと責任やしがらみのある方ではないのだろうと思いました」

「それで、裕福な両班《ヤンバン》の庶子というわけか」

「嫡子であれば、勉強も仕事も一族のために頑張るはずです。しかし、温室の花の君様からは、一度もそのような姿をお見受けしたことがありません」

そんなふうに自分を見ていたのかと、昊《ヨン》は少し寂しい気がした。

お前は何もわかっていない。僕の両肩には、お前が思うよりずっと重い責任がのしかかっている。だが、それを言ったところで理解してもらえないだろう。

「お前こそ、宮中で僕が何をしているのか一度も言い当てたことがないではないか。そんなに勘が鈍くて、宦官が務まるのか？」

「温室の花の君様がご存じないだけで、私だって一生懸命、お勤めに励んでいます」

わざわざ聞かなくても昊《ヨン》は知っていた。毎晩、夜遅くまで資善堂《チャソンダン》から灯が消えていないことを。

「そんなに一生懸命、お勤めに励んでいる宦官様が、どうして泣いているのかな?」

いつも明るいラオンが泣いているので、昊《ヨン》は余計に心配になった。いつも笑っていて、よほどのことがない限り動じることもないのに。

「泣いてなどいません」

「これは驚いた。ここに幽霊が住んでいるという話は本当らしい。泣き声は聞こえるのに、泣いている人はいなかったのだからな」

昊《ヨン》はそう言って、ラオンの目の下の辺りを指で押した。

「おかしいな、どうして目が腫れているのだ? これも幽霊の仕業か?」

「私は何もされていません」

ラオンはまた袖口で目元をこすった。まるで負けず嫌いの子どものようで、昊《ヨン》はあまりの愛らしさに笑いが出そうになるのを堪え、もう一度尋ねた。

「どうして泣いていたのだ?」

「泣いていません」

「そうか、ならそれでいい。でもどうしてここにいるのだ?」

「悔しいからです」

「やはり、何かあったのだな」

「今日、内侍府《ネシブ》で講経《カンギョン》の試験がありました」

「…………」

「私なりに、できる限りのことをしたつもりでした。これほど勉強したのは、生まれて初めてです。それなのに……」

「努力しただけの結果を出せなかったか。男のくせに、それしきのことで泣いていたのか？」

「それしきのことではありません！　私がどれほど頑張ったか、温室の花の君様はご存じないのです」

「付け焼刃の勉強で、望む結果を出せるわけがないだろうに」

「でも、これさえあれば主席も夢ではないと貴人に言われたのです」

ラオンは懐《ふところ》から族譜を取り出した。旲《ヨン》は中身を確かめると、族譜を丸めてラオンの頭に振り下ろした。

「痛い！　何度も叩かないでください！　ただでさえ悲しくて仕方がないというのに」

「こんなもので首席になれると本気で思っていたのか？　こんなやり方で首席になったら、お前は心から喜べるのか？」

「温室の花の君様はご存じないようですが、宮中ではこれが普通のやり方だそうです。それに、これはズルではなく、世渡りの術というのです」

「世渡り？」

旲《ヨン》が怒っているのがわかり、ラオンは下を向いた。

「わかっています。こんなやり方が正しいはずがありません。ですが、ズルをしてでも首席になりたかったのです。妹のダニの具合がよくないと聞いて……何としても一番になって、通符《トンプ》をいただいて、家族の様子を見に行きたかったのです」

それを聞いて、旲《ヨン》は胸が痛んだ。ラオンの気持ちは痛いほどよくわかった。どんな手を使ってでも、母と妹に会いに行きたかったのだろう。ましてや妹が病気であれば、その思いはなおさらだ。

旲《ヨン》は改めて族譜をめくった。『四書』からの抜粋だが、この一冊を一日二日で覚えるのは不可能だ。首席になれないのも当然だろう。

「そう落ち込む必要はない。たった数日でこの量を覚えるのは最初から無理だったのだ。落第しなかっただけでもすごいと思うぞ」

「悔しいです。あと一日あれば、最後の数枚まで全部覚えられたのに。まさか、読めなかったその数枚から出題されるなんて、運がなさすぎます」

「待て。今、何と言った？」

「悔しいです」

「そこではない。最後の数枚を覚えられなかったのか？　つまり、この分厚い本一冊を、ほぼ丸暗記したというのか？」

「はい、そうですが……何か、いけなかったのでしょうか？」

目をしばたかせるラオンを、旲《ヨン》は呆然と見つめた。

「試験は、何等だったのだ？」

ラオンは指を三本立てて言った。

「首席が二人、私はその次でした。それが余計に悔しいのです。あともう少しだったのに」

ラオンは悔しい気持ちが収まらず、手の甲でしきりに鼻を拭いた。

昊《ヨン》はすぐに言葉が出ないほど驚いた。族譜を見ていたとはいえ、普通なら優にひと月はかかる量だ。

「やるではないか」

「慰めてくださらなくても結構です。結局、首席にはなれませんでしたから」

「いや、褒めているのだ。この短い間に、どうやってこの量を覚えたのだ？」

「ある方に特訓していただいたおかげです」

「ある方？」

昊《ヨン》は少しむっとして言った。

「もしかして、お前のキム兄貴か？」

「違います」

「では誰だ？」

「チャン内官様です。記憶力が恐ろしく優れた方なのですが、残念ながら、その天才的な才能が発揮されるのは人の顔を覚える時だけです」

「チャン内官の能力とお前の特訓と、何の関係があるというのだ？」

「あの方が暗記する方法を拝借したのです」

「どういうことだ？」

「頭の中に、絵を描くのです」

「絵？」

「はい。例えばこの『大学』に出てくる一節を暗記する時に、字ではなく絵と思うようにするのです。一幅の絵を見るように、文字全体を大きな絵として、余白に小さく書き込まれた意味は小さな絵として認識するようにしたところ、分厚い本一冊を覚えるのもそれほど苦ではありませんでした」

そんな方法があったのかと、昊《ヨン》はただただ感心した。だが、その方法だけで本一冊を丸暗記することはできない。もともと資質が備わっていたか、あるいは――。

ラオンがそれほど必死だったということだ。

家族を案ずる気持ちが、そこまでお前を駆り立てたということか。わずか数日で族譜を丸暗記してしまうほどに。

昊《ヨン》はふと、ラオンがチャン内官と言ったのを思い出した。

「そのチャン内官とやらは、どこの者かわかるか？」

「東宮殿《トングンジョン》の方です」

昊《ヨン》はチャン内官の顔と名前が一致して、思わず眉間にしわを寄せて聞いた。

「黄金の手を持つという、あの内官か」

「温室の花の君様も、チャン内官様をご存じなのですか？」

「何度か見かけたことはある」

「そうでしたか」

「しかし、あの者にそのような才能があったとは」

「記憶力だけではありません。チャン内官様は宮中一、厳しいことで知られる東宮殿《トングンジョン》に五年も仕え続ける処世術の達人です。その手腕を買われ、最近では世子《セジャ》様の寝所の掃除を任されて、本当に立派な方です」

ラオンは誇らしそうに言った。

「そうか」

いつもにやけ顔のあの宦官に、そんな能力があったとは気づかなかった。これからはもっとよく見るとしよう。

「お前はチャン内官のことにやけに詳しいな。親しいのか?」

「私にとって、チャン内官様は胸の内を打ち明けられる人です」

「胸の内を?」

「ええ。王宮の外に出る方法を教えてくださったのも、チャン内官様です」

「そうだったのか。チャン内官という者だが、世子《セジャ》についてはは何も言っていなかったか?」

「世子《セジャ》様についてですか?」

「東宮殿《トングンジョン》の寝所の掃除を任されたというので、気になってな。何か聞いていないか?」

昊《ヨン》としては興味本位で聞いただけだったが、ラオンは意外にも神妙な顔をして、昊の顔色をうかがった。そして何か言いかけて、不意に頭を振って言った。

「いえ、何も」

「何と言っていたのだ?」

「私は何も聞いていません」

「これは言うつもりはなかったが、世子《セジャ》様のことなら僕もある程度のことは知っている。だから心配しないで言ってみろ」

「温室の花の君様が世子《セジャ》様のことを？　では、もしかしてこのお話も……」

「この話？」

「世子《セジャ》様の趣向のことです」

温室の花の君様と同じと言いそうになり、ラオンはとっさに飲み込んだ。

「どういう趣向だ？」

「ご存じないのですか？」

ラオンがまずい、という顔をしたので旲《ヨン》は慌てて首を振った。

「もしかして、あのことか？　それなら僕も知っているよ」

「よかった。それを聞いて安心しました。では、世子《セジャ》様が最近、チャン内官様にご執心なこともご存じですか？」

「そんな馬鹿な！」

「それが、そうらしいのです。チャン内官様が言うには、世子《セジャ》様はチャン内官様が普段何をして過ごしているのか、しつこくお尋ねになるそうです。チャン内官様に好意があるのがばればれです。でもそのせいで、チャン内官様はひどく悩まれています。世子《セジャ》様は、なぜ身分違いの宦官を好きになられたのか」

「何だと？」

昊《ヨン》の顔からは血の気が引いていった。ラオンのことが知りたくて聞いたことが、とんでもない誤解を招いていたとは夢にも思わなかった。しかし、いくら何でもチャン内官はないだろう！

「あの者が、そう言っていたのだな？」

チャン内官の顔を思い浮かべ、昊《ヨン》は腹が立つのを何とか抑えた。

すると、楼閣の物陰からくすくすと笑う声が聞こえてきた。ラオンと昊《ヨン》が振り返ると、月明りの陰の中からビョンヨンが現れた。

「キム兄貴！」

ラオンの暗かった顔が、一気に明るくなった。

「いつお帰りに？」

「僕よりずっと前から、そこにいたのだろう」

「では、全部ご覧になったのですか？」

泣いているところを見られていたと思うと、ラオンは恥ずかしくて顔を上げていられなかった。

すると、ビョンヨンはラオンの肩に手を置いた。大きな手の平の感触に驚いてラオンが顔を上げると、ビョンヨンはいつもの愛想のない顔で、

「よくやった」

と言い、内侍府《ネシブ》に貼り出された貼り紙を広げた。前から三番目に、ラオンの名前が書かれている。首席にはなれなかったが、不利な状況で収めた立派な成績だ。

思いがけずビョンヨンに労《ねぎら》われ、ラオンは顔を赤くした。

「自分なりに、できる限りの努力をしたつもりでした。でも、お天道様はすべてお見通しだったのですね。私が覚え切れなかったところから問題が出されたのですから。卑怯な手を使って首席になろうとしたのですから、当然です」

ラオンはそう言って、前判内侍府事《パンネシブサ》パク・トゥヨンからもらった族譜を見せたが、ビョンヨンは何一つ悪く思っていなかった。ラオンの頑張りを一番近くで見ていて、よくわかっていた。どれほど努力したか、どれほど家族に会いたがっているかも誰より理解しているつもりだった。

今は明るく振舞ってはいるが、ラオンは時折、唇をぎゅっと閉じて涙を堪えるような表情をする。ビョンヨンは出し抜けにラオンに言った。

「行くぞ」

「行くって、どこへです?」

「精神一到しなくても、何事か成らざらんことを見せてやる」

「ですから、どこへ?」

「お母上と妹に会いたいのだろう?」

「まさか、王宮を抜け出そうというのですか?」

ビョンヨンはラオンに答える代わりに、昊《ヨン》に言った。

「そろそろではないか?」

「ああ、そろそろだな」

旲《ヨン》がうなずくと、ビョンヨンは再びラオンに言った。

「一人くらい増えても、いいよな？」

すると、旲《ヨン》もラオンに言った。

「どうせ行くなら、一人増えるも二人増えるも同じだろう」

思いもしない展開に、ラオンは戸惑った。

「私は、通符《トンブ》をいただけなかったのですよ？」

「通符《トンブ》がなくても、外に出る方法があるのだ」

「そんな方法があるのですか？」

「門から出なければいいのだ」

「何を言って……」

「要するに、ばれなければいいのだ。少しは世渡り上手にならないとな」

「でも、見つかったらどうするのです？」

「見つからなければいい」

旲《ヨン》があまりにあっけらかんと言うので、ラオンはむしろ不安が吹き飛んだ。ここまで言うからには、絶対に見つからない自信があるのだろう。それほど簡単に王宮を出る方法があるのに、なぜ今まで思いつかなかったのだろう。門を通る以外に、外に通じる抜け道があるのなら、これからはその道を使って母さんとダニに会いに行ける。

そんなラオンの考えを察したのか、旲《ヨン》が釘を刺した。

「とはいえ、好き勝手に宮中を出ようなどと馬鹿な考えは持つなよ。夜の宮中には三千人程度の人が残る。そのうち、夜警に当たる兵士の数は二千だ。もしこそこそと宮中を出ようとして見つかったら、お前は見張りの兵士によってその場で叩き斬られるだろう。運よく王宮を抜け出せても、今度は戻る時が問題だ。もし見つかれば」

「見つかれば？」

「いずれにせよ、命はない」

「そんな！　それでは世渡り上手も何もないではありませんか」

ラオンは訴えたが、二人とも取り合ってはくれず、ラオンを置いてあっという間に資善堂《チャソンダン》の塀を飛び越えて行ってしまった。ラオンは口をあんぐりさせ、目をしばたたかせた。

あの二人、いったい何者？

それから半刻ほど経ち、

「はあ、久しぶりのこの空気！」

雲従街《ウンジョンガ》は相変わらず活気にあふれていた。下町の風情を感じさせる景色を眺め、ラオンは懐かしい匂いを胸いっぱいに吸い込んだ。

ラオンは今、両班《ヤンバン》の男たちのようにつばの広い黒笠を被り、黄緑色の礼服を着ている。借り物のため、服はぶかぶかで丈も長く、まるで父の服を勝手に着た子どものようだった。

「いかがです？　空気も雰囲気も、宮中とは大違いでしょう」

ラオンは少し浮かれ気分で二人に振り向いて言った。ラオンの後ろには、変装した旲《ヨン》とビョンヨンが影のように並んでついて来ている。

ラオンは両手を広げ、全身で街を感じた。すると、その様子を見て旲《ヨン》が言った。

「そんなにうれしいか？」

「うれしいです。本当にうれしいです。もうすぐ母と妹に会えると思うと、うれしくて仕方ありません」

ラオンはそう言って、ふとビョンヨンの表情が硬いことに気がついた。

「キム兄貴、どうかなさいましたか？」

「…………」

「キム兄貴？　どうなさったのです？」

だが、ビョンヨンは顔を背けて答えようとしない。すると、旲《ヨン》が代わりに答えた。

「人混みが苦手なのだ。知らない者と目を合わせるのも受けつけない体質だからな」

だから、二人でお忍びで外出する時は一緒に行動せず、先に目的地を決めておいて、そこで落ち合うようにしていた。だが、今日はどういうわけか一緒に街を歩いている。それも、人が波のように行き交う中をだ。旲《ヨン》は不思議に思った。

「それはまた、どうしてです？」

ラオンはビョンヨンに尋ねたが、やはり返事はなかった。代わりに昊《ヨン》に目を向けたが、今度は昊《ヨン》も黙っている。

キム兄貴にも、人に言えない事情があるのだろう。

ビョンヨンに感じる陰が、いつもより深く感じられた。このままでは普通の生活を送るのも大変だろう。

ラオンはふとあることを思いつき、二人にここで待つように言ってどこかへ駆け出した。

そしてしばらくして、葦で編まれた笠を持って戻ってきた。

「キム兄貴、これを被ってください」

「何だ?」

「宮中から連れ出していただいたお礼です。笠を被っていれば、人の視線を避けられます」

ラオンは爪先立ちをして、ビョンヨンの頭に笠を被せた。

「これでよし」

そして、あごの下で紐を結び、ラオンは満足そうに言った。

「いかがです?　気に入っていただけました?」

ラオンは答えを期待したが、ビョンヨンは笠を触りながら不機嫌そうだ。

「キム兄貴?」

「こんなの、面倒臭くて被っていられるか」

ビョンヨンは口ではそう言ったが笠を脱がなかった。表情もいくらか和らいでいる。

「なかなか、いいことを思いついたな」

「はい」

「僕にはないのか?」

「何です?」

「お前を宮中から出すために、一番苦労したのはこの僕だ。だから当然、礼をするべきではないか?」

「お金持ちのくせに、けちくさいですね」

「それはそれ、これはこれだ。どうしてビョンヨンにはあげて、僕には何もないのだ?」

「しがない宦官から、搾取なさるおつもりですか?」

ラオンと昊《ヨン》は、そんなことを言い合いながら人混みの中を進んでいった。昊《ヨン》のそんな姿を見るのは初めてで、ビョンヨンは不思議に思いながら二人の後ろ姿を眺めた。もちろん、笠を被って。

二十三　温室の花の君の弱み

うなじに触れる風もだいぶ冷たくなった。季節は夏から秋に差しかかり、道行く人の装いも心なしか厚みを増している。雲従街《ウンジョンガ》の人々の様子を見ながら、ラオンは家路を急いだ。

だが、しばらくして不意に立ち止まり、きょろきょろと辺りを見回した。すると、糸でつながれた凧のようにラオンの後ろを歩いていた旲《ヨン》とビョンヨンも立ち止まった。

ラオンは少し迷って二人に言った。

「ちょっと、寄って行きたいところがあります」

「どこに行くのだ?」

「反物屋です」

「どうして急に反物なんて」

「半年ぶりに会うのに、手ぶらでは寂しいので。母と妹に、冬物の反物を買っていこうと思います」

二人がまともな冬服を一着も持っていないことは言わなかった。

時刻はもう戌の下刻（午後九時）だ。急いで店を探したが、どこも閉まっていた。旲《ヨン》は灯りの消えた通りを見渡して、ラオンの後ろ首をつかんだ。

「この時分に開いている店があると思うか?」

「私の祖父はよく言っていました」

ラオンはいつものように、人差し指を突き立てた。

「叩けよ。さらば開かれん」

「何のことだ?」

ラオンは見てて、と言うように、灯りの消えた店の戸を叩き出した。

「叩いても無駄だ。とっくに閉まっているではないか」

昊《ヨン》が呆れていると、案の定、店の中から女の怒鳴り声が聞こえてきた。

「誰だい、うるさいね。今日はもう終わりだよ!」

「おばさん、私です」

「おや、その声はもしかして、サムノムかい?」

「そうです、サムノムです」

すると、店の戸が勢いよく開いて、中から中年の女が出てきた。

「あら、やだ。本当にサムノムじゃないの!」

「おばさん、お元気でしたか?」

「本当に久しぶりね。急にいなくなったから、ずいぶん心配したのよ。今、王宮にいるんだって?」

「はい、そういうことになりました。おばさん、一つ、お願いしたいことがあるのですが」

「お願い? 何だい、言ってみな」

「今から、絹の生地を見せていただけますか?」

「もちろんさ。さあ、早く入っておいて」

中年の女はこの店の女将で、ラオンを店に招き入れ、手際よく灯りをつけた。

「ありがとうございます、おばさん」

「サムノムの頼みじゃ断れないよ。後ろの……お兄さんたちも？」

女将はラオンの後ろにいる昊《ヨン》とビョンヨンに話を向けた。

「こちらは宮中でお世話になっている方たちです」

「あら、そうだったの。それはありがたいわ。うちのサムノムを、よろしくお願いしますね」

女将は昊《ヨン》の手を握った。昊《ヨン》はとっさに無礼を咎めそうになったが、女将の顔があまりに純朴で、手を握られたまま、あごでラオンを指して女将に尋ねた。

「この者を、よく知っているのですか？」

「知っているも何も、この子は私の恩人ですよ。サムノムがいなければ、私は今頃、寡婦になっていたところよ」

「では、ご主人とは？」

「幸《さち》の薄い星の下に生まれたんでしょうね」

女将は溜息を吐き、身の上話を始めた。

「青春というけれど、若い娘時分に亭主を亡くして十年ほど過ぎた頃でした。独り身じゃ寂しいだろう、なんて言って、あちこちから下らない男がちょっかいを出してきて。ある時、そんな自分の境遇が恨めしくて泣いていたら、偶然、通りかかったサムノムが声をかけてくれたんです。大丈夫ですかって……」

当時を思い出し、女将はラオンの顔を見て涙ぐんだ。

「今、私がこうしていられるのは、全部サムノムのおかげなの。サムノムが縁を取り持ってくれて、それで今の亭主と一緒になれたんだもの。それはそうと、お兄さんたちは、うちのサムノムとどういう関係なんです？　もしかして……」

女将が昊《ヨン》とビョンヨンの顔を代わる代わる見て事情を理解したような顔をしたので、二人はもしや正体が露呈したのではないかと身構えた。すると、女将はにやりと笑って言った。

「さては悩み相談のお客さん？　二人とも、いい相談相手を見つけましたね。色恋沙汰なら、サムノムほど頼りになる人はいないからね。雲従街《ウンジョンガ》の男どもが、サムノムを何て呼んでいるか知ってます？　月下老人……やだ、老人だなんて。月下青年なんて言うのよ」

女将は豪快に笑ったが、終わりの見えない女将のおしゃべりに昊《ヨン》はげんなりした。興味のない話を聞かされたうえに、手もつかまれたままで眩暈《めまい》がしそうだった。

「おばさん、これはどうです？」

ラオンが品物について尋ねると、女将はやっと昊《ヨン》の手を離した。

「サムノムは見る目があるね。これは清から届いたばかりの代物だよ。瀋陽《しんよう》の有名な職人が丹精を込めて作った絹さ」

「その分、値段も張るでしょうね」

「一反で一両」

「高い！」

「でもサムノムは特別だ。三反一両でいいよ」

「本当に？」

一応、聞き返しはしたが、ラオンは両目を輝かせ、生地を離さない。

「あんたを相手に商売する気はないよ」

「では、お言葉に甘えて、十五反ください」

「そんなに、何に使うんだい？　服でも作るの？」

「母と妹に、冬服を作ってあげたいのです」

「なんて家族思いなんだろうね。顔だけじゃなく、心根まで本当に綺麗で涙が出るわ。こんな息子がいたら、私はもう何もいらないよ。ほかにはいいの？　この生地はどう？」

女将はそばにあった桃色の絹も勧めた。

「この色もいいですね」

ダニによく似合いそう。でも、手元にあるのは、家を出る時に母さんが持たせてくれた五両だけで、とても買う余裕はない。

女将はそんなラオンの懐《ふところ》事情を察し、

「これはおまけ」

と言って桃色の絹も乗せてくれた。

「それはいけません。いただけませんよ」

「いい、いい。どうせ切れ端だから、売り物にならないの」

「でも、それでは申し訳がありませんから」

「サムノムは男だからわからないだろうけど、服一着仕立てるのに、結局は余分に生地がいるの。それもたくさんね。だから、遠慮しないで持って行きな。くれぐれも、うちの人には内緒だよ」

反物屋の女将は、ラオンが選んだ絹十五反のほかに、色々な切れ端を集めて入れてくれた。ありがたいやら申し訳ないやら、ラオンは甲斐甲斐しく動く女将を見ているしかなかった。

「ごめんください」

すると、店の中に何人か女の客が入ってきた。

「絹の生地を見たいのですが」

思いがけない来客に、女将は興奮気味にうなずいた。

「今日はツイてるわ。どうぞお入りください。漢陽《ハニャン》一の絹がそろっていますよ。清から届いたばかりの新品もありますからね」


店の中が急に賑やかになり、ビョンヨンは笠を目深《まぶか》に被って隅に寄った。

「この店は夜も客が来るのだな」

ビョンヨンは独り言のつもりだったが、女将はそれを聞きつけて、ここぞとばかりにビョンヨン

に駆け寄ると、

「いつもはこんなことないんですけどね」

と言って、ビョンヨンと昊《ヨン》を見ながら含みのある笑みを浮かべた。

「花の方から蝶に飛びつくのは初めて見るわ」

「何のことです？」

品を受け取り、お代を済ませてラオンが聞くと、女将はちらちらと二人を見ながら言った。

「わからないかい？　こんな遅くに、あのご婦人たちがどうしてうちに来たのか」

ラオンには女将の言うことがすぐにわかった。

「そういうことですか」

店に来た女たちは、生地ではなく昊《ヨン》とビョンヨンを見に来たのだ。

「サムノムほどの美男子はいないと思っていたけど、あんたの上を行く色男がいたなんてね」

ラオンは苦笑いするしかなかった。もう見慣れたが、昊《ヨン》とビョンヨンに初めて会った時は、あまりの美しさに息を呑んだものだ。色めき立つ女人たちの姿に、ラオンは今さらながら二人を見直した。だが、当の二人は歓迎していないようで、昊《ヨン》は自分に色目を使う女たちに戸惑って咳払いばかりしているし、ビョンヨンは目深に笠を被り、いつの間にか店の外に出ていた。

「用が済んだなら行こう」

昊《ヨン》は堪らず、ラオンの背中を押して店を出ることにした。

すると、後ろで品を選んでいた女人が、振り向きざまに昊《ヨン》の肩にぶつかってきた。

「今日はやけに女たちがぶつかってくる」
昊《ヨン》は露骨にしかめっ面をしてつぶやいた。雲従街《ウンジョンガ》に入ってすぐのところでも、前から来た女とぶつかりそうになった。道幅は十分広かったはずだが、なぜか女の方からこちらにふらふらと寄ってきた。それだけではない。この店に来る途中、角を曲がったところでも前を見ずに歩いてきた女が、出会い頭に倒れ込んできた。あの時、とっさに避けていなければ、見知らぬ女を抱き留めることになっていただろう。

短い間にそんなことが三回も続くと、さすがに偶然とは思えなかった。都の女たちが一斉に眩暈《めまい》を起こしたのでなければ、わざとぶつかってきたことになるが、それがなぜかは昊《ヨン》には理解ができなかった。

すると、ラオンは不思議そうに言った。
「女たちですか?」
「雲従街《ウンジョンガ》に来て三回もぶつかられそうになった。大通りで一回、曲がり角で一回、そして今度は店の中だ」

ラオンは自分が聞き間違えたのかと思った。確かに三回、ぶつかられそうになったが、相手は同じ女人だった。見栄えのする昊《ヨン》を見て、あとをついて来る女人は多かったが、冷たい印象を与える顔立ちと、高貴な身分を感じさせる雰囲気は近寄りがたく、誰も自分から近づく者はいなかった。そんな女人たちの中で、勇気を出して近づいて来たのは一人しかいなかった。それなのに、昊《ヨン》が女たちと言ったので、ラオンは首を傾げた。

「気づいていらっしゃいますよね？」

「何を？」

「ぶつかられそうになったのは確かに三回でしたが、三回とも同じ女人でした」

「そんなはずはない」

昊《ヨン》は本当に気づいておらず、むしろラオンの言うことをおかしく思った。

「お前の見間違いではないのか？」

「いいえ、確かに同じ方でした」

昊《ヨン》は動揺し、瞳を揺らした。いつも冷静な昊《ヨン》が戸惑うのを見るのは初めてだった。

「そ、そうか……」

「並外れた観察力をお持ちのようでしたが、私の思い違いだったようです。温室の花の君様にぶつかろうとしてきたあの女人は、一度見れば忘れられないほどの美人でしたよ。それなのに、どうして覚えていらっしゃらないのです？」

「覚えていないのではなく、僕はあえて覚えないのだ」

昊《ヨン》は平静を装って言ったが、眉間にたっぷりしわが寄っているのを見てラオンはもう一度聞いた。

「本当ですか？」

「…………」

昊《ヨン》が答えないので、ラオンは怪しく思った。

「温室の花の君様は、もしかして、人の顔を覚えるのが苦手なのですか？」

「馬鹿を言うな」

昊《ヨン》がむきになったので、ラオンはますます怪しんだ。

「本当ですか？」

「うそを言ってどうする」

すると、ビョンヨンがぼそっとラオンに言った。

「人の顔は覚えられる。ただ、女の顔を覚えられないのだ」

ラオンは目を丸くした。昊《ヨン》は何事もなかったように遠くを眺めている。しばらく静寂が流れ、ラオンは思い切り笑い出してしまった。

「女人の顔だけ覚えられないなんて、そんなことがあるのですか？」

温室の花の君様ほどの方に、そんな弱みがあるなんて。

思いがけず昊《ヨン》の弱みを知り、ラオンは目を輝かせた。そして、ひとしきり笑ったあとで思った。

それなら、どうして私の顔はわかるのだろう？


それから間もなくして、三人は峠に辿り着いた。

「あそこに見えるのが、私の家です」

ラオンは峠から見下ろす小さな藁葺きの家を指した。

「あれが家か？」

「ええ、あの小さな家です」

「あれが、お前の家……」

月影の下、吹けば飛んでいきそうな一軒の古い藁葺の家。昊《ヨン》は我が目を疑った。暮らし向きが楽ではないことは聞き及んでいたが、ここまでとは思わなかった。胸が痛んだが、あえていつもと変わらない無表情でラオンに言った。

「わかった。では一時と半刻後にここで落ち合おう。通行禁止を解く鐘が鳴る前に戻らなければならない。絶対に遅れるなよ」

「わかりました」

ラオンは折り目正しく礼を言い、滑るように峠を下っていった。その姿はまるで、この世で一番大事な宝を見つけた子どものようだった。

「母親とは、家族とは、ああいうものなのだな。あれほど深く思い、会いたい存在……」

「…………」

ビョンヨンは無言でうなずいた。昊《ヨン》もビョンヨンも、ラオンのうれしそうな後ろ姿から目が離せなかった。

ラオンが家に入ったあとも、二人はしばらくその場に佇み、藁葺の家を見ていた。

「母さん！」

ラオンは峠を一息で駆け下りた。家の中から漏れ出る灯り、障子紙に映る母の影が見えてくると、自ずと足が速くなった。

母さん、母さん、母さん。

「母さん！」

大きな声で呼んだつもりが、涙で喉元が締めつけられて声にならなかった。それなのに、何かを感じたのか、首を傾げる母の影が障子越しにはっきりと見えた。ラオンは目にいっぱい涙を溜めて、もう一度、

「母さん！」

と呼んだ。今度は何とか声が出た。

すると、部屋の戸が勢いよく開いた。

「ラオン？　ラオンなの？」

母チェ氏はラオンの名を呼ぶ声を震わせて、暗闇の中に目を凝らした。

最初は聞き間違いかと思った。つい先日、鍛冶《かじ》職人のチョンからラオンの近況を聞いて以来、何をしていてもラオンのことが頭から離れなかった。それで幻聴が聞こえたのかと思ったが、今度ははっきりと自分を呼ぶ声が聞こえた。間違いなく我が子の声だった。

「母さん……」

ラオンは母に向かって一目散に走った。

「ラオン！」

「母さん！」

母チェ氏は足袋のまま庭先に出て、ラオンを抱き留めた。

「ラオン、ラオンなのね？」

まだ数えで十七歳。世間ではもう立派な青年かもしれないが、母チェ氏にとってはいつまでも可愛い子どものままだ。

「どうしたの？　しばらく帰れないって言っていたじゃない」

「母さんに会いたくて、帰ってきちゃった」

「もう戻って来れるの？　また母さんたちと一緒に暮らせるのね？」

すると、母の涙声を聞いて、妹のダニが部屋の中から出てきた。

「お姉ちゃん？　お姉ちゃんなの？」

「ダニ！」

縁側の端に立ちすくむダニの姿は、そよ風にも倒されそうなほど痩せ細っている。ラオンはそんな妹をかき抱くように抱きしめた。

「具合はどうなの？」

鍛冶職人のチョンからダニの様子を聞いて以来、ラオンは妹の体が心配でたまらなかった。試験勉強の最中にも妹の身を案じ、無事を祈りながら夜を徹したほどだ。

「治療は？　どうなったの？」

「心配しないで、お姉ちゃん。私、すごく元気になった」

「本当に？　本当にもういいのね？」

チョンが言っていたように、確かに顔色は青白いが、ダニの目には以前にはなかった力強さがある。ラオンを見る表情にも、生気がみなぎっているのがわかる。

「さあ二人とも、続きは中で話そう」

娘たちを部屋の中に入れ、母チェ氏はさっそくラオンに尋ねた。

「体は大丈夫なの？」

「この通り、私は元気よ。母さんとダニは元気にしてた？」

「私たちは心配ないわ」

「ダニは、本当にいいの？」

「心配しないで。お姉ちゃんのおかげで、日に日によくなっているから」

「それにしては顔色が青白いようだけど」

「お医者様が言うには、病気が治る時に出る瞑眩《めんげん》なんだって。顔色は青白いけど、体はこの通り、よく動けるようになったよ」

ダニはそう言って、力こぶを作って笑った。

「ありがとう、元気になってくれて……」

ラオンは心から安堵して、糸が切れた人形のように壁にもたれた。姉の腕をつかんでべったりくっついているダニと、心配そうな母の顔を見ていると、自分は本当に家に帰ったのだという実感が湧いてきた。ずっと会いたかった家族に囲まれて、ラオンはようやく顔をほころばせた。


「これは何？」

母チェ氏はラオンが持ち帰った絹の生地を見て尋ねた。

「そうそう。来る途中で、母さんとダニの冬服用にと思って買ったの」

「そんなお金がどこにあるの」

「お店のおばさんがおまけまでしてくれて、ずいぶん安く買えたの。どう、気に入った？」

母チェ氏は生地を広げ、「綺麗ね」と言って涙ぐんだ。自分の物は何も買わず、母や妹のことばかりの年頃の娘が不憫でならなかった。

「本当に綺麗ね」

そんな母の気持ちを察して、ダニは絹の生地を体に当て、明るく言った。

「母さん、余った生地は匂い袋にしてもいい？」

「もちろんよ」

「匂い袋？」

「いけない、お姉ちゃんに言うの忘れてた」

ダニは舌を出して笑うと、文箱から手の平ほどの大きさの匂い袋を取り出した。

「これは、あの時の？」

この家を出る時、ダニが持たせてくれたのと同じものだった。

「最近、ク爺さんの煙草屋さんに置いてもらっているの」

「お爺さんのお店に？」

「多い日は、一日に二文も売れるのよ」

「すごいじゃない、ダニ」

「それだけじゃないわ。もう二十個以上も注文が入っているの」

ダニは照れくさそうにそう言って、匂い袋を文箱に入れ直した。

「だからお姉ちゃんも、母さんと私のことは心配しないでね」

「ダニ……」

「もっと元気になったら、今よりたくさん作れるようになる。そしたら、今よりたくさん売ることができるし、母さんと二人で食べていくくらいにはなるから」

「そんなことを言うようになるなんて」

まだ子どもだと思っていたが、少し会わないうちに妹はしっかり大人になっていた。病気で寝てばかりいたが、ダニはこちらが思う以上に逞しく育っていたのだ。そんな妹が誇らしくて、ありがたくて、ラオンは涙ぐみながらダニの頭を撫でた。

ラオンは少しの間も惜しむように話をした。家族といられる貴重なひと時を、黙って過ごすなどもったいない。話したいことが山ほどあるのだ。

「ダニ、宮中の話、聞きたくない？」

「聞きたい！　宮中ってどんなところ？　どんな人たちが暮らしているの？」

宮中の話と聞いて、ダニは興味津々だった。本当は真っ先に聞きたかったが、自分のせいで姉に余計な苦労をかけてしまったという負い目があって、自分から尋ねることができないでいた。

「宮中にはね……」

ラオンは少し言い淀み、にこりと笑った。

「いい人たちばかりよ」

「お姉ちゃん、いい人たちに囲まれているのね」

「それにね、宮中の建物にはすべて名前がついているの。雲顕閣《ウニョンガク》、誠正閣《ソンジョンガク》、重熙堂《チュンヒダン》、ほかにもたくさんの殿閣があって、お姉ちゃんは資善堂《チャソンダン》っていう殿閣にいるの」

「資善堂《チャソンダン》？」

「そう。夜景がすごく綺麗でね。特に、穏やかな十五夜に、気の置けない友達と語らうのにもってこいの場所よ。淡い月明りが蓮池を照らして、周りには夜空の星のような小花が一面に咲いているの。それを見ていると、時々、天国に遊びに来たような気がするくらい」

「素敵なところね。お姉ちゃん、もう友達ができたの？」

「うん、できた」

「どんな人たち？」

「温室の花の君様とキム兄貴と言ってね」

ラオンは資善堂《チャソンダン》で初めてビョンヨンに会った時ことや、昊《ヨン》に再会した時のこと、二人と交わした話までダニに言って聞かせた。ダニは楽しそうにラオンの話を聞き、それでそれでと続きを急かした。

「野鶏《やけい》って鶏みたいな見た目をしているのに、動きがすごく速くて全然捕まえられないの」

「でもお姉ちゃん、裏庭の雉《キジ》を上手に捕まえていたじゃない」

「そう。だから最初は、頑張れば捕まえられるかと思ったけど、野鶏《やけい》は違うの。飛ぶし、攻撃してくるし、鷹と言う方がしっくりくるくらい」

「それで、どうなったの?」

「一度は諦めて逃げようかと思った」

「うん、うん」

「しまいには自棄になって、野鶏《やけい》を捕まえてくれたら魂を差し出してもいいいって、空に向かってつい口に出してしまって。そうしたらその時、なんと恩人が現れたの!」

「もしかして、キム兄貴っていう人?」

「どうしてわかったの?」

「なんとなく、そんな気がした」

ラオンは両手の指を絡ませ、うっとりして言った。

「あの時のキム兄貴の姿、ダニにも見せてあげたかったな。華麗で勇猛で、軽やかで美しくて、まるで舞いを見ているようだったんだから」

それを聞いて、ダニは大笑いした。

「どうして笑うの？」

「だって、華麗で勇猛で、踊るように野鶏《やけい》を捕まえたのでしょう？　想像したらおかしくて」

「ほんと、想像したらおかしいね」

姉妹は顔を突き合わせて大笑いした。

「無骨な人のようだけど、お姉ちゃんのことを見守ってくれているのね」

「そう？」

「うん、間違いない。ねえ、その人、かっこいい？」

「それが、恐ろしいほどの美男子」

ラオンの口調がおかしくて、ダニは笑った。

「恐ろしいほどの美男子って、どんな人？」

「信じられないくらい、この世のものとは思えないほど美しい男ってこと」

「じゃあ、もう一人の、温室の花の君様は？　その人はどんな感じ？」

「あの方は……」

少し考えて、ラオンは真剣な顔をして言った。

「身震いするほどの色男ね」

それを聞いて、ダニはまた笑った。

「その二人は、宮中で何をしているの？」

「さあ」

ラオンは自分が聞きたいくらいだった。

「どこか、偉い人の子じゃないかな」

「きっとそうよ、お姉ちゃん。毎日、宮中で自由気ままな生活をしているのでしょう？　身分が高い人たちに違いないわ」

ダニの声には張りがあって、ラオンには歌のように聞こえた。心が幸福感に満たされていく。大切な家族と一緒に過ごすこの時が、この世で一番幸せに感じる。これもすべて、あの二人のおかげだ。温室の花の君様とキム兄貴。二人が連れ出してくれなければ、今頃はきっと、あの古い楼閣で独り膝を抱えて泣いていただろう。

「ありがとうございます」

ラオンはそこにいない二人に、小さく礼を言った。

二人は今、何をしているかな？

二十四　恋文を書いたのは

パク・マンチュンはつぎはぎだらけのくたびれた礼服を着て、笠の紐を結び直した。

「どうもまっすぐにならない」

形が崩れた笠は、どうやっても傾いてしまう。こちらに合わせればあちらが傾き、あちらに合わせればほかのところに歪みが出る。パク・マンチュンは鏡を見ながら悪戦苦闘していた。すると、砧打ちをしていた女房のキム氏が言った。

「両班《ヤンバン》が聞いて呆れるわね」

「お前というやつは、それが亭主に対して言うことか？　俺の姿が何だと言うのだ？」

女房に皮肉を言われ、パク・マンチュンは腹を立てたが、あまり余計なことは言わずに、また鏡に向き直って笠を被り直した。

「そんなに威勢のいい人が、科挙にはどうして受からないのかしらね」

「お前は士大夫《サデブ》が学問に精進するのは、ただ科挙試験に受かるためだと思っているのか？」

「口が悪くなければ、もうちょっとかわいいものだけど」

「それは俺の台詞だ。お前なんぞに男の大志がわかってたまるか。例えれば鳳凰だ。鳳凰は大空を飛ぶために、千年もの間、訓練をするのだ」

すると、キム氏は鼻で笑った。

「鳳凰、鳳凰って。羽ばたく訓練をしているうちに、くたびれた爺さんになって死んでしまうわ」

「例えばの話だと言っただろう」

「でも、鳳凰はいつかは飛べるからいいわね。うちの米食い虫はいつまで経っても穀潰しのまま、羽を動かす訓練すらしないのだから」

キム氏はパク・マンチュンをひと睨みして、一層大きな音を立てて砧を打ちつけた。布が夫に見えるのか、キム氏は棒を振り下ろす腕にも力が入る。

「あんな甲斐性なしでも、亭主だからと三度の飯を出してやる私もどうかしているわ。本当に馬鹿みたい」

パク・マンチュンはもはや言い返すこともなく、いつものことと右から左へ受け流した。そして、ばつの悪さをごまかすように咳払いをして言った。

「ちょっと、出かけてくる」

「こんな夜中にどこへ行くんです？　まさか、また博打じゃないでしょうね」

「お前は俺を何だと思っているのだ。勉学に励む士大夫《サデブ》を博打打ちのように言うな」

「本当に、言うことだけは立派よね。犬の餌にもならない士大夫《サデブ》なんてやめて、仕事を探してお金を稼いでいらっしゃいよ」

「またそんなことを！　士大夫《サデブ》が金儲けなど、品がない！」

パク・マンチュンはしまったという顔をした。恐る恐る振り向くと、キム氏は目を吊り上げて息巻いていた。

「そ、そうカリカリするなよ。これからユン殿に掛け合って、いい食い扶持を紹介してもらえるよう頼んでみるから」

パク・マンチュンが逃げるように家を出ると、キム氏は表まで聞こえる大きな恨み言を言った。

「毎日毎日、頭がおかしくなりそう。本当ならもっと幸せになれたはずなのに、あんな貧乏神と出会ったばかりに私の人生は狂ってしまったんだわ。こんな生活、もううんざり！」

勉学のことしか頭にない夫のせいで、妻キム氏は働きづめの毎日だった。いつか夫の努力が日の目をみることを信じて支えてきた良妻は、今では顔に険ができ、夫の甲斐性のなさをなじるようになっていた。夫のパク・マンチュンは、長年の負い目もあって、なるべく黙って聞き流すようにしているものの、日に日に肩身が狭くなる毎日を送っていた。

肩身が狭いのは家の外でも同じだった。隣近所の間でも、両班《ヤンバン》とは名ばかりで、いつまでも科挙に執着して仕事に就こうとしない穀潰しと後ろ指を指される有様だ。金さえあれば身分も買えるこのご時勢にあって、没落した両班《ヤンバン》に向けられる周囲の視線には、蔑みと嘲笑が露骨に表れていた。

そんな世間を思うと、もともと狭い肩身がさらに縮こまった。顔も自ずと下を向く。

力なく歩いていると、やがて柳の木が現れた。

「お前もうなだれているのか。柳も楽ではないのだな」

柳を憐れんで撫でるパク・マンチュンを、人々は白い目で見ながら通り過ぎていった。

そのまましばらく柳の木の下で過ごし、パク・マンチュンは再び歩き出した。通りまでいい匂いをさせる飲み屋の前を通り過ぎ、雑多な細い路地に入った。路地を進むにつれ、徐々に人気がなくなって、やがてある屋敷の門が現れた。パク・マンチュンはその門の前で立ち止まり、周りに人がいないのを確かめて、取っ手の輪をつかんだ。その輪を小さく何度か門に打ちつけると、すぐに中から声がした。

「どちら様でしょう」

「蟬吟《ソヌム》だ」

蟬の鳴き声を表すその名は、パク・マンチュンの号であり、門の向こうにいる者との合言葉でもあった。ひと夏のたった七日の命のために、長い間、地中で過ごす蟬の一生が自分のことのように思え、自ら付けた名だった。

門が開き、中から黒い影が言った。

「皆様、お待ちかねです」

「わかった」

門の中に入ると、パク・マンチュンは先ほどとは別人のように胸を張り、手を後ろに組んで歩く足取りにも力がある。表情には生気がみなぎり、口元にうっすらと微笑みを浮かべている。普段のパク・マンチュンを知る者たちが見たら、すぐには気づかないだろうほどに、その姿は堂々としていた。

軟弱で無能な両班《ヤンバン》の仮面を外し、パク・マンチュンは鋭い眼光で四方を見渡しながら屋敷の奥へ奥へと進んでいった。

「こちらでございます」

案内役の男が、古い戸の前で頭を下げた。紙の黄ばんだその戸には、不格好な円が描かれている。この円が満月を意味することを知っているのは、国中に百人だけだ。その百人のうちの一人であるパク・マンチュンが、戸を開けて中に入った。

広い部屋の中では、九十八人の人々が二列に向かい合って座っていた。今日は白雲会《ペグネ》の会合の日だ。白雲会《ペグネ》とは、長い歴史を持つ新しい国づくりを目指す秘密結社で、全国様々な者たちからなり、今日の会合に顔を合わせた九十九人は皆、それぞれの分野で名の知れた者たちだった。

没落両班《ヤンバン》のパク・マンチュンは、中でも情報を収拾する力に長けていた。パク・マンチュンに用意された席の隣には、もとは通訳官で今は豪商の男が座っており、左隣りに座る女は咸鏡道《ハムギョンド》地域で知られた踊り子だ。若い儒学者や商人、排斥された両班《ヤンバン》などの男女が集い、それぞれの持つ若くて新しい発想を出し合って、長らく外戚の思惑に振り回されてきた国の建て直しを目指している。

パク・マンチュンは隣の者たちと黙礼して席に着いた。

しばらくすると、前の戸が開き、濃い無彩色の服を着た若い男が入ってきた。九十九人の者たちは、立ち上がってその男を迎えた。

白雲会《ペグネ》、九十九人の頂点に立ち、皆が忠誠を誓った男。笠を深々と被った男に向かって、九十九人は一斉に頭を下げた。

「お待ち申し上げておりました、会主様《フェジュ》」

会主《フェジュ》と呼ばれた男は、おもむろに笠を脱いだ。すると、色白の肌をしたビョンヨンの顔が露わになった。ビョンヨンは揺れる蝋燭に照らされて鮮やかに浮かぶ唇を湛え、白雲会《ペグネ》の面々を見渡した。

丑の刻の頃になると、夜空に雨雲が立ち込めた。風にも雨の匂いが染みついている。

「秋雨か」

古い東屋で、旲《ヨン》は一人酒を傾けていた。やけに苦い酒を口に含み、旲《ヨン》は灯りの灯る屋敷を見つめた。白雲会《ペグネ》の秘密の会合が行われている屋敷だ。

ビョンヨンが率いる白雲会《ペグネ》は、将来、旲《ヨン》が大義を果たすのに大きな力になる組織だった。無論、そのためにビョンヨンをそばに置いているわけではない。ビョンヨンは同じ道を歩む同志であり、旲《ヨン》には痛みを分かち合えるただ一人の心の友だ。

ビョンヨンと初めて会った時のことを、旲《ヨン》は今でもよく覚えている。あの時、ビョンヨンはすでに世の中を批判的に見ていた。世間という巨大な荒波を前にして少しも怯まず、かといって甘く見ているわけでもないその目が気に入った。思った通り、ビョンヨンはほかの者たちと違って世子《セジャ》である自分に媚びへつらうことはなかった。それどころか、世子《セジャ》という立場や堅苦しい日常からいつも連れ出そうとしてくれた。そんなビョンヨンには、自ずと心を許すことができた。今日までやって来られたのは、ビョンヨンという心友がいてくれたおかげと言っても過言ではない。

昊《ヨン》はそんなことを思いながら、盃《さかずき》に酒を注いだ。酒が落ちる音は清らかで、ふと、もう一人の友の顔が浮かんだ。

「そこまでの仲ではない、か……」

世子《セジャ》をそんなふうに言ったあの不届き者は、今、何をしているだろう。家族に囲まれ、子どもに戻って楽しいひと時を過ごしているだろうか。うれしそうに笑うラオンの顔を思い浮かべ、昊《ヨン》は微笑んだ。

「何を一人でにやついているのだ？」

すると、暗闇の中からビョンヨンが顔を出した。

「会合は終わったのか？」

ビョンヨンは答える代わりに昊《ヨン》から酒瓶を取り上げ、瓶のまま酒を呑んで、昊《ヨン》に向き直った。

「王様は近々、ご自分のご意向を発表なさるおつもりらしい」

「そうらしいな」

「中宮殿《チュングンジョン》の様子はどうだ」

「まだ大きな動きは見られないが、父上がお気持ちを固められたと知ったら、どう出てくるか」

「外戚どもがうるさくなりそうだ」

昊《ヨン》はうなずいた。

ビョンヨンは東屋の欄干にもたれて言った。

「連中の反発をいかに抑えられるかが勝負の決め手になる」

昊《ヨン》は苦笑いを浮かべた。

「心配するな。あちらからすれば、僕は神経質な世子《セジャ》というだけで、まだ警戒すべき相手と見なしてはいない」

「連中がどんな顔をするか、見物だな」

ビョンヨンは懐《ふところ》から一枚の紙を取り出し、昊《ヨン》に差し出した。

「咸鏡道《ハムギョンド》の者からこれを。最近、また出回り始めたそうだ」

それを見て、昊《ヨン》は顔色を変えた。

一士横冠鬼神脱衣
十疋加一尺小丘有両足

紙にはそう書かれていた。

「これは、洪景来《ホンギョンネ》の乱を予言した破字ではないか」

破字とは、文字を分解して暗号のように意味を解する手法のことで、両班《ヤンバン》の間で流行する一種の遊びだった。壬申年《イムシン》に大規模な反乱を計画していた洪景来《ホンギョンネ》は、この破字を使って農民たちを扇動した。士大夫《サデブ》の『士』に『一』を冠すれば『壬』となり、『鬼神』が『衣』を脱げば『申』となる。『十』と『疋』で『走』、ここに『尺』を加えて『起』、『丘』に二本の足を足して『兵』。『壬申起兵《イムシン》』、つまり壬申年《イムシン》（一八一二年）に兵を起こすという意味となる。

破字を広め、農民たちをして反乱に駆り立てた洪景来《ホンギョンネ》の乱は、結局、失敗に終わった。その失敗による影響は反乱を主導した者たちに留まらず、国政が外戚に牛耳られる決定的な契機となった。白雲会《ペグネ》からもたらされた情報が、そのことを意味しているのは明白だった。文《ふみ》の末尾には、こうも書かれていた。

林を分かてば皐《おか》に風が吹く

旲《ヨン》はこの謎の一文の意味を考えた。林を分かてば『木』。残るは『木』『皐』『風』の三文字。

「木、皐、風……、木、皐、風……」

ばらばらに散らばった破片が、一つにまとまりかけている。

旲《ヨン》は目を閉じて頭の中で文字を組み合わせてみた。

「咸鏡道《ハムギョンド》で、何かが起こり始めているようだ」

「お前はどう思う?」

「壬申《イムシン》年の乱が繰り返されないとも限らない」

新たな反乱の兆しがちらついて、ビョンヨンは立ち上がった。

「報告によれば、先の反乱で生き残った者たちが洪景来《ホンギョンネ》の血筋を捜しているそうだ」

「散発的に起きている一揆を、ひとところにまとめようというわけか」

旲《ヨン》は思わず拳を握った。

「あの反乱をきっかけに、外戚による執政が始まった。やっと王が権力を取り戻しつつある今、また反乱が起きれば……この国は、再び外戚の手の中に落ちるだろう」

「どうする？」

「止めるしかない」

「だが、どうやって？」

「洪景来《ホンギョンネ》の血を引く者は、反乱を企てる者たちにとって絶大な求心力となり、今はそれぞれに一揆を起こしている者たちの団結を呼ぶだろう。だから、そうなる前に」

炅《ヨン》はビョンヨンを見据えた。

「やつらを止めてくれ。反乱を企てる者たちより先に、洪景来《ホンギョンネ》の血筋を見つけ出すのだ」

ビョンヨンは無言でうなずき、音もなく闇に溶けた。その直後、突然、雨が降り始めた。


雨脚は次第に強くなり、母チェ氏は宮中に戻ろうとするラオンを案じた。

「雨が止んでから行ってはだめなの？」

「また、すぐ会えるから」

「自由に行き来できるところじゃないことくらい、母さんも知っているわ」

「それでも、何だかんだで、すぐに帰ってこれると思う」

「ラオン、母さん心配なのよ。万一、お前が女の子であることが知られたら、どうするの？」

「大丈夫。宮中の誰も、私が女だなんて思っていないから」

チェ氏はじっとラオンを見つめた。

「三人で……逃げようか？」

「え？」

「三人で、別のところへ行って暮らそう」

「母さん……」

「お前も、私もダニも、これまでうまく逃げてきたじゃない。お前が宮中へ行ってから、一日だって安心して寝られた日はなかった。ねえ、ラオン。三人で、誰もいないところへ逃げよう」

チェ氏の言う通り、ラオンら母娘は子どもの頃から居場所を転々としてきた。なぜ逃げるのか、何から逃げているのか、チェ氏は時期が来たら教えると言うだけで、一度も話したことはない。理由はどうあれ、ラオンはこれ以上、逃げて暮らしたくはなかった。

「逃げることはできると思う。でも、もうそんなふうに生きたくないの」

「ラオン……」

「これまではそれでよかった。でも、これから一生逃げながら生きていくなんて無理よ」

「ラオン、聞いて」

「それに、ダニの病気だって、まだ完全に治ったわけじゃない。まだまだ治療を受けなきゃいけないのでしょう？」

「でもね、ラオン。私には、ダニと同じくらい、お前のことも大事なの」

「三年だけよ、母さん。三年だけ辛抱すれば、お金を返して、また家族三人で暮らせる。だから、それまでは私を信じて、待っていて」

ラオンは母を励ますように明るく笑った。

「ごめんね」

何もかも親のせいだと、チェ氏は自分を責め、そっと目を閉じて亡き夫の姿を思い浮かべた。すべてを包み込むような優しい笑顔。広く厚い胸に抱かれると、まるで何もかもから守られているようにほっとできた。

チェ氏は自分の目元を拭った。

今の私を見たら、あの人は何て言うかしら。ラオンを男の子として育てようと決めた、あの時の決断は本当に正しかったのか。美しく育った娘を見るたび、あの時の自分の判断が娘の運命を変え、幸せを奪っているようで胸が押し潰される。

「泣かないで、母さん」

ラオンは頬を拭い、大丈夫だよと微笑んだ。

「そうね。もう泣かないわ」

チェ氏は自分でも涙を拭って弱々しく微笑んだ。

「それじゃ、もう行くね」

ラオンが立ち上がると、ダニは子犬のように姉のあとを追った。

「お姉ちゃん……」

「ダニ、早くよくなってね」

「うん」

「母さんのこと、お願いね」

「心配しないで。母さんのことは私に任せて、お姉ちゃんは自分のことだけを考えて」

「ありがとう。頼んだよ」

ダニの力強さに、初めて家を出た時より幾分軽い心持ちで、ラオンは家をあとにした。


峠を駆け上る間も、ラオンは何度も家族のいる家を振り向いた。一歩進むたびに、家族から引き離されていくようで涙が込み上げた。庭先から見送っていた母とダニの姿は暗くてもう見えないが、今もそこにいるのはわかっている。ラオンは何度も振り返り、別れを惜しんだ。

「母さん、ダニ……」

口にした途端、堪えていた涙がわっとあふれた。二人の前では抑えていたが、涙は堰を切ったように流れ出した。ラオンは何とか涙を拭い、前を向いた。

「頑張ろう、ラオン」

思い煩うことなく楽しく生きるように。そんな願いのこもった名前に恥じないよう、明るく楽しく生きるんだ。また、家族で暮らせるように、逞しく。

ラオンは暗闇で見えない家に向かって、大きな笑顔を見せた。

「またね、母さん。元気にしているんだよ、ダニ」

そして、未練を断つように約束の場所へと急いだ。約束の時刻まであとわずか。昊《ヨン》とビョンヨンが待っていてくれると思うと、気持ちも明るくなった。

ラオンは足を速めた。だが、いくらも経たないうちに、首の後ろにひんやりとした冷たさを感じて立ち止まった。闇の中、白く浮かんでいるのは鋭い刃だ。

ラオンは恐怖で声も出なかった。

「お前がホン・ラオンか?」

「………」

相手は私を知っている。金目当ての賊ではないということだ。

ラオンの瞳が、恐怖で震えた。

「そ、そうですが、何のご用件で……」

だが、最後まで言い終わらないうちに、ラオンは倒れた。首の後ろを強く打たれ、気を失ってしまったのだ。意識が遠のいていく間も、ラオンは昊《ヨン》とビョンヨンのことを思った。

行かなきゃ。温室の花の君様とキム兄貴が待っている。早く行かないと、二人が心配する……。

激しい頭痛を感じ、ラオンは呻き声を漏らした。ゆっくりと目を開けると、蝋燭が灯された陰気な雰囲気の部屋の様子が見えた。

ここはどこ？　どうしてここにいるの？

しばらくぼんやりしているうちに、先ほどのことが思い出された。

耳元で脅すような声がして、それから……。

後頭部を確かめると、拳ほどのこぶができていた。今も疼いて、痛くて涙が滲んでくる。

一体、誰がこんなことをしたのだろう。それに、私は誘拐されたのだろうか。なぜ、何のために？

「目が覚めたか」

すると、部屋の中で人の声がした。起き上がって見てみると、部屋の中に白い簾《すだれ》が垂らされているのが見えた。簾の向こうに小さい人影も見える。はっきりとは見えないが、影の感じから、女人のようだった。襲われた時はてっきり男だと思ったが……。

ラオンはますますわからなくなった。女人が、何のために私を誘拐したのだろう？

すると、足元に何かが飛んできた。拾って見てみると、それは丁寧に畳まれた文《ふみ》だった。ラオンはさっそく、中身を確かめた。

「これは……」

それは、キム進士《ジンサ》の末息子に頼まれて、ラオンが代わりに書いた恋文だった。

あの時の文《ふみ》が、どうしてここにあるのだろう。ラオンは狼狽し、嫌な汗が出てきた。とんでもなく不吉な予感がしてならない。

　すると、簾の向こうから再び声がした。

「その文《ふみ》を書いたのは、お前か？」

　嫌な予感が、早くも現実になろうとしていた。

「もう一度聞く。その恋文は、お前が書いたのか？」

二十五　一体、どういうこと？

窓のない、薄暗い地下の一室。床からは饐《す》えた臭いが立ち込めている。

明温《ミョンオン》は椅子に座り、簾《すだれ》越しに一人の男を見据えていた。わずかな間だったが、この男に恋焦がれ、食事が喉を通らないほど思い悩んだ日々を思うと、怒りで震えてくる。

「恋文を書いたのは、お前か？」

男は返事をしない。間違いないということだろう。明温《ミョンオン》は怒りで目を吊り上げた。

まるで砂を噛むような毎日だった。誰もが羨む高貴な身分に生まれ、この国の公主《コンジュ》として何不自由のない暮らしをしているが、明温《ミョンオン》にとって、それは黄金の足枷《あしかせ》に過ぎなかった。物心ついた頃から、自分の気持ちより公主《コンジュ》として相応しい振る舞いを求められ、歩くだけで周囲の視線がつきまとった。

まるで窓格子のない監獄だった。民の目に、王宮は黄金で作られた天上の世界のように映っているが、明温《ミョンオン》にとっては墓場だった。それも、生きている人間の。

時折、深い水の中に沈められるような息苦しさを感じ、そのたびに深く息を吸って空を見上げるのだが、見上げた空に浮かぶ太陽と月は、いつも決まって孤独に見えた。

いっそのこと風になりたい。雲と戯れる風はあんなに自由なのに、なぜ私はこの国の公主《コンジュ》に、女に生まれたのだろう。空に浮かぶ雲が、つかみようのない風が、明温《ミョンオン》には何より羨ましかった。女という枷から、公主《コンジュ》というしがらみから自由になって、揚羽蝶のように飛んでいけたら……。

そう思っていたある日、明温《ミョンオン》のもとに一通の文《ふみ》が届いた。

あの日、明温《ミョンオン》は病気と偽って母方の祖父母の家に滞在していた。文《ふみ》の主は、十五夜の日に橋の上で明温《ミョンオン》を見かけたという男だった。明温《ミョンオン》は相手の男の顔すら覚えておらず、馬鹿馬鹿しくて読む気にもなれなかった。これまでも直接に、人伝にも何通もの恋文をもらったが、自分に言い寄る男に限って中身がなく、退屈で、文《ふみ》の内容にも面白味がなく、どれもどこかで聞いたような言葉を並べたものばかりだった。皆、馬鹿の一つ覚えのように耳障りのいい愛を語り、燃えるような恋心をささやいていたが、どれ一つとして真心が感じられるものはなかった。

きっと今度も同じだろう。

そう思って、明温《ミョンオン》は半ば品定めをするような気持ちでその文《ふみ》を開いた。

人の目は、どうして二つなのでしょう？

ところが、恋文はその一文から始まっていた。

もし一つしかなかったら、この目はあなたしか見えず、私の人生はつまらないものになってしまうでしょう。三つだったら、あなたの心が私に向けられていないことまで見えて、私の心は粉々に砕け散ってしまうでしょう。だから天は、二つの目を授けたのです。

文《ふみ》に書かれていたのは、それだけだった。恋をささやくことも、花や蝶や夜空に瞬く無数の星に気持ちを例えることもなく、ほどよい距離感で、ただ一歩、ほんの少し、あなたに近づきたいという、それ以上でも以下でもない好意を伝えていた。

明温《ミョンオン》は最初、それを鼻で笑った。これほど風変わりな恋文をもらうのは初めてだった。だが、なぜか嫌ではなかった。少なくとも自分の気持ちを一方的に押しつけてくる男たちよりは好感が持てた。

それがすべての始まりだった。心に芽生えたかすかなときめき。生まれて初めて、心の中に風が吹いたような気がした。

その日から、決まって五日に一度、文《ふみ》が届けられたが、男はなかなか恋心を伝えてこず、短い文章で好意を漂わせるだけだった。そんなやり取りがしばらく続いたある日、男は初めてこちらの状況を尋ねてきた。明温《ミョンオン》は微笑み、その文《ふみ》に初めて返事を書いた。

だが、返ってきたのは時候の挨拶だった。末尾に返事を受け取ったと書かれているのを見た時は、なぜだかうれしくなった。

気づけば文《ふみ》が届くのを心待ちにしている自分がいた。

次に届いた文《ふみ》には、日常の出来事が書かれていた。初めは明温《ミョンオン》への興味と好意を伝えるだけだったが、いまや色々なことが書かれるようになった。気が向いた時に出していた返事も、その頃には毎回、書くようになっていた。

その文《ふみ》を読んでいると、まるで相手と向かい合って話をしているようだった。一緒に街へ出て子どもたちの笑い声を聞き、花が咲き散るのを愛で、夕日に染まる湖のほとりを並んで歩く。

特別なことは一つもないが、それがうれしく、幸せに思えた。なぜそう思うのかは、明温《ミョンオン》にもわからなかった。

ただ、いくら文《ふみ》を交わしても相手は肝心な思いを伝えてこず、明温《ミョンオン》の中に小さな焦りのような感情が芽生え始めた。そしてその頃、ぱたりと文《ふみ》が途絶えた。

明日は来るだろう、明後日にはきっと、と思っているうちに春が過ぎ、夏が終わった。もはや花が咲き、散るのも目に入らないほど、明温《ミョンオン》の心は恋文の送り主のことでいっぱいになっていた。

何かあっただろうか。もう私に興味がなくなってしまったのだろうか。それとも、私が何か失礼なことをしてしまったのだろうか……。

顔もわからない相手だが、会いたかった。相手のことが気になって、何も手につかなくなってしまった。だから、人を使って男を捜すことにし、文《ふみ》が途絶えた理由を本人に確かめるよう命じた。

そして、真実を知った。

男から送られてきた恋文は、何もかも偽りだった。私の心にいくつもの喜びをもたらした男の思いは、幻だったのだ。

例えようのない苦しみが明温《ミョンオン》を襲った。まるで心臓が半分、もがれたようだった。痛みに悶え、息を吸うこともできなかった。

明温《ミョンオン》は怒りに目を見張り、拳を握った。指の爪が手の平に食い込んでいたが、痛みすら感じない。

「騙したのか？　私の心を弄《もてあそ》ぶつもりだったのか？」

声からも女人の強い怒りが伝わり、ラオンは眩暈《めまい》がした。間違いない。キム進士《ジンサ》の末息子から頼まれて代書をした文《ふみ》のお相手だ。

何もかも終わりだとラオンは思った。恋文の相手に、代わりに会いに行くよう頼まれた時から不安に思っていたことが、とうとう現実になってしまった。

だが、何かがおかしかった。末息子が好きだったのは温室の花の君様のはず。この女人が本当のお相手なら、温室の花の君様はどうしてあんなうそをついたのだろう？

頭の中が混乱した。すると、あごの先に何か冷たいものが触れた。

「誰が面《おもて》を上げてよいと言った？」

「え？」

「頭が高い！　明温公主《ミョンオンコンジュ》様の面前であるぞ」

出し抜けに怒鳴られたのもさることながら、『明温公主《ミョンオンコンジュ》』と聞いて、ラオンの脳裏に、ある場面が走馬灯のように流れた。

『実は、公主《コンジュ》様は、さる名家の子息と文《ふみ》を交わしていたそうのだ。それが突然、ぷつりと返事が途絶えたらしい。そのせいで初心《うぶ》な公主《コンジュ》様は恋の病にかかり、床に伏してしまわれたというわけだ』

『公主《コンジュ》様に文《ふみ》を書いていたのは、実は本人ではなく、別の人物だったことがわかった。要するに、文《ふみ》の代書をしていた者がいたのだよ』

つまり、末息子の恋文の相手は明温公主《ミョンオンコンジュ》様で、その恋文の代書をしたのが私？

「そんなの聞いてない！」

ラオンは思わず口に出してしまった。

すると、明温《ミョンオン》は低い声で簾を上げるよう命じた。

ラオンと公主《コンジュ》を隔てていた白い簾がゆっくりと上げられ、明温《ミョンオン》が姿を現した。明温《ミョンオン》は紅い梅の葉が刺繍された淡い桃色の上衣《チョゴリ》に紺青色の裳《チマ》を着ている。顔隠しをしているが、蝋燭に照らされた公主《コンジュ》の姿に、ラオンは息を呑んだ。

明温《ミョンオン》はおもむろに顔隠しを外し始め、ラオンに自分の顔を見せた。その顔立ちは目を見張るほど美しく、一服の絵から出てきたようだった。指先で触れたら色が移りそうなほど白く透き通った肌、顔は小さく、手の平に収まりそうだ。目鼻立ちがくっきりしていて、赤い実のような唇と、遠くを眺めるような瞳は、近寄り難い気品を醸し出している。

ラオンはその瞳に目を留めた。よく研がれた刃のような鋭い目。どこかで見たような気がするが、今はそんなことを考えている場合ではなかった。とにかく、この状況を打開する手立てを考えなければと、ラオンは慌てて平伏した。

「申し訳ございませんでした」

「やはり、お前だったか」

明温《ミョンオン》は少し高く、澄んだ声をしていた。しばらく沈黙が続き、ラオンは息が苦しくなった。まるで見えない手にじわじわと首を絞められているようだ。頭の中が真っ白になり、何の考えも浮かばない。代書を引き受けた時は、家族のことを考えた。一家の大黒柱として、どんな仕事も掻き集めるようにしてやっていたので、そもそも断る選択肢などなかった。それがこれほどの大事件に発展するとは誰が思うだろう。

いまさらながら、キム進士《ジンサ》の末息子が恨めしくてならない。末息子が公主《コンジュ》に恋文を送るような馬鹿なことをしなければ、こんなことにはならなかった。相手が誰かを教えていてくれたら、当然、断っていた。今度会ったら絶対に許さない。だがそれも、生きてここを出られればの話だ。


『その代書をした人ですが、もし捕まったらどうなるのです?』

『さあ、それはわからんが、恐らく二つに一つだろうな』

『二つに一つとは?』

『絞首刑か、斬首刑かのどちらかだ』


ト・ギとのやり取りが頭に浮かび、ラオンは震え上がった。

「何ゆえそのような真似をしたのだ?」

「公主様《コンジュ》……」

言い逃れはできそうにない。ラオンは少し迷ったが、正直に話すことにした。

「病気の妹と、年老いた母を抱え、食べていくために仕方なく代書をお受けいたしました」

「病気の妹に年老いた母親か」

明温《ミョンオン》はラオンを睨んだ。

ラオンの家庭の事情はすでに調べていた。暮らし向きが苦しく、貧しさから家族を守るため、ずいぶん苦労をしたと聞いている。

明温《ミョンオン》はしばらくの間、無言でラオンを見つめて言った。

「どのような事情があろうと、決してしてはならぬことだった。お前は人の心を……私の心を弄んだのだ」

公主《コンジュ》を愚弄した罪を問えば、今この場でもっとも酷《ひど》い刑を下すこともできる。だが、目の前で平伏す男の姿を見ていると、胸の傷が疼《うず》いて例えがたい悲しさが込み上げてきた。胸に釘を打ち込まれたような痛みを感じる。偽りを知ってもなお、この男を思い、傷ついている自分自身に腹が立つ。だがそれよりも許せないのは——。

「どうして宦官になどなったのだ？　仕事ならほかにいくらでもあるではないか。だのに、よりによってどうして宦官なのだ！」

本心がつい口を突いて出てしまい、明温《ミョンオン》は羞恥心が込み上げた。公主《コンジュ》でありながら、自分の胸の内をさらけ出すとは、私は馬鹿ではないのか！

それなのに、男は伏したまま何も言おうとしない。これ以上は無駄に思えた。足先から体中の力が抜けていくようで、明温《ミョンオン》は消え入りそうな声でもう一度言った。

「自分のしたことを、わかっておろう？　お前は王族を愚弄したのだ」

「死も覚悟しております」

明温《ミョンオン》は自ら死罪を口にしたラオンを見下ろして、悔しそうに唇を噛んだ。

「よかろう。望み通り死なせてやる。最後に言い残すことはないか？」

その言葉は、ラオンには蜘蛛の糸のようだった。最後の言葉を聞くということは、最後の機会を与えるということに等しい。絶体絶命の今、どんな言葉を言えば生き残ることができるのか。何を言えば、この状況を脱することができるのか。ラオンは必死で考えた。帰らなければ。母さんとダニを置いて、私だけ逝くわけにはいかない。

だが、いくら考えても言葉は浮かんでこなかった。

「どうして何も言わない？」

「………………」

「確かに、口が十あっても申し開きはできまい」

皮肉を言ったつもりが、明温《ミョンオン》は喪失感が込み上げた。初めて心を許した相手に受けた心の傷。明《ミョン》温《オン》の様子から、いまだ癒えることのない苦しみが痛いほど伝わって、ラオンも胸が痛んだ。そしてふと大事なことに気がついた。体の傷は時が経てば癒えもするが、人から受けた心の傷は月日が経つほど深まることがある。これほどまでに深く女人の心を傷つけておいて、自分が助かることばかり考えていたのか、私は。

「申し訳ございませんでした」

悪いことをした。食べていくためとはいえ、恋文の代書などしてはいけなかった。

「そのような言葉を聞きたいのではない。ほかに言うことは？　何もないのか？」

明温《ミョンオン》はもう一度聞いた。どうしても聞きたい言葉があった。誰にでもできるような陳腐な謝罪の言葉など言って欲しくはない。私が聞きたいのは……心から聞きたい言葉は……。

「ただ、書いたことは、すべて私の本心でした」

明温《ミョンオン》は身動きが取れなくなった。それは、明温《ミョンオン》が聞きたかった言葉だった。

「すべて、本心でした」

公主《コンジュ》に宛てた文《ふみ》は、ラオンにとっても特別なものだった。恋文をしたためている間、代書としてではなく、ラオン自身が公主《コンジュ》とのやり取りを楽しみ、喜んでいた。

最後の恋文には、『あなたをお慕いしている』と書いた。末息子にせがまれて仕方なく書いたのだが、ラオンは最後まで悩んだ。本当は『友達になりたい』と書きたかった。ラオンはその当時の気持ちに戻り、自分の素直な気持ちを伝えることにした。

「公主《コンジュ》様にお伝えした私の気持ちに、偽りはありませんでした」

「うそだ」

「あの恋文は、確かにキム進士《ジンサ》のご子息に代わってしたためたものでしたが、文《ふみ》に込めた思いは、私の本心でした」

ラオンは顔を上げ、まっすぐ明温《ミョンオン》を見つめた。明温《ミョンオン》もまた、じっとラオンを見つめている。そして、ラオンは微笑んだ。真っ白なその笑顔に、明温《ミョンオン》の胸は高鳴った。

「どういうつもりだ！　死罪にしてくれと言っておいて、よくも笑えるものだ！」

動揺する明温《ミョンオン》に、ラオンは清々しく軽やかに言った。

「ずっと思っていました」

「何をだ？」

「どんなお方か、一度でいいから、お会いしてみとうございました。思った通り、本当に……美しい方でした」

「戯言《ざれごと》を申すな」

「代書をする間、私はときめきを感じておりました。許されぬことと知りながら、家族のため、どうしても断ることができませんでした。しかし、公主《コンジュ》様からのお返事を読んでいる間、私は幸せでした。そして、想像していました。これほどの文《ふみ》を書かれる方は、一体、どんな方なのだろうと」

「筆だけでなく、口も達者だな」

「そう思われたのなら、それも私のせいです。でも、今ここでお話ししたことは、うそ偽りのない私の本当の気持ちです」

公主《コンジュ》様からお返事をいただくのはとてもうれしく、本当に楽しゅうございました。

言葉を失う明温《ミョンオン》に、ラオンは真剣な顔をしてうなずいた。自分の本当の気持ちを伝えたら、心なしか気持ちが軽くなった。これからのことを考えると怖くてたまらないが、仕方がない。自ら招いたことだ。相手が高貴な身分の方と知った時から、こうなることをどこかでわかっていた気がする。

ラオンは目を閉じ、母とダニの顔を思い浮かべた。

幸い、ダニの病気は快癒《かいゆ》に向かっている。二人を助けてくれる人たちもいる。自分がいなくても、二人で支え合いながら幸せに暮らせるだろう。

ラオンは覚悟を決めて、明温《ミョンオン》に言った。

「罰を、お与えください」

「次から次へと勝手なことを。そう言えば私が許すとでも思ったのか?」

「どんな罰も甘んじてお受けいたします。私が死んで公主《コンジュ》様のお怒りが収まるのなら……」

白く乾いた唇を湿らせて、ラオンは震える声で言った。

「喜んで、死んでいきます」

明温《ミョンオン》の顔から表情が消えた。そのまましばらく無言でラオンを見据え、未練を断ち切るように踵を返すと、

「そこまで言うのなら仕方がない」

周りの護衛の兵士たちに合図を送った。

「それはならん!」

すると、薄暗い地下室に男の声がして、全員の視線が一斉に声の方へ向けられた。息も絶え絶えに現れた黒い影。灯りに浮かぶ男を見て、明温《ミョンオン》は目を見張った。

「兄上?」

その声に驚いて、ラオンも振り向いた。兄上ということは、世子《セジャ》様ということだ。世子《セジャ》様がどう

してここに？

混乱するラオンをよそに、護衛の兵士たちが頭を下げた。

「世子《セジャ》様！」

地響きのような男たちの声に、ラオンは耳が聞こえなくなるかと思った。そして、世子《セジャ》の顔を見て目を見張った。

「温室の花の君様？」

一体、何がどうなっているのだろう。

二十六　楽しかった日々に

旲《ヨン》は一同を睨むように見渡した。そして、ラオンが跪《ひざまず》いているのを認めると、顔を強張らせた。

「兄上、何用でございますか?」

「お前こそ、ここで何をしている」

理由など聞くまでもなかった。ラオンが代書をしていたことを知り、妹が事実に気づく前に終わらせようと考えたのは、ほかならぬ旲《ヨン》だった。文《ふみ》が途絶えればいずれ忘れるだろうと思っていたが、その時にはもう、明温《ミョンオン》の気持ちは旲《ヨン》が思う以上に深くなっていた。

思いもしない兄の乱入は明温《ミョンオン》を動揺させたが、見られた以上隠しても仕方がないと腹を決めた。

「この間、お話したことを覚えていらっしゃいますか?　私が、ある方と文《ふみ》を交わしていたというあのお話です」

「覚えている」

「この者が、その相手です。あの文《ふみ》は……あの文《ふみ》は、この者が書いていたのです」

明温《ミョンオン》は毅然として言ったが、内心では感情を抑えるのに精一杯だった。そんな明温《ミョンオン》に、旲《ヨン》は眉一つ動かさずに言った。

「それで?」

「今、そのことを問いつめておりました」

「この者をどうするつもりだ？」

明温《ミヨンオン》は目を閉じて深く息を吸い、

「この者が自ら処罰を願い出ました。私はその望み通りにしてやるつもりです」

と言った。

「やめておけ」

「兄上」

「もうよすのだ」

「しかし」

「ここまですれば、この者も己《おのれ》のしたことがよくわかっただろう。許してやれ」

「嫌です」

「ヨン」

昊《ヨン》は明温《ミヨンオン》を幼名で呼んだ。明温《ミヨンオン》をそう呼ぶのは兄の昊《ヨン》しかいない。勝気な明温《ミヨンオン》も、兄にその名を呼ばれると、いつも大人しく引き下がった。だが、今日の明温《ミヨンオン》は頑として昊《ヨン》の言うことを聞こうとしなかった。

「私は許しません。この者はまだ罪を償っていないのです。罰を与えて、罪を償ってもらいます」

「そうはさせられない」

「なぜですか、兄上」

「この者は、僕のものだからだ」

「兄上の？」

「僕が望んでここへ来てもらった。僕に必要な人だ。だから、いくらお前でもくれてやることはできない」

明温《ミョンオン》は驚いて言葉が出なかった。『必要な人』という言葉の重みがどれほどのものか、妹としてよくわかっているためだ。

猜疑心が強く、よほどのことがない限り人に心を許すことのない兄上に、必要な人とまで言わせしめたこの男は一体、何者なのだろう。

明温《ミョンオン》はそう思う一方で、自分の大切な人を実の兄に奪われたようで悔しくもあった。

「では、この者が私にした罪はどうなるのです？」

今も癒えることのない胸の痛みを、どうしたらいいのですか！

妹の切々とした眼差しにも、昊《ヨン》は表情を変えることなく言った。

「それは、追って僕が問うことにする。今日のところは僕が連れて行くぞ」

「おやめください。そのような勝手は許しません」

明温《ミョンオン》は両腕を開いて昊《ヨン》の前に立ちはだかった。

「兄上はご存じないのです。この数ヵ月、私がどうやって過ごしてきたか」

幾晩も泣きながら夜を明かしました。風の音がするたびに、あの人からの文《ふみ》かと履物も履かずに庭先に飛び出しました。

すると、昊《ヨン》は妹を慰めるような優しい声音で言った。

「わかっている。わかっているからこそ言っているのだ」

「いいえ、兄上は何もおわかりではありません」

「この者を罰すれば、お前の気持ちはどうなる？」

「………」

それを聞いて、明温《ミョンオン》は自問した。この者を罰したら、気が済むだろうか。私を騙した罪、王族を愚弄した罪は何をもってしても償えるものではない。それをわかっているからこそ、この者はせめてもの償いとして自ら死罪を申し出たのだろう。でも私は、どうしても命じることができなかった。できるはずがない。

そんな妹の気持ちを見透かすように、昊《ヨン》は言った。

「この者を傷つければ――」

お前の心も無傷ではいられない。本当は、誰かが止めてくれるのを待っていたのではないのか？

「そこまで、もう何もおっしゃらないで」

自分のためを思う兄の眼差しがつらくなり、明温《ミョンオン》は昊《ヨン》の話を遮《さえぎ》った。

妹の気持ちが落ち着いたのを見届けて、昊《ヨン》はラオンに言った。

「立て」

「しかし……」

「まだ罪を償うなどと言うつもりか？　お前を罰するつもりだったら、とうにこの手で裁いていた」

昊《ヨン》はラオンの腕をつかんだ。

「行くぞ」

昊《ヨン》に引きずられるようにして、ラオンは去っていった。地下室を出る間際、ラオンは最後に明温《ミョンオン》に振り向いた。その時、一瞬目が合った気がしたが、明温《ミョンオン》はすぐに顔を背けてしまった。本当は安堵していることを、ラオンに気づかれたくなかった。


昊《ヨン》はラオンの腕をつかんだまま外に出た。すると、地下室の入口で控えていたユルが頭を下げて昊《ヨン》を迎えた。

「あと一歩遅ければ、大事になっていた」

「様子を見ているだけでいいとおっしゃられたので……」

その言い訳に、昊《ヨン》は少し腹を立てた。

「次はもう少し早く知らせるか、お前が何とかしろ」

すると、ユルは今度は無言で頭を下げた。世子翊衛司《セジャイギサ》ハン・ユル。世子昊《セジャヨン》を守ることを天命として生きてきたユルとしては、ラオンを見守るようにと命じられても、主君から目を離すことができなかった。ラオンが連れ去られた時も、そのせいで報告が遅れたのだが、それがわかるので昊《ヨン》はそれ以上は咎めなかった。

昊《ヨン》は何も言わずに歩き出した。その後ろを、見えない縄でつながれたようについて歩きながら、ラオンは混乱していた。

温室の花の君様。何度聞いてもはぐらかされ、その正体は謎のままだった。仕事もせず、資善堂《チャソンダン》で油を売ってばかりいる人と思っていた。だが、その人こそ世子様《セジャ》だった。

何かの間違いであって欲しい。公主様《コンジュ》に捕えられたのも、実は温室の花の君様が仕組んだいたずらだったと。そう言って欲しい。

胸の中でどれほど否定してみても、あらゆる状況が昊《ヨン》が世子《セジャ》であることを物語っていた。世子様《セジャ》、次代の国王、将来のこの国の王様……。考えれば考えるほど意識が遠のいていく。

すると、昊《ヨン》は不意に立ち止まり、振り返って言った。

「大事はないか？」

「え……？」

「怪我をしたところはないかと聞いているのだ」

「温室の花の君様、いえ、世子様《セジャ》……」

ラオンはじっと昊《ヨン》を見つめた。肌寒い空気の中、昊《ヨン》の体が火照っているのがわかる。ラオンは地下室に現れた時の昊《ヨン》の姿を思い出した。あの時、昊《ヨン》は激しく肩で息をしていた。あれほど差し迫った昊《ヨン》の姿を見るのは初めてだった。私を助けるために、必死で走ってきてくれたのだろうか。

「いくら待っても来なかったな」

「何のことでございますか？」

「あまり遅いから、心配したぞ」

「………」

呉《ヨン》が心配と言うのも初めてで、ラオンはうれしくて、つい口元がほころんだ。だが、これまでの無礼の数々が頭をよぎり、下を向いた。

宮廷の絵師だの、妾腹の子だのと暴言を吐き、挙句の果てにはお隣さんの飼い犬《マルボク》に例えもした。何より、将来の王様を温室の花の君様などとふざけたあだ名で呼ぶなんて、自分の馬鹿さかげんが嫌になる。それこそ死罪どころの話ではないではない。ラオンは拳で自分の額を叩いた。

そんなラオンを面白そうに見て、呉《ヨン》は言った。

「何をしているのだ？」

「いえ、あの……これまでの色々な出来事が思い出されて……」

「色々な出来事？」

「ですから色々な、あれや、これや……」

自分のしたことが恐ろしくて、とても口にすることができず、ラオンはその場に跪《ひざまず》いた。

「お許しください！　世子《セジャ》様とは露知らず、とんだご無礼をいたしました」

ラオンが急に平伏したので、呉《ヨン》は思わず後ろに避けた。

「無礼か。確かに無礼ではあった」

「まことに申し訳……」

「友ではなかったのか？」

「え？」

「お前は、僕を友と呼んだ。僕もまた、そんなお前を友と受け入れた。それでいいではないか」

「しかし、それは世子様《セジャ》と存じ上げなかった時のこと」

「僕が世子《セジャ》であることを知ったら、友は友ではなくなるのか？」

「ですが……」

「誰が悪いか、強いて言えば、悪いのは身分を隠したこの僕だ。許してくれ」

「世子様《セジャ》……」

「風が冷たい。風邪を引くぞ」

ラオンに立つように言って、旲《ヨン》は歩き始めた。ラオンもあとに続いた。言葉や眼差しから、旲《ヨン》の優しさが感じられ、ラオンは夜風が冷たいのも気づかなかった。

「ところで」

ラオンは周囲を見ながら尋ねた。

「キム兄貴はいらっしゃらないのですか？」

「しばらく漢陽《ハニャン》を発《た》つことになった」

「キム兄貴が都を？　いつです？　どこへ行かれたのですか？　いつお戻りになるのです？」

「ずいぶん質問が多いな。どうした？　お隣さんの飼い犬のマルボクが急にいなくなった時と同じくらい心配か？」

ラオンはうなだれて、

「その程度ではありません」

と言った。

「どの程度だと言うのだ？」

自分の時は、隣家の犬がいなくなった時くらいと言ったではないかと、昊《ヨン》はむっとした。

「温室の花の……いえ、世子《セジャ》様もご存じの通り、キム兄貴とわたくしは一つ屋根の下で一緒に暮らしています。マルボクがいなくなった時とは比べものになりません」

ラオンがあまりに心細そうに言うので、昊《ヨン》は事情を話して安心させてやることにした。

「人を捜しに行っているだけだ」

「人を？」

「昔、大きな反乱を主導した者と、深いつながりのある者たちだ」

「それは危険なことなのではありませんか？」

「心配か？」

「当たり前です。反乱を起こした人と関係のある人たちなのですよね？　相手が乱暴な者たちだったら、キム兄貴はどうなるのです？」

ラオンは澄んだ瞳を潤ませて、心からビョンヨンの身を案じた。だが、『反乱』という言葉は、自分とは関わりのない、どこか遠い国の出来事のように耳に響いた。

「安心しろ。供の者たちもいる」

昊《ヨン》はそう言って、再び歩みを進めた。その背中を、ラオンは寂しそうに見つめた。

これからはもう、顔を見合わせて笑うことはないだろう。昨日まで並んで座り、他愛のない話をしていたのに。それももう叶わなくなったと思うと、胸の中が暗く沈んだ。

「ラオン」

「はい」

「今日の月は綺麗だな」

それはいつもと変わらない月だった。だが、旲《ヨン》の目にはいつにも増して輝いて見えた。

ラオンも夜空を見上げた。青い有明の月が、雲の合間を流れていく。その美しさに、ラオンはほっとして微笑んだ。その顔はまるで、今宵の月のようだった。

「そうですね。今日はいつにも増して、月明りが綺麗です」

淡い月明りを浴びて歩く二人の後ろに、長い影ができていた。それは男の広い背中に女人が負ぶさっているような、そんな影だった。


温室の花の君様が実は世子《セジャ》様だった！

ラオンは悲鳴を上げて飛び起き、いつものように梁の上に大声で話しかけた。

「キム兄貴！　悪い夢を見ました。温室の花の君様が、世子《セジャ》様だったという夢です！　思い出すだけで恐ろしくて、背中に悪寒が……」

だが、梁の上にビョンヨンの姿はなかった。そうだった……今は人捜しをしに遠くへ行っているのだった。夢であって欲しかったけど。

ラオンは心細くなり、部屋の中を見渡した。資善堂《チャソンダン》はこれほど広かったのか。一人いないだけで、自分の存在がやけに小さく感じる。

「行くなら行くと、一言、言ってくだされればいいのに」

何も言わずに行ってしまったビョンヨンにも寂しさを感じずにはいられない。

「違う、今は感傷に浸っている場合じゃない！」

ラオンは急いで着替えを済ませ、資善堂《チャソンダン》を飛び出した。日課の前に確かめたいことがあった。

ラオンが向かったのは世子《セジャ》のいる東宮殿《トングンジョン》だった。朝の挨拶をしに大殿《テジョン》に向かう世子《セジャ》の姿を見るためだ。宮中の人々に死神と恐れられる世子《セジャ》の顔を、わざわざ見ようと思う日が来るとは思わなかったが、今は一刻も早く温室の花の君様が世子《セジャ》様でないことを確かめなければならない。

どうか違っていて。あれは夢だったと確かめさせて。

昨日までそばにいた人が、世子《セジャ》様であるはずがない。だって、もし世子《セジャ》様だったら……もう友達ではいられなくなってしまう。

ラオンは昊《ヨン》がこの国の世子《セジャ》ではなく、毎日ふらふらと資善堂《チャソンダン》を訪れる温室の花の君でいてくれることを願った。

不安を胸に東宮殿《トングンジョン》の中をのぞいていると、

「世子《セジャ》様のお成り！」

という声が聞こえてきて、ほどなくして世子《セジャ》を先頭に、宦官と尚宮《サングン》を従えた長い行列が東宮殿《トングンジョン》から出てきた。ラオンも恭しく頭を下げたが、口の中は緊張でからからに乾いていた。

世子《セジャ》様のお顔を確かめなければ。温室の花の君様でないことを確かめなければと気持ちばかり焦るのだが、とても顔を上げることができなかった。できないというより、確かめるのが怖かった。

ところが、旲《ヨン》はそんなラオンの胸中を知る由《よし》もなく、

「朝早くから、ここで何をしている？」

と、平然と声をかけた。ラオンがわずかに顔を上げると、はっきりと世子《セジャ》の顔が見えた。それは、昨日まで温室の花の君と呼んでいた男の顔だった。ラオンの願いは叶わなかった。

ところが、旲《ヨン》はあっけらかんと、

「しっかり用事を済ませていけよ」

と言って、大殿《テジョン》に向かっていった。

残されたラオンは、魂の抜け殻のような顔をして、その場に立ち尽くした。体のどこにも力が入らなかった。

うつむいて力なく引き返していると、ちょうど寝所の掃除に向かっていたチャン内官が、うれしそうにラオンを呼び止めた。

「ホン内官ではありませんか」

「チャン内官様」

「どこへ行かれるのです？」

顔を上げる気力もなく、ラオンは吐息交じりに答えた。

「集福軒《チッポッコン》に向かうところです」

「集福軒《チッポッコン》には、またどうしてです？　淑儀《スギ》様はもう、王様に文《ふみ》を書かれないのではなかったのですか？」

「人の心は、そう簡単には変わりません。今日もきっと、書いていらっしゃるはずです」

チャン内官は意外という顔をした。

「では、ホン内官はお文婢子《クロルビジャ》を続けると言うのですか？」

チャン内官も、さすがに無駄なことはおよしなさいとまでは言えなかった。だが、チャン内官が言わんとしていることはわかる。ラオンは、うなだれるようにうなずいた。

「そのつもりです」

「どうして！」

すると、ラオンは空を見上げ、深い溜息を吐いて言った。

「淑儀《スギ》様の涙を見たからです」

今日を限りに、王様への文《ふみ》は書かないと言った淑儀《スギ》の姿は、そよ風にも消えてしまいそうなほど危うい感じがした。生きているのに、生きていないような。

そのせいもあって、あの日から、パク淑儀《スギ》の涙が目に焼きついて離れない。

だが、集福軒《チッポッコン》に向かう間、ラオンの頭の中に浮かんでいたのは、淑儀《スギ》ではなく昊《ヨン》の顔だった。おかげで足は千斤の鉛を引きずるように重い。

「この先、温室の花の君様を……世子《セジャ》様のお顔を、どうやって見ればいいのだろう」

ラオンはまた溜息を吐いた。月明りの下、三人で盃《さかずき》を酌み交わすことはもうない。資善堂《チャソンダン》で笑い合った三人の姿も、このまま思い出に変わるのだろう。

さようなら。

楽しかった友との日々に、ラオンはそっと別れを告げた。

二巻へつづく

雲《くも》が描《えが》いた月明《つきあか》り ①

初版発行　2021年　5月10日

著者　尹 梨修（ユン・イス）
翻訳　李 明華（イ・ミョンファ）

発行　株式会社新書館
〒113-0024　東京都文京区西片2-19-18
tel 03-3811-2631
（営業）〒174-0043　東京都板橋区坂下1-22-14
tel 03-5970-3840 fax 03-5970-3847
https://www.shinshokan.co.jp/
印刷・製本　中央精版印刷株式会社

ISBN978-4-403-22133-0　Printed in Japan